ツイスト・ア・ロープ

糾える縄の如くに

菊池 次郎

東京図書出版

ツイスト・ア・ロープ ◇◇ 目次

第一章　復員船

勇は目を覚ました。

仄暗い灯りに目が慣れると、そこは鉄骨の剝きだしになった天井の低い倉庫だった。床には沢山の男達が足の踏み場もなく寝転がっていた。汗の臭いと軍隊特有の革製品のすえた臭いが充満していた。何時だろうか？　窓の無い部屋では、昼夜の区別さえつかなかった。身体に響く内燃機関の小刻みな振動の他に、床全体が持ち上げられるように大きくうねっているのが感じられた。

勇は、枕にしていた雑納入れから汚れた手拭いを取り出し、顔や首の汗を拭いた。嫌な夢だった。

――目の前に、インドネシア人の二人の若者が血を流して倒れていた。真っ赤な血の色が、そこだけカラー写真のように鮮明に写し出されていた。それは、終戦の二日後、ジャワ島クラマット収容所での出来事だった。自分の撃った拳銃の弾が当たったかどうかは分からないが、いずれにせよ自分の命令で射殺されたのだ。あどけない顔が血と泥で汚れ、目を見開いてこちらを睨んでいるのだった――

勇は起き上がると項垂れたまま頭を振り、大きな溜息をついた。じめじめと腐ったような空気が肺を満たした。

隣に寝ていた男が起きだし、

「えらく揺れるな。台風だぞこれは……。大丈夫かなこの船」

心細い声であった。この船倉は将校専用だから、階級章は付けていなかったが、勇にとっては上官に違いなかった。

「大丈夫でしょう。これでも、もとは海軍の敷設艦ですし、千五百トンくらいはあるそうですから……」

「たのむぜ。日本を目の前にしてお陀仏は敵わんからな……。俺は、輸送船に乗っていて死にかけた事があるんだ。米軍の潜水艦の魚雷でな、大きな船だったけどあっという間に沈没さ。夜の海は怖いぜ。まる一日海に浮かんでいて、やっと助けられたのさ。……ところで今日は何日だ。あと何日で着くんだよ」

「昨日の話ですと、あと三日と言ってましたね」

「そうか。あと二日の辛抱か……。貴公、煙草持ってないかね」

「いえ、自分は吸いませんので……」

「誰か持ってないかな……。無理か。〝海軍さん〟にでも当たってみるか」

男は立ち上がると、よろけながら鉄扉を押して外へ出て行った。一瞬だったが、鉄扉を通してひんやりとした潮の香りが鼻先を過っていった。

出て行った男の空いたスペースに、両手両足を投げ出して寝転がると、やっとくつろいだ気分になれた。

目を瞑ると、アンナの顔を思い浮かべることが出来た。いや、顔だけでなく、手のひらに残る柔らかくすべすべした温かい素肌の感触を、成熟した女性の丸みを帯びた真っ白い肉体を思い出していた。

乗船前の束の間の逢瀬だった。勇にとって、最初で最後のアンナとの肉体の交わりだった。男と女の打算の無い純粋な愛の契りだった。

少なくとも、勇はそう信じたかった。

〝別れの先には未来があるのよ〟

アンナの言葉を噛み締めてみた。しかしどんなに考えても、オランダ人で、夫のあるアンナとの間に未来があるはずはなかった。勇は今、インドネシアから何千キロも離れた海の上にいるのだ。そしてこの先、勇を待っているのは、祖国日本の敗戦という現実である。その現実から、自分の未来をどう描けというのだろうか？　どう考えても何も出て来はしなかった。

しばらくして、隣の男が戻って来たので、身を縮めて横になり寝たふりをした。男の軍服からは安物の煙草の匂いがした。勇はいつしかまた本当に眠りに落ちていた。

勇達を乗せたジャカルタからの復員船が横浜港に着いたのは、昭和二十一（一九四六）年の十月九日だった。

港に降り立つと、長い時間穴倉のような船倉に閉じ込められていただけに、見上げる空の青さが目に染みてきた。胸いっぱい吸い込んだ空気が甘かった。爆撃で破壊された倉庫の周りには、赤茶けた煉瓦が散らばっていて、所々に赤とんぼがとまっていた。港に目をやると、何本かのマストが、水中から生え出したように天に向かって突きだしていた。海面には、所々、漏れ出した油が虹色の輪を描いていた。その上を、白い翼の海鳥がゆったりと空中を舞っていた。日本はもう秋だった。

港で復員手続きを済ますと、幾ばくかの現金と、帰省先までの国鉄の切符をくれた。他には、軍隊毛布と背負い袋に入っている冬用の軍服と若干の下着が持ち物の全てだった。

雑納入れから、隠し持ってきた小さな手帳を取り出し、パラパラと捲って真ん中あたりで指を止めた。

――台東区下谷××　橋本金吾　長男　健治――

逃亡した橋本軍曹の実家の住所が、小さな文字で書かれてあった。

勇には、東京の土地勘は全くなかった。この住所がどの辺りなのか皆目見当もつかなかった。

手帳を仕舞おうとして、何かが滑り落ちた。折り畳まれた白い折り鶴だった。

窓もドアも外れたままの電車から眺める東京は、見渡す限り焼け野原であった。それでも、人間が生きている証拠に、そこかしこにバラックの家が建ち始めていた。そこからは、三度の支度なのか煙が立ち昇っていた。

上野駅で、青森行きの列車を探すと、夜の十時発の夜行列車があった。

空腹を感じて、駅前に出てみた。よく見ると、道路にも焼け残ったビルにも英語表記の横文字が目立った。『上野駅』が『UENO STATION』に、『浅草通り』が『ASAKUSA str.』に変わっていた。実際に、目の前を、米軍のジープと緑色の幌を被せた大型トラックが警笛を鳴らしながら走り去って行った。

線路沿いには屋台の店が並んでいて、人でごった返していた。殆どの男達は、よれよれの軍服か国民服、女達はモンペ姿であった。

いたる所から上がる大声が増幅して空一面に響き渡っていた。闇市であった。醤油と味噌の香ばしい匂いに、何か得体の知れない臭いが混じりあって辺り一帯を覆い尽くしていた。

勇は、雑炊を注文した。軍隊で使うアルマイトの容器に入っていたのは、米とイモと野菜の切れ端であった。熱かったが一息で食べ終わってしまった。代金が十円だと言われて驚いた。懐にあるお金では一週間も生きられない勘定であった。

空襲にも焼けずに残っていた駅舎には、沢山の人間が居ついていた。中でも、汚れ擦り切れたぼろ服を纏い、裸足の子供達が目に付いた。靴磨き、新聞売り、柱に寄り掛かったまま動かない子供。「泥棒!」の声がして、バタバタと走り去る足音が聞こえてきた。

裏通りには、スカーフを被って顔を隠した女達が立っていて、時々通りがかる男に声を掛けていた。表通りの明るい所にだって、米軍人と一目で分かる背の高い男達に堂々と纏わりついている女達がいた。戦争は建物ばかりでなく、人間の心までも破壊し尽くしたのだろうか。

いや、よく見ると、そこに蠢く人々の顔は意外に明るかった。下を向いている人間はいなかった。がんじがらめの規律・規範から解放され、無秩序の中から何かが生まれようとしているのかもしれなかった。

どこからか、ラジオの歌声が響いていた。妙に心を浮き浮きさせる明るい歌声だった。

勇はしばらくの間、その場に立ち尽くしていた。これから先、どうなるか分からなかったが、何だか自分も生きていけそうな気がしてきた。

勇はアンナのことを思った。もう一度逢いたかった。でも敗戦のこの現実を目の前にすれば、それは所詮、儚い夢に過ぎなかった。アンナとは二度と逢うことのない運命であるのは明らかだった。どうせ叶わぬ夢ならば、早く忘れてしまいたかった。

勇は、全ての思い出を消し去るように頭を振った。

第二章　逃亡兵

1

一九四九（昭和二十四）年一月――。

橋本金吾は逃亡した日本兵と共に、インドネシア共和国軍の中にいた。

彼ら元日本兵に求められていたのは、インドネシアの若者に対する、軍事訓練と、武器の調達・修理、そして直接前線での戦闘であった。彼らには、旧軍での経歴により、それぞれ共和国軍の階級と役割が与えられていた。金吾は中隊を指揮する中隊長、中尉であった。

金吾の所属する大隊は、ジャワ方面軍の組織下、幾度かの転戦を経てジャワ島の山岳地帯、ボゴールとバンドゥンとの間に在るカンポン（小村）をベースとして活動していた。

ジャワ島から最後の復員船が出港して行ったのは、一九四六（昭和二十一）年十一月であった。その時点で、なお、七百名以上の日本人がインドネシアに残っていたといわれているが、正確な数字は誰も分からなかった。彼らは、一部の軍属を除いては、紛れもない帝国陸・海軍の元兵士達であり、それも大半が下士官と兵であった。

逃亡した理由は様々だったが、いずれにしても、日本政府や旧軍から見れば、彼らは故郷を捨て過去を捨てた生ける屍、幽霊であった。『軍律・命令違反』、『戦地敵前逃亡』、軍法会議に掛けられれば死刑のはずであった。ましてオランダ軍・政府にとっては、反逆者以外の何者でもなかった。必然的に、彼らが身を寄せ得る先はインドネシア民衆の中へ、しかも独立戦争の渦中に身を投げ出すしか生きる道はなかったのである。

振り返ってみれば、一九四五年八月の歴史的な『インドネシア独立宣言』が発せられてから、今日に至るまで、植民地の支配者であるオランダ政府との間に、長く厳しい戦いが続いていた。

これまでも幾度か、平和的に解決すべく、停戦と政治的な妥協が行われたのであるが、いずれも失敗に終わっていた。

最初が、一九四六年十一月に結ばれた『リンガジャティ協定』であり、スマトラとジャワ島とをインドネシア共和国の領域として認めたものであった。

しかし、この停戦は長続きせず、共和国内の政治的な未熟さによる内紛に、オランダ軍がつけ込むかたちとなり、各地で軍事的衝突が起きたのだが、国連の調停もあって、次に結ばれたのが『レンビル協定』であった。

協定は一九四八年一月、オランダ政府とインドネシア共和国との間で調印されたが、内容は共和国側にとって一方的に不利なものであり、それまでの領土を大きく狭められ、中部ジャワの片隅に押し込められてしまったのである。

その後、共和国政府内の左派と右派による権力闘争が軍事的衝突を引きおこした、『マディウン事件』による内乱に乗じて、オランダ軍が再び軍事侵攻を開始した。共和国内の主要幹線道路、港湾、主要都市はたちまちオランダ軍の手に落ちてしまった。オランダ政府はあくまで、植民地を手放す心算はなかったのだ。

これに対して、インドネシア人民は諦めなかった。益々独立への炎を燃やし、インドネシア全土でゲリラ戦を展開していたのである。


アンペラの敷かれた部屋の真ん中に、囲炉裏が切ってあった。蚊よけの為なのか、何かの草を燃やす煙が白くたなびいていた。小さな皿の上で燃えるヤシ油の灯だけでは部屋の中は薄暗い。時々舞い上がる囲炉裏の炎が男達の顔を浮かび上がらせていた。皆一様に、真っ黒く陽に焼けた顔に髪を伸ばし、粗末な現地人と同じ服装をしていたが、喋る言葉は紛れもない日本語であった。

金吾を真ん中にして、十数人、寛いだ格好で座っていた。

金吾の傍に座っていた男が、煙草の煙を深く吸い込み、そしてゆっくりと吐き出すと思い出したように言った。

「今日って、ひょっとしてヤニュアリ（一月）、正月だよな！」

「そういえば、この一週間はオランダ軍も静かだったな……。彼奴らはクリスマスに正月休暇かよ」

「インドネシア人には関係ないよ。彼らはムスリム（回教徒）だからな」

誰かがぼそりと言った。

「俺達にも関係ないさ！」

別な男が話題を断ち切るように言った。その後で、大きな溜息が聞こえてきた。

男達は黙って、囲炉裏から上がる炎を見やっていた。

ムスリムには、酒も豚肉も厳禁であった。

「しかし、ここにいると季節がないから、今日が何年・何月・何日かなんて全く分からないぜ……」

「今日が一月ってことは、俺達日本の部隊を離れて三年以上過ぎたって事かよ？」

誰も応える者がなかった。

金吾は鈴木中隊長との別れを思い出していた。

息子の健治は生きているのだろうか——。

金吾には〝インドゥ〟（インドネシア人とオランダ人の混血）の女との間に出来た二歳になる女の子がいた。名前をユリーと名付けた。女とは正式に結婚していた。その為には、割礼を受け、ムスリムに改宗しなければならなかった。今では、『ブディアント・ハシモト』と名乗っていた。

「軍曹、この戦いはいつまで続くんですかね？」

金吾は、日本人の間では今でも〝軍曹〟と呼ばれていた。

「うん？　俺にも分からん……」

金吾の低い、はらわたに響くような声が続いた。

「終わるまでやるしかないんだ。しかも完全な独立を勝ち取るまでな……分かるか？　中途半端にオランダと妥協でもしてみろ。俺達はどうなると思う……」

「どうなるって言うんだよ？」

不安気な声だった。

「オランダ政府にしたら俺達は国籍不明の極悪人だろうよ。捕まれば即刻死刑だろうな……。それに、忘れるな！　俺達は『党与逃亡罪』で日本からも追われる身だってことを」

皆の胸に金吾の言葉が鋭い槍の穂先のように突き刺さっていた。『逃亡罪』、何度聞いても嫌な響きだった。逃げ場はないのだ。

この三年間の戦いで、多くの仲間が死んでいった。明日死なないという保証は誰にもなかった。

言葉には出さないが、皆の胸の内では故郷の事を思い出していた。子供の頃食べたお正月の料理の事を、父母・兄弟の事を思い出しているに違いなかった。

中には、日本へ帰らなかったことを後悔している者もいるはずだった。

重たい沈黙がその場を覆っていた。

「俺は、この戦には負けないと思っている……」

金吾が少し声を落として言った。

「どうしてそう言えるんだよ？　武器、火力の差はどうしようもないぜ……」

「俺は、中国大陸で長く戦ってきた。日本は百万の大軍と、戦車・飛行機を総動員しても勝てなかった。分かるか……、理が向こうにある限り、ゲリラ戦には敵わないのよ。オランダ軍も同じさ。理も大義もインドネシアの人民にあるんだ……」

反論する者はいなかった。

金吾が皆の顔を見回し、

「それに、お前たちは皆、自分の意志でこの国に残ったんだろう。理由は色々あるだろうがな。だったら最後の勝利まで戦うしかないんだ。分かったな……。明日からまた戦だ」

金吾の言葉に促され、男達は思い思いの場所で、薄い毛布にくるまって眠りにつくのだった。

2

一九四九年五月――。

金吾たちの大隊が本拠地とするA地区に、戦車を伴った大隊規模のオランダ軍が迫っているとの情報が入っていた。

飛行機、戦車等の近代兵器を装備しているオランダ正規軍に、正面から戦いを挑んでも勝ち目はなかった。しかし、オランダ正規軍にも弱点はあった。彼らは所詮、インドネシア人民という大海に浮かぶ小舟でしかなかった。主要都市を占領し維持するのが精一杯であった。それらの街を結ぶ主要幹線道路ですら、ゲリラに襲われ、占領している街が孤立させられていた。業を煮やしたオランダ軍は本格的に、ゲリラの掃討作戦を展開してきたのだ。

大隊長アブドール・ラスタムを中央に、各部隊の責任者が集合していた。

「強力な敵が迫っている。どう戦うか皆の意見を聞きたい」

大隊長の問いかけに応える者はいなかった。

「ブディアント、お前の意見は？」

金吾に発言を求めてきた。

数瞬の間を置いて、

「戦車がいるんだって？　これをどう抑えるかだなあ……いずれにしろ、敵がここを攻めるには、ルートは二本しかないよな。西からの谷沿いの道と、もう一本は南からの川沿いの道だ。

この一番狭隘なところで待ち伏せするしかないだろう」

「持ち堪えられなければ？」

「その時は、山の中へ逃げるんだな」

「簡単に言うな。逃げるのだって、女・子供がいるんだぞ。どうするんだ？」

「俺は、意見を訊かれたから言ったまでだ……。そんな事より、敵の戦車をどうするかの方が先だ」

金吾のインドネシア語は、流暢とはいえないまでも意味を伝えるには十分だった。

「だいたい、俺は日本人が嫌いだ。信用できない」

ＰＥＴＡ（ジャワ防衛義勇軍）上がりの大尉が、人差し指を立て細かく左右に揺すりながら言った。

「信用できない人間とは、俺も一緒に戦いたくはないぜ」

金吾の言葉は冷ややかだった。

「何！　お前ら日本人は卑怯だ。西欧人からアジアを解放するなんて偉そうに言っておきながら、やった事はオランダ人より酷い搾取じゃないか。インドネシア人の兵補、ロームシャ、おまけに女までいいようにこき使っておいて、戦争が終われば知らん顔だ。仲間内には、ニューギニアやビルマの山の中まで連れて行かれて、帰って来ない人間もいっぱいいるんだ。その補償はどうしてくれるんだ。えーっ……」

「俺を責めてもしょうがないぜ……。ともかくこの戦争に勝つことだ。そして完全な独立を勝ち取ることだ。そうすれば、国として日本政府に損害賠償を請求することが出来るはずだからな……。オランダ政府は、インドネシア人のことなんかこれっぽっちも気にしちゃいないからな」

「それは理解した。しかし、お前達を信用するのとは別な問題だ。そもそも、お前は何の為に命を掛けてまで戦うんだよ？」

「俺か？　俺はインドネシア人の妻と子供の為に戦うんだ。命を懸けてな……。戦争とはそういうものだ」

その場の気まずい空気に、大隊長が割って入って、

「もうその辺でいいだろう……。明日の作戦を言う。部隊を三つに分ける。川沿いの敵にはブディアントの中隊、反対の谷沿いの道はＫ大尉の中隊が当たる。残りは本部において、予備軍とする。これでいいな？」

「分かった！」

「了解」

「ああ、それから、一つ言っておく。ブディアントは我々と同じムスリムだ。本当の仲間だ。・・・・忘れるな！」

アブドール・ラスタム大隊長の最後の言葉が、凛としてその場に響いていた。

カンポンの外れに在る、日本人遊撃隊の宿舎に戻る道すがら、金吾は明日の戦闘を考えていた。

敵の主力は川沿いの道を力ずくで攻めてくるだろう。

しかも、戦車や重火器を前面に押し出して。それにどう対抗するか――。

こちらにあるのは、少しの速射砲と擲弾筒、それに日本軍の重機関銃が数丁有るだけであった。対戦車兵器は皆無に等しかった。あるのは、対戦車用の地雷、それも航空機用の二十五キロ爆弾から黄色火薬を取り出し、それに信管を取り付けたまがい物であった。

翌日――。

金吾の予想した通り、オランダ軍の主力数百人が数台の戦車を先頭に、川沿いの道を攻め上がって来た。

それに対するインドネシア軍は、金吾の指揮する中隊と、日本人の遊撃隊合わせて二百人余りであった。

金吾は、待ち伏せ攻撃の場所を、山あいから、一キロ程川下の平野部への出口に構えていた。敵は山あいでの戦闘を予想しているはずであった。実際、地元民に偽の情報を流させていた。

道は見晴らしの良い一本道だったが、左側が川で右側が沼状の湿地帯で葦が密生していた。隠れるには格好の環境であった。

遠くから地響きが伝わってきた。戦車が発するディーゼル・エンジンの唸りと、キャタピラーの路面を噛むキシリが不気味に響いてきた。兵士たちは皆、蒼ざめた顔をして膝を震わせていた。

金吾は、地雷を抱えていた。後ろには、ガソリンの入った火炎瓶を持つ者、改造爆弾を持つ者が続いていた。

敵は油断していた。兵士たちが話すオランダ語が聞こえてきた。密生した葦の隙間から先頭の戦車の鼻先が見えた瞬間、金吾は地雷を抱えて戦車の一メートル前を駆け抜けた。

轟音がするのと、金吾が川床に身を躍らせ、転がり落ちるのとが同時であった。先頭戦車のキャタピラーが吹き飛び、道路中央に頓挫した。一瞬おいて、彼我の猛烈な銃撃戦が始まった。

先頭戦車に進撃を邪魔された後続の戦車は、機銃を撃ちながら、バックしようとしていた。そこへ、火炎瓶と改造爆弾が炸裂し、エンジン部分が燃えだし搭乗員をパニックに陥れた。戦車を欠いた近接戦では、待ち伏せする方が有利であった。そこかしこで手榴弾の爆発音が響いていた。

小一時間程で、オランダ軍は数台の破壊炎上された戦車と、多くの遺棄死体を残して撤退して行った。インドネシア軍の勝利であった。

インドネシア軍側にも多くの死傷者が出ていた。しかし、金吾は生きていた。左肩と頭に傷を負って川床に死んだように横たわっていた。

戦闘が終わると、仲間に支えられながら、本部に戻って来た。皆が出迎えてくれた。

「ブディアント、よくやった。大勝利だ！」

大隊長が金吾の手を握りながら言った。

傍にいた、大尉が金吾の前に進み出てきて、

「ブディアント、疑ってすまなかった。お前こそが真の英雄だ」

「いや違う。勝てたのは俺のせいじゃない。ここにいる皆の力だ」

この戦闘で、また、何人かの日本人が死んだ。

山の斜面に穴を掘り、粗末な墓を作って埋葬した。目印に立てた木も、いつか朽ち果てて顧みられることも無いであろうに。

いや、故郷を捨て、家族と決別した男達の末路を飾るには、むしろ相応しいのかもしれなかった。土饅頭には名も知らない黄色い花が添えられていた。

第三章　チェンマイにて

1

バンコク発チェンマイ行きの飛行機には空席が目立っていた。ウイーク・デーのせいなのか、乗客は外国人の観光客が多かった。機内はエアコンが効いていて涼しかった。いや、むしろ寒いくらいであった。

タイの四月は一年中で最も暑い季節であり、先週、ソンクラーンの水かけ祭りが終わったばかりであった。

武志は窓側の席に座っていた。足下に置いたブリーフ・ケースから、明日の会議の資料を取り出し目を通していた。老眼鏡越しに英文の細かい文字を読んでいると、頭が痛くなってきた。シンガポールからバンコクまでの飛行機の中で読めば良かったのだが、ついビールを飲んで眠ってしまったのだ。

昨年、タイで無血クーデターが起き、その政治的な混乱は、一年経った今もタイ経済に大きな影響を与えていた。武志の勤める東洋商事の現地会社も赤字が続いていた。武志は社外取締役であった。

ゲートを出て、アライバル・ホールに向かって歩いていると、ポケットの携帯が鳴った。

「もしもし、鈴木ですが」

「どうも、松下です。今どちらですか？」

「もうすぐ、出口……」

一瞬の間をおいて、

「ああ、見えました！」

若い日本人が右手に携帯電話を持ちながら手を振っていた。東洋商事バンコク支店の松下であった。

「鈴木社長、お疲れ様です。車を用意してありますからどうぞ」

如才なく武志から旅行鞄を奪い取ると、先に立って歩き始めていた。

「すまないね、忙しいのに。君はいつこちらに入ったの？」

「昨夜の最終便で来ました。明日の会議の準備は出来ていますから、ご安心ください」

「そう。ご苦労さん。サイアム工業の人達とは同じホテルかい？」

「いえ、別にしました」

「それは有難いね。明日の会議は揉めるだろうからね。こちらは粘り腰で行くしかないからな……」

「ええ、宜しくお願いします」

松下はハンカチでしきりに汗を拭いていた。急いで歩いて来たせいなのか、それとも、元々汗かきの体質なのか額には汗が噴き出ていた。そういえば、東南アジアの人々が汗を掻いているのを見たことがなかった。日本人の目から見れば、彼らの日常の動きはじれったい程緩慢であった。それが、南国で生きていく人々の知恵なのであろう。

空港の外は、西日が眩しい割には意外と涼しかった。チェンマイは高原であった。花の香りであろうか、空気が甘く感じられた。

手を上げた傍に横付けされた車は、白い日本車のセダンであった。乗り込むと、松下が運転手に何事かを告げていた。ホテルへ行けとでも命じたのであろうか。武志もこれまで随分タイには出張で来ているが、タイ語はさっぱりであった。

「松下君はタイ語がうまくなったね。何年になるのかな？」

「二〇〇四年に赴任して来ましたから三年が過ぎましたけど、まあまあですよ。どうにか生活が出来るといったところでしょうか」

「立派なものだよ。ところで君の家族は？」

「ええ、お蔭様で家内と一歳になる娘が一緒です」

「そう、それは何よりだね。家族一緒に海外で暮らす経験をするのは良いことだよ。必ず将来役に立つよ」

帰宅時間なのか、それとも、そもそも道路が狭いのか、道路は渋滞していた。

「ところで鈴木社長、明日の午後は会議が終わるとフリーなんですけど、いかがいたしましょうか？」

「ああ、観光かい？　……要らないよ。適当に飛行機をアレンジして帰るから、心配しないでくれたまえ」

「宜しいのですか？」

「うん。……そうだ、ちょっと訊くけど、君は『泰緬《タイメン》鉄道』って知ってるかい？」

「ええ、一応は……」

「どこに在るんだい？　ここから近いのかな」

「チェンマイもミャンマーの国境に近いですけど、泰緬鉄道が通ったのは、もう少し南の方ですね。カーンチャナブリー県のナムトックに行けば、クウェー川鉄橋が今でもあります。もっともその先は断線していまして、ミャンマーまでは続いていませんですがね」

「君はそこまで行ったのかい？」

「ええ、行きました。前任者からの引き継ぎ事項でして、日本からのお客さんが来たときに案内できるようにですね……。でも、泰緬鉄道について訊かれたのは鈴木社長が初めてです」

「そうか、随分昔の話だものな。興味のある人もいないだろうな。……僕らの時代は、ハリウッド映画で知ったよ。『戦場にかける橋』って観た事ある？」

「いえありません。でも、高校のブラスバンドで『クワイ川マーチ』は演奏しました」

「じゃあ、戦争中にそこで何があったのか知っているかい？」

「正直、よく知りません……。行ったのは一度きりですが、結構外国人客が多かったです。それも、英国人とオーストラリア人ですね。中には、高校生らしき集団もいました。彼らに、僕の事を日本人かって訊かれましてね、曖昧な返事をして逃げました……。だって、当時の事を訊かれても応えようがありませんからね……」

「そうだよな……。じゃあ、ナムトックに行くにはバンコクに戻らなければいけないんだね」

「そうです。そこから鉄道もバスもあります。……もし行かれるのでしたらアレンジしますけど？」

最後はサラリーマンらしい気配りだった。

「いや、今回はいいよ……。またいつかね」

四十分ほどでホテルに着いた。

「晩御飯は現地のタイ料理で宜しいですか？」

「ああ、任せるよ」

二人はホテルを出て歩いていた。街は意外と賑やかであった。ネオンサインが瞬き、タクシーやトゥクトゥクがクラクションを鳴らしながら行き交っていた。

松下が立ち止まったのは、こぢんまりとしたレストランの前だった。店内は混んでいたが、予約してあったとみえて、奥まったコーナーのテーブルに通された。タイ語のざわめきに耳が慣れると、頬を撫でる風が涼しかった。見上げると天井からぶら下がった大きな羽がくるくる回っていた。

「何にしましょうか?」

松下の差し出すメニューには、タイ文字の下に英語が書かれてあった。

「君のおすすめを頼むよ。ああ、トムヤンクンは忘れないでね。それとシンハーを飲もうよ」

松下が手を上げてウエートレスを呼んだ。慣れた感じのタイ語で注文をしていた。ウエートレスが最後に、微笑んで「コップンカー（ありがとう）」と言ったのだけは武志にも分かった。

冷えたシンハー・ビールがのどを潤した。

泡だけが残った武志のグラスに大びんからビールを注ぎながら、

「いい店でしょう」

「そうだね。観光客用というわけでもなさそうだね……。こういう店が好きだな、僕は」

武志があらためて店内を見回しながら言った。

「実はですね、この店のオーナーは日本人なんですよ。前に、何度か会ったことがあるんですがね……。結構シニアな方ですが、気さくで面白い人ですよ」

「君はここへはよく来るのかい?」

「ええ、こちらに出張で来たときには……」

最初に運ばれてきたのはトムヤンクンだった。このスープの最初の一口はいつも刺激的である。口腔に広がるレモンの酸味と唐辛子の辛さにむせ返るのだ。続いて出てきた、海老、鶏卵、野菜の皿のどれもがちょっと辛かったが旨かった。ほとんどの料理に付いてくる香菜・パクチーは、最初は鼻に付いたが、嵌ると止められないものである。二人は汗を拭きながら食べた。

武志は、おこわに完熟のマンゴーを載せ、その上にココナッツミルクを掛けたデザートが一番好きだった。味もさることながら、真っ白なもち米の上に載せられたマンゴーの橙色のコントラストが美しかった。何だか幼い頃、母が作ってくれた、半殺しのもち米を握って、小豆のあんこで包んだ牡丹餅を思い出させるのだ。

食後のコーヒーを待っていた時であった。向かい側に座った松下が、誰か知り合いなのか軽く手を上げていた。

「やあー、しばらく」

野太い声が武志の背後から聞こえてきた。確かな日本語であった。何気なく振り向いた視線の先には、頭髪も鼻の下に蓄えた髭も真っ白な初老の男の顔があった。

どこかで見た顔であった。

見つめ合ったまま、お互いを認識するまでにはしばらく時間が掛かった。実際にはほんの数瞬であったのかもしれない。

　口を開いたのは、武志の方が先であった。

「須藤さん！　須藤さんじゃないですか」

「いよー、鈴木君か！　……奇遇だな」

　戸惑いと驚きの声が辺りに響いていた。男は歩み寄ると、立ち上がった武志の右手を確りと握りしめた。

「須藤さん、お久しぶりです。お元気でしたか……。いつ以来ですかね……、スウェーデンでお会いして以来ですね」

「そうなるかな……。君も元気そうで何よりだ。まあとにかく座ってくれよ」

　言いながら自分も、空いている松下の隣の席にどっかりと腰を下ろした。

「マスター、うちの鈴木社長をご存じなのですか？」

　松下が二人に割って入るかたちになった。

「ああ、須藤さんは僕らの先輩さ。もっとも君が入社した頃にはもう会社にはいなかったけれどね……。ともかく有名な人さ」

　武志が先に応えた。

「有名って、悪評だろうさ」

　須藤は唇を歪めて笑った。満更でもなさそうな声の響きだった。

コーヒーが二人の前に運ばれてきた。

「なんだもうお終いかよ。何か飲んでくれよ」

須藤は手を上げて従業員に何かタイ語で命令すると、スコッチ・ウイスキーとグラスに氷が運ばれてきた。氷はミネラル・ウォーターで作ったと見えて、透明だった。

「まあ、ともかく乾杯だ！」

須藤が掲げたグラスに他の二つが重なり、氷の触れ合う音が涼しげに聞こえた。

「懐かしいな……、ここで君に会えるとは思わなかったよ。〝鈴木君〟と呼んでは失礼か。今何をしているんだ？　……お主の名刺もらえないかね」

「ああ、失礼しました」

財布から名刺を抜きだし、須藤に手渡した。

首からぶら下げた老眼鏡を掛けなおし、名刺の裏表を引っくり返して、

「『東洋商事執行役員　シンガポール会社社長』か、偉くなったな……」

「いやー、定年前の御情け人事ですよ。それも社内役員ですから大したこともないですよ」

「そんなことはないよ。世の中で言う立派な勝ち組だよ……。ところで今日はゆっくりできるんだろう？」

「いや、申し訳ないのですがこの辺で失礼させてください。明日の朝、重要な会議があるものですから、ホテルに帰って勉強しなければいけないのですよ」

「そうか、社長だものな……仕方がないか。じゃあ明日はどうかね？」

「ええ、明日の午後三時頃なら時間が空きますけど。でも須藤さんのお邪魔ではないのですか？」

「俺か？　俺はいつでも暇さ。よし、じゃあ明日の午後三時な。ここで待っているぞ」

2

翌日の午後――。

武志は一人で須藤のタイ・レストランを訪ねて行った。

午前中の会議は予想した通り纏まりのない会議であった。タイの男性は相手にはっきりとものを言わないのが習わしなのか、サイアム工業の役員達も、なかなか核心に触れてこなかった。

武志は二時間の間、自分の苛立ちを抑えるのに精一杯であった。結論に到達できたのは、会議終了の直前であった。挨拶もそこそこに会議場のホテルを出て、タクシーを摑まえて、やっとレストランにたどり着くことが出来たのだ。

三時をまわったばかりで昼食時が過ぎたのか、店には人影がなかった。カウンターにいた従業員に来意を告げると、すぐに店の二階に案内された。そこは、高級そうな家具に囲まれた、立派な居室であった。

「よー、来たか。ゆっくりしていってくれよな。今夜は語り明かそうぜ」

「はあ、有難うございます」

二人がソファーに寛ぐと、タイ人の女性と小学生ぐらいの男の子が現れた。

女性はタイ式に両手を胸の前で合わせ武志に挨拶をした。男の子も同じ仕草をしていた。

「サワデ・クラップ」

慌てて武志もそれに応えた。女性の笑顔が魅力的であった。子供の年齢から推し量ると三十半ばであろうか、肉感的で須藤好みの女性に違いなかった。

「俺の、家内と子供だ」

男の子は甘えているのか、須藤の腕に纏わりついていた。

「こら、ちゃんと挨拶しないか」

須藤の声は叱っているようでも、目も口元も身体中が子供を溺愛していることを物語っていた。

「こんにちは。ジョーです」

日本語を話すのが恥ずかしそうだった。

女性は、飲み物を用意すると男の子を連れて部屋から出て行った。

「見た通りだよ。この歳になって身から出た錆さ」

「須藤さん、ひょっとして初めての男の子？　そりゃあ可愛いでしょうね」

「そうなんだ。やっと男の子が授かったよ。それにしても遅すぎかな」

「そんなことないですよ。これから十年間頑張って生きていく、いい生きがいじゃないですか。羨ましいですよ」

「まあ、そういう考え方もあるか……。お主は幾つになった？」

「僕も五十八ですよ。あと二年で定年です……」

武志はビールの入ったコップを口元に運び、ごくりと音を立てて飲み下した。

「そうか、早いものだな。お主との最初の出会いはオランダだったな……。あの頃はお互いにまだ若かったな……。あれから三十年か？」

「そうですね……。僕は二十代で、右も左も分からない若造でしたから、須藤さんには随分色々な事を教えていただきました」

「色々って、〝エロエロ〟と言いたいんじゃないのか？」

須藤が目を細めて笑っていた。

「それは須藤さんですよ」

「ははは－、お主は女性の方は結構堅かったからな……。ともかく、面白かったよ」

「そうですね、楽しかったですね……。僕もオランダ時代が一番思い出深いですよ」

テーブルの上のビール瓶が空になっていた。

「お主、ビール、それともウイスキー？」

「ウイスキーお願いします」

須藤は立ち上がると、自分で奥の部屋からお盆に載せたスコッチ・ウイスキーの十二年物と氷を持ってきてテーブルに置いた。ウイスキーを注ぐと、氷の弾ける音が聞こえてきた。二人の周りは静かだった。エアコンが自動運転にセットされているのか、時々忘れた頃に室外機のブーンという音が聞こえてきた。閉ざされたブラインドの隙間から光が零れ入っていた。

ウイスキーが氷に浸み込むように、二人はお互いに、己の過去の世界に浸っていた。

今この瞬間に立ち戻ったのは武志の方が先であった。

「須藤さん、ところでどうしてここに居るんですか？」

「えっ、どうしてってか。そういうお主は、いつからシンガポールに居るんだ？」

「僕はもう八年になります……。希望したんですよ。最後は東南アジアで仕事をしたかったですから」

「そうか、俺も同じさ。人生の終局は東南アジア、そう思ってな、ここに住みついて十年になるよ……。この店を買い取るにはちょっと経緯があってな……」

須藤は手を伸ばしてウイスキーのグラスを手に取り、喉を潤すようにゴクリと一口飲み込んだ。

「まあ、この辺りへは昔からよく来てたんだけどな、その時に、この店の前のオーナーと知り合ったんだ。華僑系のタイ人の名前だったな、その人からこの店を買い取ったんだ。……その人は、もう死んじまった、生きていれば九十くらいだろうな」

「……」

武志は黙って聞いていた。

「その人、何者だと思う？」

「さあー……」

「実は日本人、逃亡兵だったのさ」

「えっ、逃亡兵ですか！」

「そう。……その人の話だと、インパール作戦に参加して大敗し、その後フーコン谷で壊滅状態に陥って、やっとタイ国境まで逃げ延びて来たんだ。ここから西に二十キロの所にあるバンピアンという山の中の町だがな。その人は、飢えと病で半死半生のところを現地人に助けられたんだそうだ。その後敗戦を知って、仲間は皆投降し、収容所へ入ったんだが、その人は逃げたんだよ。命の恩人であるタイ人の女のもとへな。それから、華僑系タイ人の戸籍を買って、タイ人になりすまして暮らしてきたというわけさ。……その人はタイ人の前では絶対に日本語をしゃべらなかったけど、俺と二人きりになると日本語をしゃべるんだよ。どこか九州の訛りがあったな……。やっぱり寂しかったんだろうな。俺、親父のことを思い出しちゃってさ……」

「そうですか。そんな事があったんですか……」

しばらく沈黙が続いて、口を開いたのは須藤だった。

「スウェーデンはどうしたかって訊きたいのだろう……。別れたよ。娘ともな」

最後のフレーズを事もなげに言ってのけた。そこからは、悔やみも躊躇いも一切感じられなかった。

武志は応えるべき言葉を探してみたが、適当な言葉が見つからなかった。一番相応しいのは黙する事であった。

「俺はここで暮らすようになって、親父がインドネシアに残って暮らした気持ちが分かるようになったよ。色々な意味でな……」

「……」

「まあともかく、お主とは縁があるんだ。運命かもな……」

須藤が深い息をした。

「そうですね、私もそれは感じますね……。親父たちの時代から続いているのですから」

「俺達の運命は、目に見えない紐のように絡み合っているのよ。人と人とを繋ぎとめる、絆とでもいうのかな……。何か前もこんなことを言った記憶があるな……。どこでだったか、忘れちまった！」

須藤の白く長い眉毛の下の目は、何かを探して漂っていた。武志もそれに釣られて、その目の先を追っていた。

第四章　チューリップの花

1

昭和五十（一九七五）年五月――。

羽田空港行きのモノレールから眺める海は暗かった。五月雨の季節、午後から降り出した雨が、無数のしずくとなってガラス窓に纏わりついていた。

武志は一人で座っていた。ラグビーの仲間にも、会社の同僚にも羽田での見送りは断ってあった。時代がかって、水杯を交わし今生の別れを惜しむようなセレモニーが嫌いだった。もっとも、別れに涙を流してくれる恋人もいなかった。

武志は北海道にある商学系の国立大学を卒業し、東洋商事に入社して四年が過ぎていた。これまでに、海外出張は幾度か経験していたが、香港、台湾、シンガポール等の近場で、しかもたいがい誰かと一緒だった。今回はオランダ駐在の為の赴任渡航であり、心細さも加わり、やはり心なしか緊張しているのが自分でも分かった。モノレールの窓から見える暗い景色が、必要以上に感傷的にしていた。

先週、赴任前休暇を利用して、札幌に住む実家に帰省した時の事を思い出していた。

武志の父は現役の中学教員であり、母も昔は教員であった。だからと言って、格別厳しい家庭でもなかった。むしろ、戦前の教育を受けた割には、父はリベラルな人間に思えた。軍隊の経験があるはずだったが、これまで一度も本人の口から戦争の話は聞いたことがなかった。それでも、武志にとって、父は父としての威厳があり、近づきがたい存在であるのは確かであった。

久しぶりに、妹の淑子も入れて親子四人が夕食のテーブルを囲んでいた。

「お兄さん、オランダに行くんだって？　ヨーロッパなんて素敵ね。私もお金を貯めて行きたいな……」

「遊びに行くわけじゃないぞ。商社マンは厳しいんだからな……。まあ、淑子は早く誰か良い人を見つけて結婚するんだな。それで新婚旅行に来ればいいしょ」

「駄目よ。北海道になんかそんな気の利いた、甲斐性がある男なんていないわよ。お兄さんこそ、お嫁さんどうするのさ。まさか、青い目の女性を連れて帰ってくるんじゃないでしょうね」

「そうね、私もそれが心配だわ。武志、誰か心当たりの女性はいないの？」

母が、料理の盛られた大きな皿をテーブルの上に置くと、話に加わった。

「貴方がどこで暮らそうが、私は構わないのよ。男なんだからやりたい事をやればいいのよ。

でもやっぱりね、お嫁さんは日本人の女性にして欲しいな……。父さん、父さんは何も言わないけど、どう思っているの？」

矛先を父に向けた。

「俺か？　いいんじゃないか、どこで誰と結婚しようと。うまくやっていければな……。それにしても初めての海外暮らしがオランダか……」

何か感慨深げであったが、それだけ言うと、それっきりいつものように物静かな父になるのであった。

北海道だけでなく、日本中どこでも同じであったが、海外旅行などは全く非日常的な出来事であり、まして海外で暮らすことなど普通の人間には考えられない時代であった。

羽田を飛び立ったアムステルダム行きのＫＬＭは、六時間ほどでアンカレッジに給油の為に着陸した。空港内のトランジット用のホールには、傾いた太陽の光が窓から差し込んでいた。今が朝なのか夕方なのか皆目見当が付かなかった。

武志は椅子に座っていた。寝不足の頭は思考力を失くし、ただぼんやりと焦点も無く眺めていた。

数人の日本人が、屋台のうどんのような物を啜っていた。中身は見えないが、少なくとも、辺りに漂っているのは、鰹節と醤油の香りに違いなかった。目を移すと、巨大なシロクマの剥製が、爪を立て、今にも襲い掛かりそうに牙をむいてこちらを睨んでいた。

再び飛び立った旅客機は北極海の上を飛んでいるらしかった。機内アナウンスがそう告げているだけで、実際にはどこをどう飛んでいるのか全く分からなかったが、窓の外は明るかった。

エコノミー・クラスは空いていた。コバルトブルーの制服を着た客室乗務員が武志に話し掛けてきた。

「以前お会いしませんでした？」

彼女らの常套句なのであろうが、悪い気はしなかった。

「どうでしょうね。僕のような平凡な顔はどこにでもいますからね……」

「あらそんなことは御座いませんわよ。どこの国の人かと思って、最初は英語で話し掛けようと思ったのですもの……」

日本人独特の曖昧な笑顔が、微笑みと言えばそれまでだったが、武志の目の前にあった。国際線の客室乗務員といっても、所詮はサービス業、水商売の女と大差がないと心の中で思ったが、顔には出さず、

「まあ少なくとも、アフリカ、中近東の人間には見えないでしょうね。あなたこそ、ＫＬＭの制服がよく御似合いで、オランダ人かと思いましたよ」

「あら嬉しいわ。お世辞でも……。どちらまでお出でですか？」

「オランダです」

「お仕事ですか、どちらにお泊まりですか？」

「ロッテルダムです。皆さんの定宿はどこですか。決まっているのでしょう？」

「日系の飛行機会社さんはホテル・オークラなんですが、私たちはノボテルなの。アムスの街中から離れているし、つまんないのよね……」

武志はどちらのホテルも知らなかったので、返事のしようがなかった。

「僕は実はロッテルダム駐在なんですよ。いつかどこかでお会いするかもしれませんね……」

「そうですね。その時は宜しく……」

武志はブラインドを下ろすと、目を瞑った。座席の背もたれから伝わる微かな振動が眠気を誘っていた。

どれくらい眠っていたのであろうか。シートベルト着用のサインが点灯していた。ブラインドを開けると、眼下には、四角い緑のじゅうたんを碁盤の目に敷き詰めたような景色がどこまでも続いていた。幾何学模様の黒い線は運河であろうか。飛行場に近づくと、所々に赤い屋根の家並みが見え、その中心には教会なのか尖塔が在った。

武志は腕時計を見て、現地時間を割り出そうとしていた。日本とは七時間の時差があるから、オランダは今、夏時間の朝七時のはずであった。

スキポール空港は広かった。

武志は飛行機を降りると、ひたすら人の波について行った。やがてイミグレーションのゲートに着いた。厳めしい顔つきのオフィサーが一段高い所から、文字通り見下すように睨んでいた。

武志は黙ってパスポートをカウンターに置いた。

「長期滞在だな。仕事は？」

オフィサーの話しかたから、歓迎せざる客の一人であるらしかった。

「日本の商事会社に勤めています。オランダ駐在の予定です」

「どこに住むのか？」

「まだ決めていませんが、会社がロッテルダムにありますから……」

「今日から一週間以内にロッテルダムの警察に出頭するように。いいな」

無愛想なままで、パスポートにスタンプを押し突き返してよこした。武志もひったくるように受け取ると、前へ進んだ。

出発前のテレックスでは、先輩の須藤が迎えに来てくれることになっていた。須藤とは、親しく話したことはなかったが、本社の海外事業部で顔見知りであった。

アライバル・ホールの出迎えの中には日本人らしい顔も何人かいたが、須藤は見当たらなかった。取りあえず待つことにして、近くの空いている椅子に座った。なかなか現れなかった。時計を見ると八時を大分過ぎていた。痺れを切らし立ち上がったところを、「よう」と肩を叩かれた。振り向くと須藤であった。

「ああ、須藤さん！」

「待ったかい、すまんすまん。日本からの便は普通は必ず遅れるんだよ。今日は珍しく定刻通りだったからな……」

言葉ほどには、すまなさそうな顔でもなかった。

「こちらこそ、朝早く迎えに来ていただいてすみません」

武志の方は丁寧に頭を下げた。

「これが駐在員の仕事さ。まあ、君もそのうち嫌になるほど経験するよ。さて、……じゃあ事務所に行くか」

須藤が先に立って駐車場の方へ歩き出すと、カートを押した武志がそれに続いた。

ロッテルダムに向かうハイウエーは、主要な幹線道路なのかやたらに広かった。その中を須藤の運転する車は飛ばしていた。助手席に座っている武志は、時々思わずブレーキを踏むように右足を突っ張っていた。免許は持っていたが、これまで高速道路など走った事がなかった。

須藤は、煙草を吸いながら片手で運転し、武志に話し掛けていた。エンジン音に邪魔されてよく聞こえなかった。

「君は独身だったよな……。結婚の予定は？」

「全くありません。僕まだ二十六ですから」

「二十六じゃあ、結婚したっていいんだぜ。俺も二十六で結婚したからな。しかし、あせる事はないな……。俺もここじゃ単身だからな。他の連中は皆家族連れさ。だから、君と俺だけが華のチョンガーってことさ。宜しく頼むぜ……。『命短し恋せよおのこ』だからな……」

「こちらこそ宜しくお願いします。須藤さんはオランダ何年になります？」

「俺は、二年過ぎたところ。ここは所得税の問題があるから五年が不文律だな。もうすぐ折返しさ……。しかし君は五年間結婚しないというのもなあ。三十過ぎてしまうからな……。まあ、人生は長い、焦る事はないよ……。だが先輩として忠告しておくけど、間違ってもオランダ姉ちゃんとは結婚しない方がいいと思うよ」

「へえー、どうしてですか？」

「うん、そのうちに分かるよ。オランダ人の旦那が可哀そうなのがな……。まあ女はパリジェンヌだな、俺の趣味では……」

須藤は鼻歌を歌い出していた。よく聞くとシャンソンのようであった。

「ところでこの車、何という車ですか？　随分変わっていますね」

「よくぞ訊いてくれた。これはな、フランスのシトロエンだよ」

「ああこれがそうですか。昔はガマガエルみたいな格好でしたよね」

「芸術的と言ってくれよ。見ろこの素晴らしいワイパーを」

スイッチを入れ、ワイパーを動かして見せた。一本の長い棒にモップを取り付けたように、右に左に大きく振れた。その度に頭が釣られて動くような気がした。

「どうだ、すごいだろう。まあ、この前、雨の中壊れて動かなくなったけどな。それがまたフランスらしいじゃないか。発想は世界一、技術は二の次」

車は、ハイウエーを降りると街中に入っていた。ロッテルダムであった。

東洋商事ロッテルダム支店は、街の中心にあるレインバーンから歩いて遠くない、オフィスビルの三階にあった。支店長以下、日本人の駐在員が武志を含めて六人、現地スタッフが十五、六人の小さな所帯であった。この陣容でヨーロッパ全域をカバーするのであるから大変であった。

武志は支店長室の前に立っていた。少し緊張した面持ちで、つい今しがた、トイレで締め直したネクタイに手をやってから、ドアをノックした。

「イエス、カムイン」

「失礼します」

武志は、日本式に頭を下げた。

「ああ、鈴木君だね。ご苦労さん」

「申し遅れましたが、本社から赴任しました鈴木武志です。宜しくお願いします」

「うん、君は海外初めてだよな。慣れるまで、須藤君の下で働いてくれたまえ。生活の事も彼に頼んであるから……まずは、早くこちらの生活に慣れる事だ。仕事もな」

武志が支店長室を出ると、須藤が入り口で待っていた。

「次はこっち」

須藤が他の日本人と現地スタッフに紹介してくれた。武志の机は須藤の隣にあった。

「これが君の机。当分の間、俺のアシスタント。いいな」

「はい。宜しくお願いします」

武志は、今度も礼儀正しく頭を下げた。

「まずは、足と寝るところだな。今日は取りあえずホテルだから、俺が送って行くよ」

須藤は、ＧＡ（庶務）担当のオランダ人の女性に何か頼んでいた。彼女は小太りで、どこから見ても絵に描いたような西洋人のおばさんであった。

「君の下宿先を探してもらったからな……。まあ、少しオランダの家庭生活を知るのもいいよ」

武志は、ちゃんとしたアパートを期待していただけに、口には出さなかったが不満だった。何だかどんどん勝手に進められていきそうで少し不安になった。

翌日、最初に行ったのはロッテルダムの警察署であった。外事課の前には二十人程の長い列が出来ていて、顔を見れば国籍も人種も雑多であった。二時間ほど待たされて仮の滞在許可をもらうと、次は市の保健所であった。アジア人には結核のＸ線検査が義務付けられていた。欧米ではとっくに絶滅されたことになっている伝染病である。

「次はレントゲン検査だ。順番が来たら個室に入って下着も脱いで待っているんだぞ。そうしたら中からドアが開いて、入れって言われるからな」

「下着って、下も脱ぐのですか？」

「そうだ。ここにはオランダ語でそう書いてあるぞ」

須藤が説明してくれた。

周りは中近東や東南アジア人ばかりであった。武志は、自分が単なるアジアからの出稼ぎ人として取り扱われていることに不満を感じていた。自尊心を傷つけられたという方が正しかった。彼も、知らず知らずのうちに、アジア人やアフリカ系の有色人種に対し、日本人特有の謂れのない優越意識を持っていたのかもしれない。

武志の番が来た。個室のドアを開けて中に入ると、そこは狭い空間であった。言われたように、シャツと下着を脱いで傍にある脱衣籠に入れた。次にズボンのベルトに手を掛けたところで、ふと思いとどまった。須藤は全部脱げと言ったが、結核のX線検査は下半身を写すはずはなかった。もし言われたら脱げばいいだけの話であった。

突然、内側のドアが開き、女性のX線技師が「ハーイ」と言って手で中に入れという仕草をした。後は日本でもお馴染みの検査であった。

「須藤さん、冗談は止しにしてくださいよ。本気でパンツまで脱ぐところだったじゃないですか……」

　武志は個室から解放されるなり、待っていた須藤に文句を言った。

「えっ！　下着って、上だけで良かったのかい。そりゃあ失礼した」

「そうですよ、まったく。相手は若い女性ですよ。痴漢と間違われるじゃないですか」

「いや、きっと君は抱きつかれていたかもしれないぞ。『おー歌麿』とか言ってな。惜しい事をしたよ……」

　相変わらずニヤニヤしたままであった。

「よし、次は車だ。君は幾らの融資を受けられるのかね？」

「僕は役職のない平ですから、一万ギルダー以下だって、本社の人事担当には言われてきました」

「一万ギルダー！　日本円にしたら八十万だぜ。馬鹿にしているのか、本社の人事は。それじゃ中古車の値段だぞ。いいのか？」

「しょうがないですよ。それが決まりなら……」

　武志は、仏頂面をしたままであった。

「そうだなあ……、日本車にするか。日本車の中古は信頼できるよ。外車はベンツでもなければ駄目だな。すぐに壊れるよ」

　二人は街道沿いにある中古車ディーラーに向かった。須藤が止まったのは、日本車のディーラーであった。須藤は、店の中に入って行って営業マンと交渉しているらしかった。

「おーい、あったぞ」

須藤と営業マンに付いて行くと、裏手にトヨタ・カローラが置いてあった。外見は小奇麗であった。

「これ、いいだろう。四年物。値段もお手頃だろう」

「カローラですか？　……」

不満がつい声に出てしまった。

「良い車だよ。日本車の代表選手だよ。オリンピックに出たら優勝間違いなしだぜ」

オランダ人の営業マンが揉み手で二人の顔色を窺っているようだった。

「分かりました。これに決めますよ。金が貯まったら別なのに変えますから、いいですよ」

「じゃあ決まりだな」

契約書にサインをして、明日小切手を持って取りに来ることになった。

「ところで、君は運転できるのかよ」

「はあ、免許は持っていますから」

「いや俺の言う意味は、ハイウエーを左ハンドルで運転できるのかってことよ」

「乗った事はありませんが、多分大丈夫でしょう」

「そうか。じゃあ、帰り君が運転してくれ」

須藤はポケットから鍵を取り出し、武志に渡すと、自分はさっさと右側の助手席に乗り込んでしまった。武志は、運転席に座り、エンジンを掛ける前に、アクセル、クラッチ、ギアを動かしてみた。

「分かるか？」

「大丈夫ですよ」

エンジンをかけ、車を進め、車道に出る為にウインカーを上げたつもりが、フロントガラスを一本腕の馬鹿でかいワイパーが左右に大きく振れだした。

「おい違うよ！　ウインカーは反対だ」

「ああそうですね。……もう大丈夫です」

武志は街道を走っていた。

「おい、次の交差点を左な」

「OKです」

信号は青だった。今度はウインカーを間違えなかった。ハンドルを左に切ると、自然と左側車線に入って行った。

「ばかばか！　右だ、右側を走れ！」

須藤の声は悲鳴に近かった。対向車線を走る車が、クラクションを鳴らしながら目の前に迫ってきた。間一髪ハンドルを切り、右側の車線に戻る事が出来た。

「肝を冷やしたぜ……。今度は右折だからな……」

「ええ、もう大丈夫です。任せてください」

武志は、内心でひやりとしていたが、須藤を驚かしたことで少しは溜飲を下げた気分であった。

事務所に帰ると、GA担当のおばさんが下宿先の候補を幾つか用意してくれていた。早速その中の一つを当たってみることにした。

須藤が一緒に付いてきた。ロッテルダムの中心街から車で三十分程で、静かな住宅街の中にある、フラット・ハウスであった。他の国ではタウン・ハウスと呼ばれる、庭付きの集合住宅である。

道路には通り名が掲げられ、家々にはナンバーが記されていたので、目当ての家はすぐに見つけることが出来た。さほど広くない庭であったが、赤や黄色の花が咲き、青い芝生が心地良く伸びていた。一階の居間には、大きく透明なガラス窓が嵌められ、外から覗かれることに何の抵抗もないようであった。それがオランダの風習なのか、どこの家もがそうであった。

GA担当のおばさんが先に立って、玄関のベルを押した。返事をして出てきたのは、中年の女性であった。二人はオランダ語で何やら話をしていたが、すぐに英語で話し始め、武志が紹介された。

「初めまして。スズキです」

「ドリス・ファン・ドーレンです。今は娘と二人暮らしですの。宜しかったら、どうぞ中に入ってご覧になってください」

聞き取りやすい英語であった。

須藤がしゃしゃり出てきて握手を交わし、

「大変お上手な英語ですね」

「あら、あなたの英語の方がお上手ですわよ」

どうやら相手の方が一枚上手のようであった。

「スズキさんは日本の方ですよね？」

女性が武志に向かって訊いた。

「はい、日本の商事会社に勤めています」

「スズキという名前は日本では多いですか？」

「ええ、多い名前です。有名なオートバイの会社もありますからね……」

女性が案内してくれたのは、二階の通りに面した、日本流でいうなら八畳間程の部屋であった。ベッド、机・いす、クローゼットが備え付けられていた。

「ここは、この春まで息子の部屋でした。今はアムスの大学に行って空いているの。お風呂とシャワーは部屋の向かい側にあるから、いつでも使って構わないわ」

武志の日本的感覚では、充分の広さであった。

「テレビは一階の居間にあるから自由にどうぞ。それと、洗濯機もね……。食事は朝だけでしょうね。他に何か希望があれば、何でもどうぞ」

武志が応える前に、日本語で須藤が言った。

「おい、いいんじゃないの、ここ。値段もお手頃だし」

「そうですね。悪くはないですよね」

「じゃあ決まりだな。しかしこういうのはなあ、今ここで返事をしちゃ駄目なんだ。俺に任せておけ」

須藤が女性の前に一歩進み出て言った。

「ファン・ドーレンさん、結果は明日中にご連絡いたします。有難うございました」

武志も礼を言って外へ出た。GA担当のおばさんは何やら女性と話していた。

「他の物件はどうする？　これに決めだろう」

「そうですね。どうせ半年も居ませんからね……」

「よし、じゃあ帰ろう」

おばさんを乗せて三人は事務所へ向かった。

「しかし、あの女性美人だな、スタイルも良いし。年の頃は四十ちょっとってとこだな。俺の趣味だなあ、羨ましいぜ」

「えっ、そんなふうに見ていたのですか。僕は真面目に考えていたんですよ」

「いや俺だって真面目に考えていたよ。だからお勧めだって」

おばさんには分からないはずの男達の会話だった。

2

武志のオランダでの生活が始まった。下宿の朝食は、コーヒー、パン、目玉焼きと少しの野菜、これが定番であった。昼は、近くの中華かファストフードで、夜も外食であった。

一週間が過ぎ、武志は同僚のピーターと親しくなった。

「ピーター、ちょっと頼みがあるんだけど。プライベートでね」

「OK、何でもどうぞ。タケシ」

同じ年頃のピーターはフランクだった。

「実は僕ね、ラグビー・クラブに入りたいんだ。どこか知らない？」

「へー、タケシはラガーなんだ。ロッテルダムにもラグビー・クラブがあるよ。電話してあげようか？」

「うん、お願い。入れてもらえるかどうかもね」

ピーターがタウンページのような物から、電話番号を探し出し電話を掛けていた。五分ほど話してどうやら納得したようだった。

「いつでも歓迎だって。月曜・水曜・金曜の夜七時から練習。場所は、ロッテルダムの運動公園の中に在るラグビー場。アントン・テリンゲンを訪ねて来てくれという事……。分かる？」

ピーターはボールペンで走り書きしたメモをくれた。

翌日、武志は事務所の帰り、スパイク、パンツ、ストッキングと練習用のジャージを詰めた鞄を持って広い運動公園の中を歩いていた。夏時間のオランダは夕方の七時でも明るかった。芝生に覆われたグラウンドが沢山あって、その中の幾つかでは、サッカーをやっていた。別なグラウンドでは野球をやっていた。全面芝生で、場所によっては夜間照明設備が付いていた。武志には信じられない光景であった。

遠くの方に、白いH型をしたポールが立っていた。近づくと、若者達が思い思いの恰好で体を動かしていた。芝生の上には数個の楕円形をしたボールが転がっていた。

武志は、躊躇うことなく近くにいた若者に声を掛けた。

「すみませんが、アントン・テリンゲンさんはいますか？　僕は鈴木といいます」

「アントン！　まだロッカー・ルームの中にいるよ」

「ロッカー・ルームって？」

「そこのクラブハウスの中」

若者の指さす方にそれほど大きくない建物が在った。入り口を入るとキャンテーンがあり、奥の方がロッカー・ルームのようで、大きな若者達がわいわい言いながら出てくるところだった。

「アントン、アントン・テリンゲンさんは？」

「僕だけど……。昨日電話をくれた日本人の人かい？」

一人の背の高い青年が武志の前に立ちはだかって、右手を差し伸べてきた。武志はその手を握ると、

「タケシ・スズキです」

「クラブに入りたいのかい。経験は？」

「日本で十年ぐらいやっていました」

「OK、歓迎するよ。と言っても、実は誰でも受け入れるんだよ。ただ怪我をするといけないから、初心者は別メニューなんだ……。経験者は大歓迎だよ。着替えは？」

「ええ、持ってきています」

「じゃあ、ロッカー・ルームを案内するよ」

アントンは先に立って案内してくれた。

武志がグラウンドに下り立った時には、三十人余りの若者が、ストレッチをしていた。よく見ると、年齢も十七、八から三十代まで、人種も、どうにもオランダ人らしい身体の大きな者、色の浅黒い中南米出身の者、ラテン系の小柄な者等、多様であった。どうやら東洋人は武志一人のようだった。

武志は、高校・大学とラグビー部だったが、全国レベルの大会には出場する機会に恵まれな

かった。会社に入ってからは、クラブチームで汗を流すのが精々であった。ポジションはバックスであり、身長百八十センチ、体重七十五キロの身体は日本では大型であった。百メートルを十一秒台の後半で走れる脚力には自信があった。

しかし、オランダ人は皆大きかった。まともに正面から当たれば壊されそうであった。

二時間で練習は終わった。久しぶりに流した汗は爽快であった。シャワールームやロッカー・ルームでは皆陽気であり、素っ裸のままふざけ合っていた。前を隠す者は誰もいなかった。いやでも、彼らの一物が目に飛び込んできた。何だかどれも、大きな薩摩芋の皮を剥いたような白さであった。武志は恥ずかしかったが、タオルで隠す方が不自然であった。

キャンテーンで飲むビールは格別旨かった。皆は気安く武志に話し掛けてきた。たどたどしい英語の者もいるし、中にはオランダ語しか喋らない者もいたが、そんなことはお構いなしであった。スポーツという共通の目的があれば、仲良くなるのにそれだけで十分だった。彼らには、人種も国籍も宗教も、職業だって関係なかった。

日本独特の先輩後輩の上下関係が、生まれた時から染みついている武志には不思議な感覚であった。しかし、誰もが、初対面からファーストネームで呼び合えるのは素晴らしい事であった。

入部手続きは簡単だった。申込用紙に住所・名前と連絡先を書いて、月二十ギルダーを会費として納めればお終いであった。

その週の土曜日――。

他のクラブとの定期戦が行われることになっていた。武志は言われるままに、時間通りにクラブハウスに着いた。キャンテーンには、十五、六人の仲間がコーヒーを飲んだり、サンドイッチを食べたりしていた。武志もコーヒーを頼んだ。流石に試合前は緊張感が漂い、陽気な連中も静かであった。

武志は、そもそも自分が呼ばれたことの意味がよく分からなかった。そのうちに、デーブと呼ばれていたイギリス人の監督が、アントンと共に部屋の中央に歩み出て、皆の注意を促した。多分、先発メンバーの発表なのであろう。いつでも、どこでも緊張の瞬間は同じであった。

「メンバーを発表する。一番ヘルマン、二番ヨス、三番……」

ポジション順に名前が呼ばれていった。

「……九番ヤン、十番タケシ・スズキ……十五番アントン。以上だ」

武志はスタンドオフだった。アントンが十番の背番号の付いたジャージをくれた。

試合は、ロッテルダムの勝ちであった。最初はスクラムハーフのヤンとコミュニケーションに手子摺ったが、なんとか無難にこなすことが出来た。試合中に、左を「リンクス」、右を「レヒト」とオランダ語でいう事を覚えた。武志自身、敵陣のゴール前、ブラインドサイドを突いて、トライを決めた。久々の試合、疲労感を感じた。

試合が終われば、陽気な若者たちであった。

「ヘイ、タケシ。初めての試合どうだった？」

相手の顔と名前がまだ一致しなかった。

「うん、きつかったな……。ハードな試合だったよ」

「そうか。だけどお前はトライしたし、エンジョイしなかったのかよ……」

武志の応えに、若者はちょっと不思議そうな顔をした。

「まあ、ともかくビールを飲め」

ビールの入ったグラスをくれた。

監督のデーブが近づいて来て、右手を差し出した。

「タケシ、今日はナイスプレイだったな。君の本業はどこかね？」

「僕は、日本ではセンターのポジションが多かったな。勿論、スタンドオフも経験があるから好きですけどね」

「そうか。実はな、前のスタンドオフが辞めてしまって困っていたんだ。君さえよければこれからも頼むよ」

「こちらこそお願いします」

武志の手は強く握り返されていた。

これがクラブであり、〝プレイ〟とは楽しむことなのだというのが、少し分かったような気がした。

それにしても、日本のスポーツって何なのだろうか。この心地良さに比べると、全く違ったものに思えてならなかった。

支店での武志のタイトルは『アシスタント・マネージャー』であり、実際その名の通り、須藤の助手であった。

東洋商事は、財閥系の総合商社でも、大阪の新興勢力である糸偏商社でもなかった。昔から特定の業界を扱う専門商社であった。ロッテルダム支店では幾つかの専門グループに分けられていた。その中の、機械類を扱うのが須藤のグループであった。仕事の内容は、ヨーロッパ中に設定された代理店やエージェントへのディストリビューションである。

支店の朝は、受信用のロールペーパーがなくなるほど床に溜まったテレックスの処理から始まる。その頃、東京の本社は午後の三時か四時である。至急の要件には、本社営業部の人間が退社する前に連絡をする必要があるが、大概の案件は翌日彼らが出勤するまでに返事を流しておけばよかった。しかし、これが武志のような新人には大変な仕事であった。

まず、問い合わせ内容を調べ、日本語の返事を書く。次にテレックス用にローマ字の短文の落とし込み、上長の印を貰う。ここまで出来た頃には、支店の退社時間となり、現地の女性スタッフは帰り支度をしている。仕方がないので、武志は自分でテレックスの機械の前に座って、アルファベットのキーを叩く。なぜか、キーボードの配列が日本とは違っている。一文字一文字を目で追って打つ。やっと終わったと思いきや、紙テープが外れていたりすると、泣きたくなってくる。

オランダの夏時間中は日が暮れるのが遅い。夜の十時になっても明るいので、つい時間を忘れてしまうのだ。戸締まりをして帰るのは、いつも武志の役目であった。

その日も武志はテレックスと格闘していた。

「よっ！　いい加減にして飯でも食いに行こうぜ」

「えっ！」

誰もいないと思っていたので、驚いた。

「須藤さん。まだいたんですか。どうしたんですか、こんな遅くに……。これでお終いです」

「どうしたってお前、俺は君の上司だぜ。公私の面倒を見るのが上司の役目ってもんさ……。じゃあ、早く終わらせてくれ。腹が減った」

テレックスを流し終えて、腕時計を見ると七時であった。

「お待たせしました」

「よし、明日は休みだ。君の車はここへ置いて行こう」

須藤が自分の車のハンドルを握った。

「どこまで行くんですか？」

「これから君の歓迎会をしてやるよ。まず、ホテル・オークラの日本飯を食いに行こうぜ。そろそろ日本食も恋しいだろう」

「ええ、でもロッテの『義経』には行ってみました」

「『義経』か。あそこは本物の日本飯じゃないだろう、……まがい物さ。まあ、ともかく今日は俺が驕るよ」

「そうですか、それはどうも」

「ところで、君はうちの支店の連中とは飯を食いに行かないのか？」

「ピーターと、ウイムとは時々一緒に行っています」

「うん、それは結構。日本人とは？」

「ですから、『義経』に皆で行きました。あれそういえば、あの時、須藤さんは出張中でしたね……」

武志は言ってしまってから、あの時、なぜ須藤が一緒ではなかったのか、不自然さを感じていた。ちらっと横目で覗いても、前を向いてハンドルを握る須藤の顔は無表情のままであった。

「で、どうだった？　……どうせ、他人の悪口しか言わないだろうよ」

「ええ……」

武志にとっても、その場の雰囲気は好ましいものではなかった。特に、彼らがたびたび使う〝ローカルの連中は〟の言葉の中に、自分達だけが優秀で、他の民族を見下した思い上がりが感じ取られて不快であった。

武志の両親は教職者であった。生まれ育った北海道には、〝先住民族〟も、〝半島出身の在日〟の子供達も沢山いた。彼らは総じて皆貧しく、子供達は小さな頃から虐めの対象にされていた。しかし、武志の父も母も、決して差別を許さなかった。そのせいか、武志は幼い頃から異民族に対する差別意識は心になかった。いや、努めて持たないようにしていた。だから、他人が見せるその態度には、必要以上に敏感であった。

「オランダにいて、飯を食わしてもらっているのに、オランダ人が嫌いでは話にならないよな。そうは思わんかい？」

須藤はエンジン音のせいなのか、大きな声を出した。

「そうですよね」

「大多数の日本人は、連中と同じさ……」

車はハイウエーを降り、街の中に入ると間もなく目的のホテルに着いた。

レストラン『山里』は混んでいた。東洋商事の顔なのか、飛び込みのはずなのに、二人はそれほど待つこともなくテーブルに案内された。

周りは殆ど日本人客であった。それも駐在員らしかった。それらの席からは、煙草の煙と、日本語のざわめきが立ち込めていた。

駐在員と日本からの旅行者との違いは、見ればすぐに見分けがついた。陽にあたらないせいか、長く住んでいる者ほど顔色が悪かった。そして、常に何かに対する怯えが、目付きの鋭さになって現れていた。

ミシュランのお墨付きがあるだけに、味も値段も良かった。武志は食べる物に対しては、質をどうこういうよりも量を好んだ。

近くの席に座っていた中年の男性二人づれが、ウエートレスに何かクレームを付けていた。それが嫌でも武志達の耳に届いてきた。

「ちょっと、このお茶何だこれ。不味いし、しかも茶碗にひびが入っているじゃないか……」

「申し訳ございません。すぐに御取り替えいたします」

「言われて取り替えるんじゃあ遅いんだよ……。支配人呼んでくれよ」

周り中に聞こえる声であった。須藤がちらりと振り返って見て「ふん」と鼻を鳴らした。間もなく支配人らしき年配の男が現れ、何かしきりに頭を下げていた。日本では見慣れた光景だったが、異国で見せつけられると日本人の恥部を垣間見るようで、不愉快以上に苛立ちを覚えた。

「おーい、お姉さん、お茶をもう一杯くれますか。日本のお茶は旨いねー甘露、甘露だよ」

須藤がウエートレスに声を掛けた。その声は中年の二人にも届いたはずであった。

勘定は須藤が持ってくれた。

「ご馳走様でした」

「よし、腹も満ちたし、次行こう」

車はダム広場に向かって、途中の運河沿いにある駐車場に停めた。二人は煉瓦で舗装された運河沿いの道を歩いていた。アスファルトとは違う、乾いた靴音がしていた。黙っていても、行く先は分かっていた。

しばらく行くと、運河の向こう側に赤や黄色の灯りが見えてきた。暗い運河の水面に窓の明かりが揺れていた。

「行ったことあるかい？」

須藤が前を向いたままで訊いた。

「いえ、まだです」

「覚えておくといいよ」

運河に架かった橋を渡ると、灯りのついた窓には女がいるのが見えた。カーテンの掛かった部屋は、使用中という事らしかった。

「じゃあ、一時間後にあそこのコーヒー・ショップで待ち合わせだ」

須藤はお目当てがいるのか、すたすた歩きだし、思い出したように振り向いて「ああ、チップは必要以上にやるなよ」と言って、一軒の前でとまり、階段を昇って中へ消えた。

武志が立ち止まったままでいると、ピンクの灯りの中から、女が人差し指で〝おいでおいで〟をしていた。若く南欧系の顔立ちであった。

武志は金で女を買うことに抵抗を感じていた。

学生時代に、ラグビー部の仲間と、昔の遊郭跡に行ったことがあったが、終わった後に虚しさだけを味わう結果となった。自分をそれほどヒューマニストだとは思っていなかったが、心の中に抵抗があった。ロマンチストではなかったが、セックスには愛が必要だと思いたかった。

武志はその場を離れ、一画の外れに在るポルノ・ショップを覗いてみた。観光客らしき男達が数人いた。大人のおもちゃやポルノ雑誌が所狭しと並べられていた。

目に飛び込んでくるのは、誇大に強調された局部よりも、女たちの顔であった。どの顔もあっけらかんと笑っていた。昔、先輩に見せられた、日本の白黒写真に写っていた女たちの暗い表情と比べれば、別世界であった。

先程の飾り窓の女たちもそうだが、この明るさはどこから来るのだろうか。不思議に思えた。ひょっとすると、男女の性行為そのものが、淫靡な物ではなく、明るい白日の下で行う事なのかもしれない。動物の性行為が全てそうであるように。

武志はコーヒー・ショップにいた。テーブルの上にはコーヒーカップが置かれていたが、二杯目だった。それも、ちょっとだけ口を付けたままで、冷たくなっていた。

カウンターには二人組のオランダ人がビールを飲んでいた。連れがいるのか、時々入り口の方に目をやっていた。

ドアが開いて入って来たのは若いオランダ人であった。すると、カウンターにいた二人が手荒に歓迎を始めた。オランダ語の意味はよく分からなかったが、どうやら初体験を祝っているらしかった。

若者三人がビールで乾杯をしているところへ須藤が入って来た。

「待ったかい？」

「いや、僕も今来たところですから……」

二人はコーヒー・ショップを出て歩いていた。しばらく無言であったが、最初に口をきいたのは須藤だった。

「あれが、アムスの観光名所、『飾り窓』だ。これから嫌でも客を案内して来ることになるのさ……」

武志は無言であった。それでも、須藤が決まり文句の「どうだった？」と訊いてこないだけ有難かった。たとえ訊かれたとしても、トイレに入って小便をした後に「どうだった？」と訊かれたのと同じ程度の事であった。応えようがないはずであった。

駐車場に着くと、須藤が袖をまくって腕時計を見るのに釣られ、武志も見ていた。十二時少し前であった。

「まだ時間はあるな。君、カジノは？」

「カジノって、ルーレットですか？」

「そう」

「経験ないですね。どこにあるんですか？」

それには応えず、須藤は車を発進し、大通りに出るとアクセルをいっぱいに踏んだ。シトロエンは広いハイウエーの一番左車線をスピードを上げて走っていた。軽く百五十キロは超えているはずであった。須藤がポケットから煙草を取り出し、火を点けるまでの数秒間、目を離すのが怖かった。山里で飲んだビールの酔いはとっくに冷めていた。

カジノはスヘベニンゲンの近くのリゾート地に在った。入り口で、パスポートの提示を求められ、男はネクタイの着用が義務であった。それほど広くないフロアーには、何台かのルーレットと、ポーカーとブラックジャックのテーブルが在った。それぞれの周りにはお客が群がっていた。金曜日の夜だけあって、煙草の煙と人いきれでむせ返るようであった。

須藤は、ルーレットをやる心算のようであった。

「君は？」

「初めてですから、見てからやります」

「じゃあ、俺のを後ろで見ていろよ」

須藤は丁度空いた椅子に座った。ディーラーの真ん前であった。武志は実際にルーレットを見るのは初めてだったが、理屈は分かっている心算であった。三列に並んだ一から三十六までの数字に掛けるだけであった。その他に、親の総取りとしてのゼロがあった。賭博は何であれゼロサム・ゲームである。国営の賭博場であっても、入場料と、チップの換金手数料では多くの従業員を賄えなかった。数学的には、ゼロが出る確率は三パーセント以下である。しかし実際はもっと多かった。それがディーラーの腕であった。

武志も次第に分かってきた。掛け率は、偶数・奇数の赤黒の二倍から、三倍、四倍、六倍、単数に掛ける三十六倍まであった。

須藤は強気であった。一回に沢山のチップを複数の数字に置いていた。当たると大きかったが、外れると見る間に手元のチップが消えていくのだった。今夜の須藤にはツキがあるのか、テーブルにはいくつかのチップの小山が出来ていた。

武志は、三倍の縦列に賭けてみることにした。何回か賭けているうちに、チップが貯まってきた。今度は六倍と九倍にラップするように賭けてみた。当たった。二枚のチップがそれぞれ当たったのだ。十五枚のチップが小山になって、目の前に押し出されてきた。武志は須藤が当てた時にするように、二枚のチップをディーラーの前に放り投げてやった。

「メルシー・ムッシュ！」

ちょっといい気分だった。

賭け事には波があるようであった。その後はさっぱりだった。武志の手元には、五ギルダーチップが数枚あるだけになって、その場を離れた。カウンターで残ったチップを使ってビールを頼んだ。周りには、派手な格好をした女達が屯していた。カモを待っているのだろうか。

あらためて見渡すと、色々な人間がいた。いずれも外国人であろうが、アラブの衣装を纏った男達やターバンを巻いたインド人、華僑の大人風に、とびっきり高級そうなネックレスやイヤリングで装った女達も見かけられた。武志は、自分のような若造がこの場にいる事が不思議であった。

一杯のビールを飲み終わる頃、須藤が手に下駄パイ（千ギルダー・チップ）を持って現れた。

「待たせたな。ちょっと待ってくれよ、金にしてくるから」

時計を見ると朝の三時であった。煙草の煙が目に染みて、目を何度も瞬いていた。

「これが、夜の観光コースさ。いつか近いうちに昼の観光コースも案内するがな」

車の中で須藤が言った。

武志は、夢うつつで聞いていた。無性に眠たかった。

日曜日、武志は観光ガイドブックを頼りに独りで出かけてみることにした。ハイウエーを降り、アムスの中心に向かうと、程なくプリンセン運河に出くわした。それを、時計回りに車を進めると目印の西教会が見えてきた。車を停めて、運河に沿って少し歩くと、アンネ・フランクの家が在った。看板が出ていなければ見過ごしてしまう、アムスの運河沿いに見かける、何の変哲もない民家であった。

入場料を払って中へ入ると、隠し戸を通ってさらに奥の屋根裏部屋にたどり着いた。その狭い空間がアンネ一家の隠れ家であった。

中には一家の写真やアンネの日記の一部が展示されていたが、武志にとって格別興味をそそるものではなかった。ふと足を止めたのは、屋根裏の明かり取りの小さな天窓の下に来た時であった。そこに空があった。それは本当に小さな空であった。幼いアンネがこの空を見て何を夢見たのであろうか。

次に向かったのはデン・ハーグに在る、マドローダムである。ハイウエーを降りて街に入ると看板が目についた。その標識に従って車を走らせると大きな駐車場に着いた。

日曜日のせいか観光客の他に子供連れが多かった。結構な広さに、オランダの代表的な建物や、古い街並みが、縮小された形で並んでいた。道路には、車や自転車の模型が置かれており、線路にはミニチュアの電車が走っていた。

最後に訪れたのは、風車で有名なキンデル・ダイクであった。ロッテルダムを南に、マース川に架かる大橋を渡ると、造船の街であったドルドレヒトに着いた。その先の川床よりも一段低い土地に、運河が張り巡らされ、その堤防に沢山の風車が並んで立っていた。流れ込んだ水を汲み上げる為の物であった。

幾つかの風車には、風車守が住んでいるらしく、風を受けて、キャンバス布を張った大きな羽がゆっくりと回っていた。風車の中に入ると、その構造を中から見ることが出来た。横軸を縦軸に受ける木製の太いベベルギアが、ギシギシと音を立てて回っていた。

武志は、学生時代に読んだ歴史小説を思い出していた。幕末、徳川幕府からオランダに派遣された留学生たちの物語であった。その中に出てくる、ドルドレヒトで造船学を学んだ若者達も、この運河と風車を見たのであろうか。

3

七月に入ると、ヨーロッパ中が夏休みである。八月の末まで、ビジネスは休眠状態となる。だからといって、武志達日本人の駐在員には別の世界の出来事である。

武志の下宿生活もようやく慣れた頃であった。

玄関に立つと、居間のガラス越しに灯る淡い光の中に、ドリスの姿がぼんやりと見えた。

「フイ・ナーボン（こんばんわ）」

「はーい、タケシ。晩御飯は済んだ？」

「うん」

「じゃあ、何か飲む。コーヒーは？」

「そうだね、氷をもらえるかな。ウイスキーが飲みたい」

武志は自分の部屋からスコッチの瓶を取って来た。

「ドリス、あなたも飲む？」

「ううん、私はシェリーがいいわ」

間接照明の薄暗い部屋で、ウイスキーとシェリーのグラスを合わせる音がした。家の中は静まり返っていた。いつもだと、娘のアネットが掛けるロック・ミュージックが家中に響き渡っているはずだった。

「静かだけれど、アネットは？」

「出かけてる……」

（どこへ？）と出かけた言葉を飲みこんだ。年頃の娘の行き先を訊くのはプライバシーに反する事である。いや、それ以上に、ドリスの表情に何か曰くがありそうであった。

「聞きたい？　……私離婚したのよ」

乾いた声であった。武志は、最初から、この家には男がいない事に気が付いていた。

「協議離婚よね……。娘の父親が娘に会えるのは月に一回限りなの。今日がその日なのよ。明日の朝帰って来るわ」

「……」

武志にはどう応えていいか分からなかった。それは自分等の若造が口を挿めることではなかった。ウイスキーを黙って口元に運んでいた。

「私、小学校の養護教諭だったの。今でもそうだけれどね……。二十三歳だったわ、結婚したの。それが愛だと思っていたのよね……。でも、結局つまらない男だと気が付いた……」

ドリスの形の良い唇が、微かに引き攣っているように見えた。

「タケシは幾つ？」

「二十六歳です」

「そう、結婚しないの？」

「予定もなし。相手もいないのでね……」

「あなた、東洋人にしたら背が高いし、ハンサムよね。あなた本当に日本人なの？　顔は色も白いし、ユーラシアンみたい」

「僕は正真正銘の日本人ですよ。両親ともにね」

「ふうん、そうなの。恋愛の経験は？　こんなことを聞いては失礼かな……」

「構わないけど、そりゃありますよ。でも結局本気にはならなかったな……。パッション、情熱の問題だね」

　武志は、自分の気持ちを表すうまい言葉が出てこなかった。

「情熱！　いい言葉ね」

「否、正直うまく言えない。本当は女性を愛する事には懐疑的なんだ」

　本当は、愛することに臆病なんだと言いたかった。

「そうかもしれない……。タケシ、映画好き？」

「ああ、好きだよ。最近はあまり観る機会がないけどね。僕はハリウッドよりヨーロッパの映画が好きだな」

「そう。じゃあ、昔の有名な映画で、ハンフリー・ボガードの『カサブランカ』知ってる？」

「勿論さ」

「それに、イブ・モンタンの『恐怖の報酬』は？」

「ああ、それも観たよ」

「二つとも同じテーマよ。愛する女の為に自分の全てを捧げる男……。女には堪らない魅力ね」

「じゃあ、女は？」

「女の方が打算的かもしれない……。カルメンのように、身も心も燃え尽くす女は物語の中だけかもね」

「男だって、滅多にいないから映画になるんじゃないの」

「それは否定しない。でも女はそう思いながら、いつまでも燃えるような恋を期待しているのよ。たとえそれが一瞬でも……」

ドリスは、グラスに残ったシェリーで唇の渇きを癒やすかのように口元に運んだ。武志も口の中の渇きを感じた。

「何だか哲学的な話になったね」

「でもタケシ、愛がなくても性欲はあるでしょう？　男だもの」

「それはなかなかストレートな質問、カウンターパンチですね」

「あらそう。じゃあ、これ以上は訊かないわ。でも最近の子供は心よりも体の方が早く発育するのよ……。知っている？　オランダでは小学校のうちから性教育をするのよ」

「性教育って？」

「男女の性器や妊娠についてをね。避妊の仕方、コンドームの使い方もよ。実際、私は学校で子供たちに教えるのよ。そうよね、日本では何歳になったなら本格的な性教育をするの」

「へー、凄いね。僕はそんなに真面目な性教育を受けた記憶がないな。でもそれって、そういう可能性があるってことだよね、オランダでは。じゃあ、アネットもそうかい？」

「彼女も十三だから、ボーイフレンドくらいいるかもよ」

武志は立って、グラスに氷とウイスキーを注ぎ足した。ドリスも空になった自分のグラスに半分くらいシェリーを満たした。アルコールのせいか、暖色系の間接照明のせいなのか、ドリスの顔がほんのりと色づいて見えた。

「私が十三の頃にはジャワ、今のインドネシアにいたのよ……。そこで何があったのか分かる？」

ドリスは武志の顔を正面から見据えていた。

「それって、太平洋戦争中の、日本軍の事かい？」

「そういう事になるわね……」

抑揚のない、低い声だった。

武志は、どう応えるべきか咄嗟にフレーズが思い浮かばなかった。

「勿論、僕は戦後の生まれだから、具体的な事は知らないよ……。ただ、日本がアジアの国で戦争をしたという事だけは歴史で習ったよ。その一つがインドネシアであり、そこで、連合国の一員のオランダと戦争になったのもね……」

ゆっくりと言葉を選びながら話し、そして同時に頭の中では次の言葉を探していた。

「そうよね、あなたの世代には関係ない事なのかもしれない……。あなたのお父さんは軍人？」

「親父は元々学校の先生さ。当時、国民皆兵だったから戦争に行ったのは確かだけれど、親父からは軍隊の話は一切聞いたことがなかったな」

「そう……」

「ということは、ドリス……。あなたは戦後にオランダに引き揚げてきたわけ？」

「うん、でもこの話はもう止しましょう……。それよりね、タケシに頼みがあるのよ」

「何？」

武志は気まずい話が終わって、内心ではほっとしていた。

「来週から、私とアネットでバカンスに行くの。それで三週間家を空けるのよ。その間留守番を頼むわ。大した仕事じゃないのよ、プラントに適当に水をやって、それから庭の芝を刈って欲しいの。その代わり、家にある食べ物もお酒も好きに消費して構わないから」

「へー、三週間。いいけど、どこに行くの？」

「南フランス……。あなたに下宿してもらって良かったわ。あなたはサマー・バカンスの間中も毎日お仕事？」

「そうです。僕ら日本人はエコノミック・アニマルなの。冗談じゃない！　適当に休むから心配しないで。留守番は任せてもらっていいよ……。それにしても南フランスか、憧れちゃうなー。お土産に、フランスの美味しいワインを頼むね」

「分かったわ」

ドリスの口元が微笑んだ。


翌週から、武志は一人になった。

支店の中は閑散としていた。勿論現地スタッフは何の躊躇いも遠慮もなく三〜四週間のバカンスを取っていた。日本人も家族持ちは日本へ一時帰国をしたり、一週間単位で夏休みを取ったりしていた。

武志は溜まっていた仕事の整理に忙しかった。須藤が誰かと話をしているのが聞こえてきた。

「何、Hメーカーの常務が来る。全く俺達を何だと思っているんだよ。自分達は夏休みかもしれないけど、こっちだって夏休みだよ。ヨーロッパ中が……」

「そうなんだよな……。しかし、本社の命令だから、断るわけにはいかないんだよ。何とかならんかね」

話の内容は筒抜けだった。武志が予想した通り、須藤がやって来た。

「よう、すまないけど頼まれてくれよ……」

須藤は手に持っていたテレックスの受信紙を、目の前でひらひらさせていた。

「来客のアテンドですね。いつ来るんですか？」

「今週の土曜日着で月曜発。最悪だよな」

「いいですよ。ラグビーもシーズン・オフですしね……」

「そうか、悪いな。フルアテンド、Aコースのおもてなしだってよ。まあ、交際費は本社もちだから、遠慮なく使ってくれ。じゃあ、返信も頼むよな」

Aコースとは、昼も夜も、来訪者に付きっきりで面倒を見る事を意味していた。


土曜日の朝早く、武志はスキポール空港のアライバル・ホールに立っていた。日本からの到着便を待っていたのだ。

定刻より三十分程遅れて、日本人と思しき一団がぞろぞろ出て来た。武志は、Hメーカーの常務も鞄持ちの課長とも面識が無かった。目印にHメーカーの製品カタログを小脇に抱えていた。

貧相な中年の日本人が不安げな顔をして、きょろきょろしているのが目に付いた。カタログを目に付くように持ち上げて振ってやると、走り寄って来た。その様子が何だか尾を振る子犬に似ていて可笑しかった。

「すいません、東洋商事の方ですか。どうもどうも！」

本当に尻尾を振っているようだ。

「Hメーカーの常務さん御一行ですよね」

中年の男の後ろから、年配の男が現れ、

「やあーどうも。常務の棚橋です」

男はポケットから名刺を取り出し、勿体をつけて武志に差し出した。武志は、名刺入れを車の中に置いたままであるのに気が付いた。

「お疲れでしょうから、ともかく一旦ホテルにチェックインしましょう。さあ車でご案内しますからどうぞ」

大きなトランクが二つ載ったカートを男から奪うと、駐車場へ向かった。

「申し遅れましたが、私、ロッテルダム支店の鈴木と申します。常務さんの今回のご予定は、本社の営業部から連絡を受けております。もし特にご希望が御座いましたら何なりとお申し付けくださ い」

「ああ、鈴木さんね。宜しく頼むよ……。いや実はね、出る前にお宅の海外事業部の常務さんにね、是非オランダによってみてくれって言われちゃってさあ。まあそういうわけだから、二日間頼むね」

バックミラー越しに見る常務の顔は、日に焼けて黒く、てかてかと脂ぎっていた。

武志はホテルのロビーで二人を待っていた。流石に日系のホテルは日本人ばかりが目に付いた。夏休みを利用した観光客であろうか。それにしても、この時期、プライベートでヨーロッパ旅行が出来る日本人は、特殊な階級の人間に違いなかった。庶民にとっては、新婚旅行にハワイに行ければ立派な海外旅行であった。そういう意味で、宿泊客をよく見直せば、社用族と公用族に違いなかった。

武志は、今着いたばかりの日系航空会社のクルー一行をぼんやりと眺めていた。濃紺の客室乗務員の制服が一際目立っていた。ＫＬＭ機内で遭った客室乗務員のように、彼女達もアムスの一日を、思いっきり羽を伸ばして過ごすのであろうか。若い日本人女性にとって、スッチーと揶揄されようが、憧れの仕事であるのも頷ける気がした。

常務と連れの課長がエレベーターから降りて、こちらに向かって来るのが見えた。流石にカジュアルな服装に着替えていたが、判で押したように、二人ともゴルフウエアーのようなポロシャツにブレザーの出で立ちであった。

「いやー、お待たせしました」

「お出かけの準備は宜しいですか。今日はアムス市内の観光にお連れしますが、どこかご希望が御座いますでしょうか？」

「君はどうかね？」

「私は特に、どこでもお供します」

中年の課長は即座に応えた。

「それではね、僕は絵が観たいんだ。ここには有名な美術館が在るじゃないか」

「ええ、御座います。有名なのはレンブラントとゴッホですね……」

「そう、それそれ。君もいいだろう？」

「流石、常務。絵にもご関心がおありで。私もご相伴に預からせていただきます」

中年の課長、仕事でもこんな調子なのか、御追従を忘れなかった。

最初に案内したのは、『国立美術館』、そこには中世オランダ絵画の傑作、レンブラントの『夜警』が飾られていた。次が『国立ゴッホ美術館』。最後に訪れたのが『アンネ・フランク』の家であった。

途中の『ゴッホ美術館』で、中年の課長が武志の耳元に囁きかけてきた。

「すいませんね。うちの常務は洋食が苦手なんですよ。出来たら、今晩は日本食をお願いしますよ」

「ああそうですか。じゃあ、今夜は日本食にしましょう」

「それとねえ、夜の観光なんだけど……」

課長はさらに声を潜めて言った。

「例の『飾り窓』をお願いしますよ」

「ええ、分かりました。皆さん現金をお持ちですか。なければホテルで換えましょう。まさかトラベラーズ・チェックというわけにはいきませんのでね」

夕食は、ホテル内に在るレストラン『山里』を予め予約してあった。三人は畳敷きの個室に座っていた。

「常務さんは、お口が肥えていらっしゃるでしょうが、オランダには良いレストランが少ないものですから。それでもここはミシュランの三つ星ですので、どうぞご容赦願います」

「いやいや、なかなか立派だよ。オランダで日本料理が食べられるとは思っていなかったよ。ともかく乾杯だ」

三人はハイネケンのジョッキを持ち上げた。なぜか、ビールだけはオランダ産であった。アルコールが入ると常務の口は益々滑らかになっていった。

「儂はなあ、白人の女には思い出があるんだよ……。昔の話だがな」

武志は須藤から、日本人は海外に来ると、特にアルコールが入ると口が軽くなるものだという話を聞いていた。

日本人特有の旅の恥はかき捨てなのかもしれない。

常務の顔は真っ赤になっていた。

「儂は、終戦時は陸軍の主計中尉さ。最初の任地がインドネシアのスラバヤでな、良い所だったよ。もっとも、少尉に任官したての下級将校には大して余禄はなかったけれどもな。それでも他の戦地に比べれば天国さ。戦闘もなかったし、食料も十分だったし、おまけに女までいたよ……」

小指を立ててにやりと笑うと、一遍に卑猥な顔になった。

「ところがな、もっといい思いをしている連中がいたんだよ。昭和十九年に入って、南方総軍の編成替えがあってな、シンガポールに転属する途中、ジャカルタにある第十六軍の司令部に行った時の事だよ。本部にいた陸軍経理学校同期の奴が、慰安所に連れて行ってくれたんだ。その時に儂は見たんだよ、白人の女達を。儂らのような下級将校の相手は、現地人か良くて半島出身の女さ。多分、彼女らは高級将校専用だったんだ。どうしてそこにいるのかその理由は知らないけれど、色が白くて美人に見えたな……」

常務の顔が益々脂ぎって、てかてかと光っていた。

「それは残念でしたね……。どうですか、この後、積年の思いを晴らすというのは」

「君がそういうなら、付き合わないでもないよ」

「じゃあ、この後は夜の運河めぐりということで。宜しいですか」

武志の言葉に常務は鷹揚に頷くのであった。

翌日、二人をホテルに迎えに行くと、昼の観光が待っていた。

アムスを出発し、デルフトで焼物を見て、ハーグのマドローダムを見学し、最後はキンデルダイクの風車であった。

「鈴木さん。確かオランダにはカジノが在るって聞いたんだけれどね……」

「ええ、御座いますよ。今から行ってみましょうか」

ヨーロッパの夏休みにカジノを訪れる客はアジア人だけのようであった。紺のブレザーに赤いネクタイを締めた日本人の姿が目立った。

武志が二人を連れてアムスのホテルに戻ったのは、夜中の一時を過ぎていた。

この夏休みの間に、この他にも三組のアテンド（観光案内）をさせられた。中にはどういう伝手で依頼が来るのか、市議会の議員さん御一行まであった。三組が三組とも、女とカジノがお目当てであった。

『飾り窓』の帰り途、ポルノ・ショップで買ったポルノ雑誌を後生大事に抱えているのも、皆同じであった。もっとも、中に一人、羽田の通関で見つかるのが怖くなったのか、武志の車に、せっかく買った雑誌を置いていった小心者もいたのだが。


どこに行っていたのか、しばらくぶりに須藤が出社していた。

「お早うございます。須藤さん久しぶりですね」

「よう、すまないなあ。一年目は誰でも留守番と決まっているんだ。ところでA市の市議会議員も来たかね」

「来ましたよ。私が夜のコースを案内しましたからね……」

「そうか、悪かったな……。あれは俺の案件だったんだ。まあ、そのうち埋め合わせはするよ」

「しかし、あれが日本の市会議員なんですかね。政治家としての品位を疑いますよ」

「そう言うな。彼奴らはあれで使い道が有るんだから。……まあ、国会議員はもっと程度が低いぜ」

須藤は日に焼けた顔に薄ら笑いを浮かべ、

「国会議員の先生たちのアテンドは、大使館の連中がするのさ。大使館なんて、俺達には威張り腐ってからに、彼奴らこそ何の役にも立たない、税金の無駄だよ」

「本当ですよ。腹が立ちますよ」

武志は何だか自分だけがひどく損をした気持ちになった。

4

バカンスが終わり、ドリスとアネットが南フランスから帰って来た。

「ハーイ、タケシ。元気だった」

「うん、そっちは楽しかった？」

「エクサレント！　来年も行きたいわ」

アネットの顔は日に焼けて赤く、鼻の頭が剥けていた。

「アネットは毎日海水浴かい？」

「そうよ。でも憂鬱だな……。夏休みの宿題沢山残っているんだもの。タケシ、数学手伝ってよね」

「楽しんだ罰だね」

「アネット、夏休みはお終いよ。勉強しなさいよ」

アネットが居間から出て行き、階段を上る音がしていた。

「タケシ、留守番ありがとう。何か変わった事はなかった？」

「特にないよ」

「そうそう、貴方にボルドーのワインを買ってきたのよ」

ドリスがソファーを立ち上がった時、玄関のベルが鳴った。入って来たのは、初老のオランダ人であった。

武志も立ち上がって、「フド・ナーボン（今晩は）」握手の心算で手を差し伸べた。

「下宿人のタケシ・スズキ。こちらは私の叔父さんのハンスよ」

ドリスが最初に男に向かって、そして武志に言った。男は険しい表情のまま、何かオランダ語でドリスと遣りあっていた。話の内容は分からなかったが、「ヤパンナー（日本人）」だけは理解することが出来た。

武志は、差し出した手のやり場に困っていた。

「あんたには悪いが、俺は日本が、日本人が嫌いだ。大嫌いだよ！」

男は武志の手を、いや、その存在そのものを拒絶するように言い放った。

「叔父さん、タケシには関係ない事じゃない……」

「そんなことは分かっているよ。だがな許せないんだ。ドリスお前だって、お前の両親だってどんなに酷い目にあったか忘れたのか。俺達が汗水たらして築き上げた全ての財産を失ったんだぞ……。どれだけのオランダ人の捕虜が死んだか、あんたは知っているのかね？」

武志に向けられた男の落ち窪んだ眼は、暗い洞穴のようであった。

「太平洋戦争で、オランダと戦争になりインドネシアを占領したことは歴史で習いました。しかし具体的にそこで何があったかは知りません。……亡くなった方にはお気の毒だと思いますが、それも、連合国による軍事裁判で、『B・C級戦犯』として多くの日本の軍人たちが処刑されているじゃないですか」

「戦犯だって？　下級将校や兵隊の処刑で口を拭おうというのが許せない。日本人はいつもそうなのさ。狡猾で独りよがりで、歴史を勝手に自分たちの都合のいいように歪曲してしまうんだ。それが証拠に、『サンフランシスコ講和条約』が締結された途端に、糾弾されるべき『A級戦犯』が皆釈放され、堂々と復権したじゃないか。処刑された奴等だって、神として祀られているじゃないか。日本人は結局いまだあの戦争を反省も謝罪もしていないんだ。……先日、日本の天皇ヒロヒトがオランダに来たときに、生卵を投げつけられたのは、何も一人や二人の人間がしたことではないぞ。大多数のオランダ人が同じ思いだってことさ……」

男は一方的に捲し立てていた。

「失礼ですが、貴方も日本軍の捕虜になったのですか？」

「俺か？　俺は自由オランダ政府の海軍にいたからな。『スラバヤ沖』の海戦に敗れはしたが降伏はしなかった。その後も、オーストラリアで最後の勝利まで戦ったのさ」

男は誇らしげに胸を張った。

「叔父さん、もういいでしょう。タケシまたあとでね」

武志はちょっと頭を下げ、居間を出て自分の部屋の階段を上って行くと、下からドリスと男の言い争う声が聞こえていた。

武志にとって、男の言葉はショックであった。これまでの人生で、他人に面と向かって、あれだけ露骨な嫌悪の言葉を浴びせられたことはなかった。異国の地にあって、日本と日本人に対する侮辱であった。

しかし、武志は満足に反論することが出来なかった。なぜであろうか？

それは、武志達戦後生まれの日本人にとって、関知せざることであった。否、意図的に封印されたことなのかもしれなかった。

中学でも高校の歴史でも、授業で取り上げられた事は、太平洋戦争が始まった事と、B29による無差別爆撃、広島・長崎への原子爆弾の投下、ソ連の参戦による樺太・満州での民間人の犠牲等、被害者としての日本人の姿ばかりであった。

実際、武志の幼い頃、お祭りには白装束を着た傷痍軍人をよく見かけたし、小学校の同級生には、樺太や満州からの引き揚げ家族も多かった。彼らは皆貧しかった。

時には、近所の大人たちや父親の同僚である教員の中には、戦争中の武勇伝を面白おかしく話してくれる男達もいたが、所詮はほら話としか受け取られなかった。

武志は、父が人前で戦争の体験を語る姿を見たことがなかった。

武志にとって、戦争は漫画や映画の世界でしかなかったのだ。

突然、ドアをノックする音がした。アネットであった。

「タケシ入ってもいい？」と言いながら、返事を待たずに入って来た。

「下にいるの、ハンス大叔父さんでしょう。私嫌いなの……」

アネットが下から武志の顔を見上げる形になった。赤い顔には銀色の産毛が光っていた。脱色したような亜麻色の髪の毛からは、日向の乾草の匂いがした。

今までの不愉快な思いを振り払うように、努めて明るい声で、

「そうかい。で、何の用だい？」

「うん、数学教えてくれる」

「ああ、いいよ。ちょっと見せてごらん」

ページを捲ってみると、オランダ語は読めなかったが方程式や三角形の定理等、日本の中学のレベルらしかった。ベッドの縁に二人で腰かけて教科書を見ていると、否でも、アネットのノーブラの胸や短パンからはみ出した太ももが目に入ってしまうのだ。十三歳のはずであったが、身体は充分大人であった。武志は目のやり場に困った。

しばらくして、階下からアネットを呼ぶ声が聞こえた。

「ママが呼んでる。行かなくちゃあ。タケシまたね！」

身をひるがえすと、音も立てずに部屋を出て行った。

入れ違いに、コツコツとドアをノックする音がして、入って来たのはドリスであった。

「いい？」

手には、二つのグラスとワイン・ボトルが抱えられていた。

「タケシ、御免ね。気分を害したでしょう。叔父さんには貴方の事話してなかったのよ」

「いや、別に。ちょっとショックだったけれどもね」

心の動揺を見透かされないように、微笑んだ心算だったが、ぎこちない笑いになったのは自分でも気が付いていた。

「そう、だったらいいけれど……。これお土産のワイン。飲まない？」

「いいね！　いただくよ」

「プロースト（乾杯）」

グラスを片手に武志が椅子に座ると、ドリスは向かい合うようにベッドの端に腰を下ろした。

「どう？　美味しい」

「素晴らしいよ……。本当はよく分からないんだ」

武志が笑うと、ドリスも釣られて微笑んだ。その場のぎこちない雰囲気が和らいだ気がした。

「タケシはこの三週間、何をしていたの？」

「いつものように仕事さ」

「日本人は、勤勉で真面目で他人には優しいのよね……。そうでしょう？」

「日常的にはね。でも、戦争は人間を狂わすからね……。その戦争を始めたのも人間だけれども……」

ドリスが座りながら足を組み替えると、スカートの裾が少し捲り上がり、素足の白い太ももが露わになった。眩しい程の白さであった。

「一九四五年の八月、戦争が終わったの……。その時私は十三歳、丁度アネットと同じぐらいよね。身体はアネットの方が大人だけど、頭は私の方がずっと大人だったわ……」

ドリスはワイングラスを揺らしながら、赤紫の液体を見つめていた。自分の記憶を掻き混ぜて、その中から何かを見つけ出すように。

「その時に、ルテナント・スズキ（鈴木中尉）に会ったの。彼は日本軍の将校で、貴方と同じくらいの歳だったわ。英語が話せてインテリで、学校の先生だったって言ってたな……。よく日本の昔話や歌をうたってくれたり、折り紙を教えてくれたわ。私は折り鶴を折ったの。優しい人だった……」

ドリスは目を上げて、どこか遠くを眺めていた。

「……」

「八月の何日だったかは覚えていないけど、日本が負けてから、それまで収容所に閉じ込められていたのが解放されたの。収容所の将校も兵隊も威張り腐って、とっても意地悪だったわ。特に憲兵は恐ろしかった。私達の収容所からも、若い女性が何人かどこかへ連れ出されていったのよ。それが何だったか分かる？　後で知ったのだけれど、悍ましくて口にはできない……。それがある日から、彼らに代わって、スズキの率いる一隊が私達を守ってくれることになったのよ。日本が負けてすぐは、連合軍もオランダ軍もいなくて、治安が悪かったのよね。怖かったわ。オランダ人の男達は皆捕虜としてどこかに連れて行かれたまま帰ってこないし、どうなる事かと思っていたの」

「お父さんは？」

「父は、石油会社の技師だったから、スマトラに連れて行かれて、解放後シンガポールに渡っていたわ。私達が再会できたのは一年以上後よ」

「それで、オランダに引き揚げて来られたんだ」

「そういう事。大変だったわ。でもオランダもナチスに占領されて酷い目にあっていたのよ。

まあ、世界中がそうか。戦争だものね」

「僕らは、戦後の生まれだから戦争は知らないけど……、平和がいいよね」

「そうね……。でも被害を受けた側は、絶対に忘れないし、許さないと思うわ」

ドリスの顔が一瞬仮面のように冷たく変わった。

「……」

「御免ね、つまらない話をして……。でも、良い人もいる、忘れられない人も……」

いつも通りの優しい声であった。ドリスは穏やかな笑みを浮かべ、ベッドから腰を上げた。

「タケシ、お休み」

「お休み、ドリス」

ベッドには、ドリスの座っていたお尻の跡が丸みを帯びて残っていた。手で触れると温もりが伝わってきて、本当にお尻に触れているような気がした。ベッドに寝転んで目を瞑ると、さっき目にした真っ白な太ももが、いつの間にか全裸のドリスに変わっていた。熱い血が身体の中心に集まってくるのを止められなかった。


秋になって、ラグビーのリーグ戦が始まった。武志は相変わらず忙しく、平日の練習に参加するのは難しかったが、それでも時間を遣り繰りして出かけて行った。特に、日曜日の公式戦だけはどんな無理をしても参加した。それだけは妥協しなかった。

その日の試合は、ホームグラウンドで、相手は、ルーセンダールにある陸軍のクラブチームであった。

ドリスとアネットが応援に来ると言っていたが、武志は辺りを見回した。

「タケシ！」

アネットの声であった。タッチライン際の応援者の中に二人を発見し、右手の親指を突き立てた。

試合は終始荒っぽい展開となった。敵はバックスの要である武志を最初から潰しにかかってきた。「キル・ジャップ」再三激しいタックルを受けた。それでも終盤に、相手をステップで躱し、右隅にトライを決めた。結果は二点差でロッテルダム・クラブが勝った。

下宿に戻ると、アネットが待っていた。

「タケシ、おめでとう。凄い試合ね。ラグビーって初めて見たけど、興奮しちゃった。ねえね、え、私もやりたいな……」

「何を言っているの、アネット。貴方は勉強してお医者さんになるんでしょう」

「そうだな、うちのクラブには女子の部がないからな……」

「そうなの。つまんない。でもタケシまた応援に行くわ」

アネットは本当につまらなそうに、頬を膨らませていた。

「タケシ、どうしたの？　額に傷があるわ。歯が当たったたんじゃない。消毒しなきゃあ駄目よ。

アネット、救急箱持ってきて」

額を覗き込むドリスの顔が目の前に迫ってきた。赤い唇の内側に少しだけ白い歯が零れていた。消毒薬が傷口に沁みて、思わず日本語が出た。

「痛い！」

「痛かった？」

ドリスは言いながら「チュッ」と額に口付けをした。顔のどこかが、胸の二つの隆起に触れたような気がした。


オランダの秋は短い。

夏時間が終わるとたちまち日の沈むのが早くなり、街路樹も葉を落とし、冷たい小雨が路上を濡らすか、そうでなければ陰鬱な曇り空が街を覆い、人々の心までも暗くするのであった。

金曜日の夜、練習から戻ると九時を回っていた。ドリスが一人で居間のソファーに座っていた。

「今晩は、ドリス」

「タケシ、お帰り」

今まで何をしていたのか、張りのない声であった。

「アネットは？」

「いつもの通りよ……。彼女の父親が連れて行ったわ」

「僕さー、今日はうまく言えないけど、気分悪いんだ。お酒でも飲まない？」

「そう、私もよ。付き合うわ。フランスで買ったワインが一本残っているのよ」

ドリスがグラスに赤ワインを注いでくれた。

「さあ、飲みましょう。お互いの幸せの為に」

「ありがとう、乾杯！」

居間は間接照明のせいか、薄暗かった。淡い暖色系の灯りが手元を照らしていた。ドリスの顔にも、武志の顔にも影を作っていた。

「これから冬だね。オランダの冬はどんなだい？」

「ミゼラブルの一言……。暗くて、寒くて、世界中の憂鬱を集めたような所よ。貴方はゴッホの美術館行ったことがあるでしょう？」

「ああ、何回もね」

「ゴッホの作品を年代順に見ると分かると思うけど、最初は暗い絵でしょう。それも絶望的にね。向日葵や麦畑の異常なまでの明るさは、自殺する前のほんの一時なのよね。彼が付き合っていた印象派の画家たちの影響かしらね。もっとも、印象派の人達は、日本の浮世絵の影響なのよね……。日本は明るい国？」

「どうかな？　日本は縦に長い島国だから、雪が沢山降る地域はやっぱり冬の間は辛いだろうね。そういう意味では浮世絵も良いとこどりをしただけさ。日本の素晴らしさを誇張したのさ……。知ってる？　浮世絵師が描いた春画。あれこそ西洋人には誤解のもとだよね」

「えっ、あらそうなの。がっかりね！」

ドリスの言い方が何だか可笑しくて、武志も声を上げて笑った。

グラスが空になり二杯目が注がれた。窓の外は暗かった。時折通り過ぎる車のヘッドライトに照らし出されるのは、シャワーのような小粒の雨であった。

部屋の中はスチーム暖房が効いているのか暖かだった。ドリスが前屈みになる度に、ブラウスの襟元がはだけ、胸の隆起が武志の目に入るのだった。

「私にはジャワが良かったな……。一年中が夏で、毎日、決まって六時に日が昇り六時に沈むの。夜は真っ暗闇で、無数の星たちの中心に南十字星が一際光り輝いているのよ。街中には色々な花が咲いていて、果物があって天国よね。タケシは？」

「残念ながら、まだ行ったことがないんだ」

「収容所時代は辛かったけれど……でも解放されてからは、ルテナント・スズキに会えたから……」

思い出したようにグラスをグイと煽った。

「彼が私の初恋なのよね……。優しい人だった……」

「日本人のスズキという中尉がかい？」

「そうよ……。もっとも、思春期の私の周りには、オランダ人の年頃の男はいなかったのよ。皆捕虜になってね……」

「それで、彼が日本へ復員する時に、お別れに折り鶴をあげたの……また逢えますようにってね。でもそれっきり逢うことは叶わなかったわ……」

瓶の残りを二つのグラスに注ぎ分けるドリスの頬が、アルコールのせいなのか、心なしか赤かった。

「タケシ、ガールフレンドがいなくて寂しくないの？」

その夜のドリスは饒舌だった。

「まあ、今のところはね……」

「貴方、お金で女を買ったりしないの？　別に嫌味じゃないのよ。若い男なんだもの、あっても当然よ」

「隠してもしょうがないから言うけど、僕はああいうのは嫌いだな……」

「どうして？」

「愛の欠片もないセックスなんて、動物と同じじゃないか」

「そう、素敵に聞こえるわ……。女はね、その一欠片の愛を求めているのよ」

テーブルに置いた心算のグラスが転んで、底に残っていたワインが零れた。武志が急いでハンカチをポケットから出して拭いた。

「あら、御免なさい。私酔ったのかしら」

ドリスが立ち上がると少しよろめいて、武志の腕に縋った。

「タケシ、今晩は楽しかったわ。ありがとう」

「大丈夫？　寝室まで送ろう」

武志はドリスの腕を抱いて、二階への階段をゆっくりと上って行った。

寝室は真っ暗だった。武志が空いた方の手で壁を弄り、電気のスイッチを入れた瞬間、ドリスが両手を武志の腰に回し顔を胸に埋めてきた。武志の腕も自然にドリスの背中に回されていた。

ほんの少しの時間が流れた。実際はほんの数瞬であったが、二人の躊躇いであった。目の前にある、ドリスの赤い唇から甘い息遣いが聞こえていた。そして、武志の唇がぎこちなく重ねられると、そのままベッドに倒れ込んでいった。

武志の手は、ブラウスのボタンをもどかしげに外し、ブラジャーを押し上げ胸の膨らみに達した。乳首が硬く隆起していた。やがて、スカートの中を弄ると、ドリスは起き上がり、自分からスカートも下着も脱いで裸になった。

太ももに手を這わすと、柔らかい産毛の感触が伝わってきた。さらに手を伸ばした先には蜜に濡れた秘裂があった。頭を上げて覗いてみると、髪の色とは違って、銀色の柔ら毛に覆われていた。唇を付けると、微かな匂い、フェロモンの香りが鼻先を擽った。

「いい？」

「うん、来て」

武志は下半身を重ねていった。そこは温かな蜜壺だった。腰を動かすスピードを上げていくと、耳元でドリスの呻き声が聞こえてきた。二人はピアノの連弾のように同じ旋律の上を駆け抜けていった。最後の瞬間、背骨から頭のてっぺんに電流が走り抜け、ドリスが何と叫んだのかは聞き取れなかった。多分オランダ語なのかもしれない。

武志がゆっくりとドリスから下りた。ドリスがティッシュで下半身を拭いてくれた。

「御免！」

武志の口から出た最初の言葉であった。何に対して詫びたのか、無意識だった。

「いいのよ」

ドリスが軽く口付けをしてくれた。

その夜を境に、二人は、アネットの不在を見計らってベッドを共にするようになった。

やがて六カ月の契約期間が過ぎ、武志は下宿を出てロッテルダム市内にアパートを借りた。

オランダの冬は、独り者には、予想以上に厳しかった。暗い部屋に一人でいれば、何かに向かって叫びたくなるのだ。ベランダには、ウイスキーの空き瓶が幾つも転がっていた。

ドリスが時々アパートを訪ねて来た。来れば、お互いの肉体を獣のように貪り合うのは必然であった。そこには高邁な理屈も、哲学も、倫理観すら不要であった。ドリスを待つ武志も、アパートを訪ねて来るドリスも、一人の寂しさに耐えられなかったのだ。

四月になると、海からの風は冷たかったが、街角に水仙の花を見かけるようになった。オランダにも春が来たのだ。

武志が、アパートを出てオフィスに向かう頃には、街は明るくなっていた。

「フイ・モーヘン（お早う）」

見知らぬ女性と言葉を交わした。通りに出ると、年老いた夫婦が腕を組んで通り過ぎていった。街には春の匂いが漂っていた。

相変わらず、オフィスの鍵を最初に開けるのは武志であった。一歩足を踏み入れると、テレックスの受信音が喧しく部屋中に響いていた。

「よし、今日もやるぞ！」

武志は上着を脱ぐと、腕まくりをして大きな声を出した。身体の奥の奥からエネルギーが湧いてくるような気がした。

やがて、他の日本人や現地スタッフが出勤してきて、いつもの活気が満ちてくるのだった。

「オッス。相変わらず早いんだな」

「須藤さん、お早うございます」

武志の声は大きかった。

「鈴木君、君も無事にオランダの冬を越せたな……。良かった良かった」

「えっ、どういう意味ですか？　時間が経てば春が来るのは自然じゃないですか」

「いや、独り者で最初の冬に自殺したり、耐えられなくて逃げ帰る奴もいるんだよ。そうでなければ、悪い女に捕まるとかな……」

「私はそんな柔じゃないですから……」

「へっへへー、悪い女は？」

「あるわけないでしょう。そんな事！」

誰も知らないはずの秘密を覗かれたようで、思わず語気が荒くなった。

「冗談だよ！　そう怒るなよ。ともかく、春が来たって事よ」

武志の怒った様子に、須藤が少し慌てて応えた。

「春が来ると、何か良いことがあるんですか？」

武志の声にはまだ少し棘があった。

「鰊が獲れるのさ。ハーリングを生で食べるんだ。これは旨いぞ！」

「生の鰊ですか？」

「そう。玉ねぎをまぶしてパンにのせて食べるのさ。それに、チューリップが咲くんだ。キューケンホフも良いけど、球根を取る畑が一番きれいだな。あれこそ、花の絨毯だ」

「そうですか。去年来たときにはチューリップは終わっていましたからね」

「じゃあ今度一緒に行こう。オランダ人が春を待ち焦がれるのが分かるよ」

家々の窓辺には、鉢植えのチューリップが並べられていた。


ラグビーも春のリーグ戦が始まって、武志は毎日が忙しかった。練習の帰り、ドリスの家に寄ってみることにした。彼女とはしばらく会っていなかった。

居間には灯りがついていた。ベルを鳴らすと、中から返事がしてドアが開いて出てきたのは娘のアネットだった。

「ハーイ、タケシ」

「ハーイ、アネット。元気だった？」

「うん。タケシしばらくね。入ってよ」

しばらく見ない間に、アネットは益々大人になっていた。胸の膨らみや腰まわりの丸みは全く女のそれに違いなかった。向き合っていると息苦しさを感じてきた。

「ドリスは？」

家の中に人の気配はなかった。

「ママ？　出かけているの。会いたい？」

大人びた言い方に聞こえた。

「いや、僕宛の郵便が来ていないか寄ってみたんだ。なければいいんだ」

「タケシ、私に会いに来てくれたんじゃないの。がっかりだわ！」

「えっ、勿論会えて嬉しいよ。しばらく見ない間にすっかり大人になって美人だよ。アネット」

「本当、うれしい！」

アネットの見つめ返す目には媚が含まれている気がした。

「ママはね、彼氏の所に行っているの。同じ学校の先生。私は好きじゃないわ……。でもママも寂しいのよね。そうでしょうタケシ？」

真面目な顔になっていた。

「どうだろうね。僕には分からないな……」

武志にとって、それは初耳だった。アネットがどういう心算で言ったのかは分からなかったが、内心の動揺は見せたくなかった。ドリスが男の所に行っているのが本当ならば、長居は無用であった。それ以上に、この場にドリスが現れた時の自分が不安であった。取り乱す自分が怖かった。

「僕宛の郵便が届いたら知らせてね。……じゃあ、アネット」

「タケシ、もう帰るの？　つまんない！」

「うん、また来るよ。トツインス（さようなら）」

武志はドリスに会いたかった。何だか無性に会いたくなった。通りに出て歩き始めても、目はドリスの姿を探し求めて彷徨っていた。

土曜日の午後、アパートのベルが鳴った。インターホンからドリスの声が聞こえた。

「ドリス、元気だった？」

「タケシも？」

二人は抱き合って口付けをしたまま、しばらくその場を動かなかった。

「ドリス、逢いたかった」

「私もよ。嬉しいわ」

抱き合ったまま、縺れるようにベッド・ルームへ向かった。

二人にそれ以上の言葉は要らなかった。いつものように、裸で抱き合い、相手の肉体の全てを貪りつくすのだった。

狭い部屋の空気は淀んで湿っていた。二人は裸のままベッドに横たわっていた。気怠さの中、最初に言葉を発したのはドリスだった。

「タケシ、訪ねて来てくれたんだって？　アネットが言ってたわ」

「うん……アネットは僕たちの事気付いているのかな？」

「多分ね……でもどうして？」

「彼女は、どう思っているのかな？」

「それはアネットが、あなたの事をどう思っているかによるわ」

「……」

二人とも天井を見つめたままであった。

「タケシ、以前ルテナント・スズキの事話したでしょう……。覚えている？」

「ああ、ジャワでの話だろう。ドリスの初恋の人……」

「実はね、私見たのよ。スズキが日本に帰還することになってお別れに来た日の事なんだけど、母が泣いているのを……。二人はしばらく部屋に閉じ籠もったきり出て来なかったわ。いつからかは知らないけど、母とスズキの間には肉体関係があったのよね。確証はないけど、これは女の勘よ」

「それで、あなたはお母さんのことをどう思っているんだい？」

「どうって？　そうね……、父には悪いけど、あの場合仕方がなかったのよ。だって父は日本軍に連れていかれたきり、行方不明でしょう。きっと二人には愛があったのよ。それでいいじゃない……。愛があれば全てが許されるのよ」

ドリスが身体を寄せてきて、上半身を武志の上にあずけた。

「不思議ね！　母もこうして日本人の〝歌麿〟を愛したのかしら」

ドリスの手が伸び、武志の下半身を優しく包み込んでいた。武志の手も、ドリスの背中から柔らかな二つの丘を滑り下り、潤みへと達していた。ドリスの唇から軽い呻きが漏れていた。

今度はドリスが武志の上になって腰を使っていた。何かに耐えるようなドリスの顔が目の前にあった。その時の女の顔がこんなにも美しい物だとは知らなかった。二人は互いに相手を奪い尽くすまで絡み合ったままであった。

ドリスが帰った後も、武志はベッドの中にいた。ドリスとの関係は、これで終わりのような気がしていた。いや、お終いにしなければいけないのだと思うのだった。

一週間が過ぎ、アパートの郵便受けに手紙が入っていた。

——愛するタケシ

私は、近々再婚することに決めたの。だから、もう逢えないわ。

短い間だったけれど、あなたと知り合いになれて嬉しかった。あなたの事、一生忘れないと思う。でも、あなたは若いのだから、私の事は忘れていいのよ。

あなたの幸せを祈ります。

一九七六年六月××

ドリス・ファン・ドーレン——

武志はドリスの事を忘れようとした。忘れる為に何かに集中したかった。それは仕事でも、ラグビーでも何でもよかった。しかし、初めは一欠片の心算だった愛が、いつの間にか胸の中で大きく膨らんでしまっていた。それを取り除いた跡を満たす物はなかった。忘れようと努力する度に、寂しさと切なさが込み上げてくるのだった。

武志は、ドリスの家の前を通りかかっていた。無意識のうち、足が向いてしまっていたのだ。玄関のベルを鳴らすには躊躇いがあった。それも、逢いたい誘惑には勝てなかった。

ベルを鳴らすと、現れたのは知らない中年の女性だった。

「今晩は。ドリス・ファン・ドーレンさんは御在宅でしょうか？」

「ああ、その女性ならこの家を売って、引っ越しましたよ。で、あなたは？」

「失礼しました。私はスズキといいますが、前にこの家に下宿していた者です。そうですか、引っ越されたのですか……」

引っ越し先を訊きたかったが諦めた。女の目が、不審者を見詰めているように思えた。礼を言って立ち去る武志の後ろで、ドアが（バタン）としまる音がした。それは、振り向くことを拒絶された、残酷な音であった。

武志は通りに出て、角を曲がる前に一度だけ振り向いてみた。そこには誰もいるはずがなかった。庭先に植えられたチューリップがどれも萎れかかっていた。

5

静まり返ったオフィスに、武志の打つテレックスの音だけが響いていた。以前よりは数段速くなったが、それでも全部打ち終わるには一時間以上かかるのが普通だった。時計を見ると夜の八時になるところであった。紙テープをセットして送信すれば今日の仕事はお終いだった。

入り口のドアを開ける音がして、靴音が近づいて来た。

「相変わらずやっているな。感心感心と言いたいけどな、たまには息抜きも大事だぞ」

「あれ、須藤さん、珍しいですね。まだ居たんですか？」

「ちょっと忘れ物を取りに戻っただけさ。……ともかくだな、六月のオランダは最高さ。輝ける太陽、ジューン・ブライドそのもの。命短し～恋せよ乙女～……」

大きな声で歌い出した。

「僕も終わりましたから帰りましょう」

「鈴木君、晩御飯でも一緒に食べるか？」

「いや、結構です。今日は買い物デーで、スーパーに行かなくちゃあ。冷蔵庫が空っぽですから……」

「そうか分かった……。おい、今度の土曜日、暇か？　俺に付き合えよ」

「ええいいですけど、何？」

「マックレール、鯖釣りに行こう。船に乗ってな」

「釣れるんですか？」

「勿論よ。よし決まったぞ。朝五時半に迎えに行くからな」

オランダでは日曜日は全てが休みだった。その代わりに、買い物客の為に、木曜日は夜の十時までお店が開いていた。

武志は近くのスーパーに寄って食料の買い出しをした。牛乳、パン、卵、肉、ハムにチーズ、野菜に果物、それとビールを買った。これを冷蔵庫に放り込んでおいて、一週間食いつなぐのである。米と日本の調味料はアムステルダムの日本食屋で買ってきた。

何を食べても、独りの食事は味もそっけもなかった。ただ、栄養とカロリー補給の為だけであった。

土曜日の朝早く、須藤が迎えに来た車に乗っていた。

「眠いっすね……。どこまで行くんですか？」

「スヘベニンゲンの港。そこから釣り船が出るんだ。それで北海に乗り出すってわけだ」

岸壁に、釣り船が待っていた。須藤と武志が乗り込むと船は間もなく出航した。船会社のチャーター船らしかった。乗客は二十人ぐらいで、日本人が半分程乗っていた。

船は港を出ると、真っ直ぐに沖へ向かって一時間ほど走ったであろうか、海岸線が見えなくなった所でエンジンを止めた。船の乗組員が予め用意してあった釣竿を皆に手渡した。

「さあ着いたぞ。マックレールは群れで泳いでいるからな。どんどん竿を入れて、水深は三メートルくらいが狙いだ……。レッツ・ゴー」

船長が大声で怒鳴った。

武志も須藤の真似をして竿を船縁から突き出した。なかなか当たりが来なかった。しばらくして、エンジン音がすると、船は動き出した。たびたびポイントを変えていったが、鯖の当たりは来なかった。空は晴れ、太陽が出てきたが波があり、船は揺れていた。そのうちに、半分以上の釣り客たちが、あちらこちらでひっくり返っていた。武志は元々船には強かった。

船縁に並べられた竿の一つに当たりが来たのか、リールを巻き上げる音が辺りに響いてきた。武志にも強い手ごたえが伝わってきた。リールを巻き上げると、いきなり銀色に輝く魚体が躍り出てきた。マックレール、北海の鯖である。次々釣り上げられていった。

その後も、幾度かポイントを変えたがそれ以上は釣れなかった。エンジンの回転数が上がり、船足が速くなった。どうやら港に帰るようだった。

武志と須藤は船内のキャンテーンで、ビールとサンドイッチを食べていた。

「釣れたかい？」

「ええ、中型の鯖が三匹」

「ほう、初めてにしては大したものだ。船酔いでひっくり返っていると思ったけどな……。上出来。俺は五匹」

ビールを喇叭飲みしてサンドイッチをごくんと呑みこんだ。武志は二本目のビールに手を出した。朝から何も食べていないせいか、チーズを挟んだだけの粗末なサンドイッチだったが、塩味が利いて旨かった。

三個目のサンドイッチを頬張りながら、

「でもこれどうするんですか？　しめ鯖にでもするんですか」

「とんでもない！　こんな活きの良いのは捌いて刺身よ。鰹や鮪より上等さ。そうだ、今晩俺の所でマックレール・パーティーといこうぜ。決まりだ、七時集合な」

夕方、武志はだいぶ前に日本から来た出張者にもらってあった日本酒を小脇に抱えて、須藤の家を訪ねた。須藤は、家族を呼ぶ心算だったのか、庭付きのフラット・ハウスに一人で住んでいた。

「須藤さん、もらいもんですけど日本酒。何か手伝いますか？」

「おっ、日本酒か。有難いな。じゃあ、この料理と食器を並べてくれ。もうすぐお客が来るんだ」

「あー、他にもお客さんがいるんですか？」

「ああ、隣の住人。紹介するけど気にしなくていいよ」

テーブルが整った頃、玄関のベルが鳴って須藤が応対に出ていった。

「フイ・ナーボン！」

「ハーイ、ケンジ」

賑やかな声が玄関から聞こえて、夫婦連れと中年の男性が現れた。

「こちら、僕の会社の同僚でタケシ」

須藤が三人の訪問者に紹介してくれた。両隣に住むオランダ人達であった。

「さあ始めよう。今夜は獲れ立てのマックレール料理だ。まず乾杯、ビールかな？　白ワインも日本酒もあるぞ」

白ワインで乾杯した。テーブルの上には、鯖の刺身、鯖の味噌煮、そして鯖の天ぷらがそれぞれ大皿に盛りつけられていた。須藤の料理の腕前はプロ級だった。オランダ人達も慣れたもので、器用に箸を使い料理を食べていた。

「マックレールの生って平気ですか？」

武志は隣に座った中年の男性に話し掛けてみた。眼鏡を掛け、顔中髭だらけの男だったが、目は優しげだった。

「勿論。だってハーリングも生だからね。最初はこのわさびに痺れたけどな。僕はサーモンや鮪の寿司が大好物さ」

皆は同じ思いらしく、笑っていた。

「私は、この味噌が良いわね。これって原料は大豆でしょう」

夫人が鯖の味噌煮の味噌を舐めていた。

「味噌のルーツはビルマの山岳地帯だという説があるね……。アジアには発酵食品が多いんだよ。まあ、日本酒もそうだね」

中年の男性は博識であった。

「ウイム、日本酒飲むかい？」

須藤が中年の男に向かって言った。

「いいね。温めて飲むのは日本酒と中国の紹興酒だけだよね。でも、日本酒は常温が一番味が分かるというな……」

「どうだい、味は？」

男はグラスの日本酒を少しだけ口に含んで、舌で味わっているようだった。

「うーん、ちょっと酸味が有るな。でもいけるね」

須藤が一升瓶のラベルを見ていた。

「鋭いなー、その通りだよ。この酒は造ってから少し時間が経っているんだ。日本じゃあ、防腐剤は一切使わないから、若干酸味が湧いたのさ。でもこのくらいが本物の味だよ」

「凄いですね。どうして分かるんですか？」

「僕はね、大学で発酵食品を研究してるのさ。それで世界中を巡ったよ。勿論日本もね」

武志の問いにウイムが応えてくれた。

「ウイムはね、チーズの匂いにも敏感なんだ……。そうだよな？」

夫婦連れの夫の方がウイムに向かって言った。

「えっ、まーね……」

「タケシ、君はまだ若いから知らないかもな……。このウイムはね、世界中の女性のあそこの匂いを嗅ぎ分けられるんだ」

「何よそれ。それはナポレオンの〝オー、ジョセフィーヌ！〟の話じゃない」

夫人が夫の背中を軽く叩いて、大きな声で笑った。皆も笑ったが、武志には何のことか分からなかった。

皆は気さくであった。よく飲みよく食べ、そしてよく喋るのだった。後片付けは、男の役目なのか、隣の男達は、後片付けと食器洗いを始めた。それが家庭での習わしのようで、手慣れたものだった。武志は彼らの邪魔になるだけであった。どうやらオランダの家庭では、妻の方が圧倒的に強いようであった。

これが須藤が言った、オランダ人の旦那は可哀そうの意味か。

やがて彼らは上機嫌で帰っていった。

6

パリで展示会が開かれていた。

須藤と武志も応援に行くことになった。

武志は一年が過ぎたところで、車を買い替えていた。今度はフォード・タウナスの新車であった。

パリへは武志の車で行くことになった。

「この車、アメ車かよ?」

「ええ、でも二リッターですから普通の車ですよ」

「しかし、何もアメ車でなくたって良かったんじゃない……」

「須藤さん、外国に来てまで日本車に乗るなって言いましたよね?」

「ああ、言ったよ」

「でも、ドイツ車は身分が違うっていわれるし、フランスの車も品質が悪いっていうから。残ったのがこれなんですよ」

「分かったよ。イタリアの車よりはましか……。ともかく、行こう」

武志の車は、パリに向かってハイウエーを走っていた。アクセルをいっぱいに踏み込んでも百三十キロがやっとだった。エンジンの音だけがやたらに喧しく、追い越し車線に出るとすぐに後ろから追いつかれ、慌てて道を空けなければならないのだ。

ベルギーの国境を抜け、三時間程走るとフランスとの国境に着いた。検問所の近くに在る銀行で、二人は手持ちのギルダーをフレンチ・フランに換えた。再び走り出して、パリ市内のホテルに着いたのは夕方だった。

翌日から二人は展示会場にへばり付き、何の事はない、日本人の御上りさんのツアーガイドと即席旅行代理店をやらされ、解放されたのは四日後であった。

「やっと解放されたぞ。今日はパリ見物だ。行くだろう？」

「ええ、勿論ですよ。でも僕パリは初めてですけど、須藤さんは？」

「任せておけって」

二人は地下鉄を使って、パリの中心街に出て、凱旋門、シャンゼリゼ、サントノーレを歩いた。強い日差しのせいなのか、街全体を白っぽく見せていた。通りにせり出したカフェテラスも、ウインドーから垣間見る店の飾りも、歩いている人々さえも、ファッショナブルで洒落て見えるのだった。

モンマルトルは、木々が茂って、木陰に入ると涼しかった。沢山の絵描きらしき人が座って似顔絵を描いていた。それらを冷やかして歩いていると、小さな広場に出た。すると突然、五、六人の子供達が二人の前に現れ、手に持った新聞を突き出してきた。一様に服装はみすぼらしく、北アフリカ系移民の顔立ちであった。

武志は何のことか分からなかった。

「止まれ！」

須藤がいち早く子供達の近づくのを、突き刺すような声と身体から発する気迫で制した。見つめる子供達の目はどれも猛禽類のように鋭かった。須藤が油断なく身構えたままで、年嵩の子供を人差し指で呼んだ。ポケットから十フラン札を二枚無造作に取り出し、その子に渡し、行けと手で追い払う仕草をした。

「メルシー・ムッシュ」

年嵩の子供の声を合図に、さっと子供達が視界から消えたのは、一瞬の間であった。須藤が先に立って元来た道を戻り始めるのを、武志は慌てて追いかけていた。何が起こったのかよく理解できないでいた。

「須藤さん、どうしたんですか？」

「えっ、あれか？　……子供の掏り集団だよ」

「子供がですか？」

「そうさ。勿論、後ろには猿回しの親方がいるんだ。どこの国でもある話さ。日本にだって、沢山いたのさ。君らは知らないだろうがな……」

武志は慌ててポケットを探り、財布の所在を確かめていた。

「掏られていないか？　新聞を目の前にちらつかせて、ポケットから財布を抜く手口さ。昔からある手口だよ」

「じゃあ、なんであんな奴らにお金をやったんですか……」

武志の声が心の不満を表していた。

「何でかな……同情かもな」

前を歩く須藤の顔の表情は見えなかった。

二人がホテルに戻ったのは夜の十一時を回っていた。夕食を食べ、ムーランルージュの踊り子を観て夜のパリを満喫してきた。

ホテルのボーイを摑まえて、須藤が何やら交渉していたが、「OK、ムッシュ」の声だけは聞き取れた。

「鈴木君、三百フラン現金で持っているな……。部屋に行くから宜しく」

「えっ、何がですか？」

「そのうち分かるよ。明日の朝はゆっくり起きて、それから帰ろうぜ」

須藤はさっさと自分の部屋に消えてしまった。

相変わらず須藤さんは不思議な人だ――。

武志がシャワーを浴び終わった時、突然ドアをノックする音がした。ドアを細目に開けたその隙間に現れたのは、金髪の若い女性であった。

「ハーイ、入れて頂戴」

戸惑う武志を押しのけるように、女は勝手に部屋に入り込んできた。

「私、ジュリア。宜しくね」

立ち尽くす武志を尻目に、女はハンドバッグをソファーに置くと、着ている物を脱ぎだした。

「おい、ちょっと……」

「さあ、時間が勿体ないからね。前金で三百フランにタクシー代頂くわ」

女は催促するように手のひらを突き出した。武志は催眠術にでも掛かったように、財布から金を取り出し女に渡していた。ハンドバッグにお金を仕舞うと、素っ裸になってベッドに身を横たえ「カモン、ボーイ」。

もう後へは引けなくなってしまった。というよりは、断る勇気が無かった。武志も下着を脱いでベッドに上がっていた。

女は若かった。肌は湿り気を帯び滑らかであった。髪の毛は金髪であったが、下腹部は黒々としていた。

「何でも好きな事をしていいのよ。ただし唇は駄目よ」

「どうして？」

「唇は私の彼氏だけの物なの」

武志にとって、女は顔も身体も魅力的であった。特にその明るさが良かった。金で女を買う、後ろめたさを忘れさせてくれた。余計な事を考えずに、今この瞬間を女に埋没すればよかった。

久しぶりの女体に、武志はたちまち頂点に達していた。

終わった後で身づくろいをしながら、女が、

「どう、良かった？　……ところで貴方何人なの？」

「何人かな……。男だよ」

「何人でも同じか！　そうよ、男なのよ。私にとってはお客様。また呼んでね」

「ああ、そのうちね」

女は出て行った。ドアにカギを掛けていると、須藤の部屋の方角からもドアの閉まる音が聞こえてきた。武志は瞬く間に深い眠りに落ちていた。


武志の車は、パリの狭い街中を抜け、ようやくリングに入り、北に向かって走っていた。車の時計を見ると十二時を少し過ぎていた。フランス時間では十一時のはずだった。燃料計が真ん中あたりを指していた。ロッテルダムまではまだ五百キロ以上あった。どこかで給油が必要であった。

須藤が座席の位置を後ろにずらし、背もたれを倒すと目を瞑った。

「しかし、草臥れたなー金も使ったし。ホテル代払ったらすっからかんだぜ」

「えっ、僕もですよ。須藤さん一銭もないんですか？」

「何だよ、お前もか？」

「拙いですよ。ガソリン途中で入れなくちゃあ……」

「本当かよ！　ちょっと待てよ」

須藤が起き上がって、上着のポケットから財布と小銭入れを引っ張り出し、中身をしらべていた。

「小銭も入れて、いいとこ百フランだな」

「私も、そんなもんです。足して二百フラン。ガソリン幾ら買えますかね？」

「四、五十リッターだろう」

須藤が首を曲げて車の計器盤を覗いた。

「うん、何とかなるかもな。おいこの車、リッター何キロだよ？」

「そうですね、高速だと八キロが精々でしょう」

「駄目だ十キロ走れ。よし、今から超経済走行だぞ。スピードは八十キロキープだ。いいな」

車は一番右側の車線をのろのろ走っていた。後ろから来た車に次々追い越されていった。つい、アクセルを吹かしそうになるのだった。

「暑いですね。窓開けましょうか？」

「駄目だ。空気抵抗が増すだろう。ガソリンが勿体ない」

須藤は言うなり、ワイシャツも脱いでランニング一枚になった。

目に映るのはどこまでも続く麦畑であった。なだらかな傾斜を、上り下りしながら只管まっすぐ走っていると、眠気を催してきた。

二時間くらい走ったところでパーキングに車を停めた。燃料計がさらに傾いていた。給油する事にして、ガソリン・スタンドに車を入れた。武志は頭の中でガソリン代を計算していた。

「ベンジン、フル」

「ＯＫ」

従業員が給油口を開けてスイッチを入れると、ゴーという低い音が伝わってきた。武志は内心冷や冷やしていた。ゴトンといって止まると、料金は百八十五フランであった。

ドライブインで、エビアンのボトル二本とフランスパンを一本買うと小銭も無くなった。

「はい、水。パンは半分ですよ」

「おお、有難い。あと三時間、何とかなりそうだな」

車はフランスの国境を越え、ベルギーに入った。酪農地帯だと見えて、牛のし尿の臭いが車の中にも漂ってきた。

「おい何か臭うだろう？」

「牛ですかね……」

「違うんだな……。オランダ人にいわせると、これはなあ、ベルギー人が昼寝をするんで、窓を開けるからだとさあ……。面白いだろう！」

「小噺ですか。ベルギー人もオランダ人の事をけちだっていいますからね」

「こういうのは罪がないよ。日本と朝鮮半島や中国との間ではこうはいかない。下手したら血を見るからな」

「何が違うんですかね？」

「大人気ないっていうだろう。マッカーサーが言っていたそうだよ。日本人の精神年齢は十四、五歳の子供だってさ。馬鹿にしているぜ。そんな奴を、マー元帥なんて崇め奉っていたんだからな、日本人は全く節操がないよ……。しかし、考えてみたら本当かもしれないぜ。今でも日本人の本質はミーハーだよ」

「……」

オランダの国境をフリーで抜けると、もう少しでロッテルダムである。

「それにしても腹減ったなあ。このまま、俺のなじみの中華に行こう。店の親父、付けで食わしてくれるだろう」

ロッテルダムの街に入って、須藤の家の近くにある中華レストランに車を停めた。

「ハーイ、マスター。腹が減って死にそうだ。何でもいいから食わせてくれ。それとビールも頼む」

「ストウサン、こんな時間にどうしたの？」

中国人らしい男は、聞き取り難い英語を話した。

「どうしたって、パリでお金を盗られてしまったのよ。朝から飲まず食わずさ」

「それは災難ね。須藤さん女に盗られたんじゃないの？」

男は耳の痛いことをさらりと言ってのけた。

「違うよ。とにかく早く頼むよ」

「今だと、ホッケンミーとナシゴーレン早くできるね。それでいいか？」

「ハオハオ、シェシェ」

店の奥に引っ込むと、入れ替わりに女の店員がビールを持ってきてテーブルに置いた。

「シャオチェ、今日も綺麗だね」

須藤と顔なじみだと見えて、笑いながら何か言い合っていた。武志もビールをグラスに注ぐと一気に飲み干した。

「ふー、旨い」

腹の底から声が出た。たちまち空になり、須藤が大きな声でビールを追加した。最初に湯気を立てている熱々のホッケンミー（中華焼きそば）が皿に盛られて出てきた。続いて、カニ玉、アスパラガスの炒め物、最後にナシゴーレン（焼き飯）がテーブルに並べられた。

二人は黙々と食べていた。皿が空になる頃やっと声が出た。

「ああ食った！　フランス料理なんかよりここのが最高だ！」

「いやー本当ですね」

中国人のマスターが現れた。

「ストウサン満足か？」

「満足満足。マスターの店の味が最高。パリなんかよりずっといい」

「それは嬉しいね」

「マスター、すまないけど金ないんだ。付けにしてくれる？」

「問題ないよ。ストウサン、大事なお客さんね」

マスターはにっこり笑って、持ってきたお茶を急須から茶碗に注いでくれた。ジャスミンの香りが漂っていた。

「もうすぐ夏のバカンスだ。君も今年は遠慮しないで取らなくちゃな」

「取れるんですか？」

「勿論よ。まあ、三週間は無理だぜ。いいとこ一週間くらいだな……。ヨーロッパはどこに行っても歴史が有るよ」

「そうですね。ギリシャがいいな。行くのなら」

「いいね、歴史の宝庫だ」

「須藤さんは？」

「俺か？　……三年目の一時休暇で日本に帰るよ」

「そうでしたね。ご家族が待っているでしょう」

「まあな……」

いつもの照れ隠しなのか、須藤の声には嬉しそうな響きはなかった。

7

何回目かの春が巡ってきた。街中が色とりどりの花で満ち溢れていた。通りすがりの人々の顔も明るかった。

武志はキューケンホフに来ていた。これまでも、何回か来たことがあったが、いつも旅行者と一緒だった。一人で来るのは初めてだった。三十二ヘクタールの広さの園内は、チューリップ、水仙、ヒヤシンス等の花で埋まっていた。花々が、今この瞬間をまっていたかのように咲き競い合っていた。特にチューリップは、何千種類あるのか、数えきれない色・形の違った花々が咲いていた。オランダ人が何世紀にも亘って育て上げた宝物に違いなかった。

武志は、カメラを首からぶら下げて園内を歩いていた。一つ一つの花をカメラに収めていては限が無かった。半分くらい回ったところで、ちょっと疲れて、ベンチに腰を下ろしていた。風が無く、日が出ているせいか、暑かった。

杖を持った初老の男性が、ベンチの前で足を止めた。

「座って宜しいかな？」

「ええ、どうぞ」武志は少しだけ座る位置をずらし、

「いい天気ですね！」

「そうだね、今日は特別だ……。写真を撮っているのかい？」

「ええ、でも被写体が多すぎて、諦めました」

「ははは！　ここはねえ、来るたびに違うんだ。花も、太陽も風も全ての色がね」

いかにもオランダ人らしい赤ら顔で口髭が真っ白だった。

「何かで読んだことがありますけど、チューリップって十六世紀にトルコから伝わったんですって？」

「そう、その通り。それから何百年かけて育て上げてきたのだよ。オランダ人が干拓によってこの国を作ってきたようにね」

「でも、バブルの始まりは、チューリップ・バブルだといいますよね」

「確かに、十七世紀にな……。まあそれもオランダらしいよ。塩分の多い、痩せた土地で、何代にもわたって一生懸命品種改良してきた百姓と、それを投機に使う商人とが共存している国だ」

二人の前をどこかのツアー客が通り過ぎていった。

「君は観光客かい？」

「いいえ、こちらで働いています」

男は突然背筋を伸ばし、

「キヲツケ！　マイエーススメ。イチ・ニ・サン・シ……ハンチョウドノニ、ケイレイ！」

「日本語ですか！」

武志は苦笑いをしたつもりだったが、相手には日本人独特の曖昧な笑いに見えたかもしれない。

「君は日本人だろう？」

男の目は笑っていなかった。

「ええ、そうです……。それって、戦争時代の事ですか？」

「私は、インドネシアで日本軍の捕虜になった……。沢山の人間が死んだよ。特にタイ・ビルマ鉄道（泰緬鉄道）の建設工事でな」

男は前を向いたままであった。

「お気の毒だと思います……。私にはそれ以外の言葉が無いのです」

「否、いいんだ。君を責める心算はないからね。現に、私も生きて帰ってきたのだから……。日本人の君とこうして一緒に、チューリップを愛でることが出来るのは幸せな事だよ。皮肉でなくてね」

「そうですね。僕等は、戦争を知らないから、平和の有難味を本当は分かっていないのですよね」

「戦争はもう沢山だよ。でも、経験してからでは遅いからな。お互いが謙虚であるべきだ。そうすれば誰とでも、どこの国とも仲良くなれる。そうは思わないかね？」

「仰る通りです」

「年寄りの戯言だ……邪魔をしたね。休日を楽しんでくれたまえ」

男は立ち上がり、右手を出して武志の手を握ると、杖を突きながらゆっくりと歩いて行った。またも戦争の話であった。これでオランダに来て何回目であろうか。

武志は公園を出て、チューリップ畑に立っていた。球根用の畑には、赤や黄色の花が一面絨毯のように広がっていた。遠くの方に、農夫が花を摘み取っているのが見えていた。


武志が支店長に呼ばれて、支店長室に入るところだった。

「お早うございます」

「ああ、鈴木君。掛けたまえ」

支店長の大きな机の前のパイプ椅子に座った。こういう時は重要な話が有るのが普通だった。

「君は来てから何年になる？」

「はい、丸四年が過ぎたところです」

「そう。実はな、君に帰国命令が来た。六月二十一日付で本社の海外事業部に転任だ。具体的な配属先は帰ってから聞いてくれ」

「えっ、僕の方が先に帰るのですか？　須藤さんより……」

「うん、そうだ。会社全体で大きな組織変更があるんだ。その一環で、君を必要とする部署が出来るのだよ。これは人事上の秘密なので言えないけど、君の能力が評価されているということだ。頑張りたまえ。帰国まで時間がないけど、須藤君とよく相談してな」

武志は一礼して支店長室を出た。何だか腑に落ちなかった。

その一時間後、小さな会議室のテーブルを挟んで須藤と武志が座っていた。テーブルの上には大きな灰皿と紙コップに入ったコーヒーが置かれていた。淹れたてと見えて、須藤が熱そうに啜っていた。武志は置いたままだった。

須藤がポケットからパイプを取り出し、首の曲がったライターで火を点け、吸い込むと、ポッ・ポッと煙が上がった。紫煙が立ち込めると、パイプ煙草の甘い香りが部屋中に漂い始めた。武志は黙ったままであった。

「君の方が先に帰る、いいじゃないか。別に駐在は五年と決まったものじゃないよ」

「でも僕の後任もいないっていうし、何だか解せませんね。今回の人事は」

「君に抜けられるのは痛いけど、しょうがない。会社の方針が現地化の促進だからな、ピーターとウイムに頑張ってもらうさ」

武志は目の前のコーヒーを手に取った。少し温くなっていた。

「君は頑張れば将来役員にもなれるよ。嫌味じゃないぜ……。本音を言うと、俺は本社に戻っても座るポジションがないのよ。五十を過ぎれば、子会社か取引先に出向・転属させられるに決まっている。……俺のような高卒の商社マンは、どこかの小さい駐在事務所を転々として生きていくのさ」

「そんなの不合理じゃないですか。学歴なんてナンセンスですよ。社長は商社マンこそ実力主義だって言っているじゃないですか。可笑しいですよ……」

「君が偉くなって変えてくれ。学歴も、国籍も性別も関係ない組織にな……。心配するな。俺はこれで結構人生を楽しんでいるんだから……。〜命短し〜恋せよ乙女〜……。そうだ、君！帰ったら結婚しろよ。子供を作るのは悪くないぜ」

「はあ、結婚ですか？」

気のない返事であった。

「そう、結婚！　第一な、日本で女にうつつをぬかして遊んでいたら、金が幾らあっても足りないぞ。早く家に帰ってかみさん孝行する事さ」

須藤の話はいつだって、真面目なのか冗談なのか見当がつかなかった。


やがて帰国の日が来た。

須藤が車で空港まで送ってくれた。武志は駐車場から、来た時と同じ大きな旅行用トランクを押していた。チェックイン・カウンターでトランクを預けたところに須藤がやって来た。

「おい、鈴木君。別れに涙を流してくれる女はいないのかい。寂しいな……」

わざとらしく辺りを見回してにやりと笑った。

「そうか、君の事だから、さっぱりとけりを付けたか。立つ鳥跡を濁さずだな。偉い。ところで手切れ金は幾ら払った。参考に聞かせてくれよ」

「何を言っているのですか。そんなの有りませんよ」

「そうか、残念だなーははは ぁ！」

大きな声で笑った。

「じゃあな……。また会おうぜ」

須藤が右手を出すのを、武志はしっかりと握った。

「須藤さん、お世話になりました」

須藤は離した右手を少しだけ持ち上げ、背を向けると足早に去って行った。

イミグレーションを抜けると、中にはデューティ・フリーの店が並んでいた。武志は一軒の店の前で足を止めた。検閲済の球根を売っていた。色とりどりのチューリップの写真が飾られていた。

目に留まったのは、赤紫とピンクの花であった。赤紫の花は、妖艶な熟女の色気があり、ピンクは乙女の可愛らしさの中に魔性を感じた。

買った二種類の球根の包みを鞄に詰めた。帰ったら、北海道の実家の庭先にでも植えてもらおうと思った。

搭乗ゲートまでの長い通路を歩いて行った。窓の外は、青空だった。

第五章　ルテナント・スズキ

1

昭和五十四（一九七九）年六月——。

東京は梅雨入りが発表されたばかりであった。

武志は、久しぶりに味わわされる、梅雨の暑さと湿気には閉口していた。何よりも通勤ラッシュに慣れるのに時間が掛かった。最初は、満員の電車に乗り込むことがどうしても出来なくて、遣り過ごすことも度々あった。独身寮に帰っても、かび臭い布団が待っているだけであった。

武志の仕事は、アジアの新規市場開拓であった。肩書きは係長で、二十代の男性と女性の部下がいた。テリトリーは、韓国、台湾、香港とフィリピンであった。メーカーの人間と代理店設定に度々出張する機会があった。

現地の代理店の社長は、武志達日本からの出張者には、判で押したように同じ事を訊いてきた。〝女〟だった。武志は〝女〟の手配を全て断った。彼らは一様に不思議そうな顔をするのだった。

仕事はそれなりに面白かった。出張する度に、変貌していくアジアのバイタリティーを肌で感じることが出来た。そこにはヨーロッパとは明らかに違う猥雑さがあった。

日本も彼らと同類には違いなかった。街中に氾濫する無秩序な看板の群れ。車も自転車も歩行者も一緒の道路。我先に乗り込む電車やバス。ひと月もしないうちに、何の違和感もなくなるから不思議であった。武志は、自分自身が紛れもない日本人である事を自覚させられた。

須藤には着任の挨拶の手紙を送ったが、その後は担当地域が違うため、いつしか疎遠になっていった。


東京の冬は、晴れる日が多かった。

着膨れた乗客で電車は益々地獄となり、街中は排気ガスで黄色く煙っていたが、オランダの鬱病に陥りそうな天気よりはましであった。

武志は結婚することにした。相手は同じ海外事業部の女性だった。二人だけで出かけた何度目かにプロポーズをした。武志が三十歳、相手は二十四歳、お互い後がない状況は同じだった。

東洋商事の本社には、独身の男女が少なくなかった。男も女もその心算で見渡せば、相手はいるはずであった。

今更、熱烈な愛だの恋だのでもないだろうに——。

型通りの結婚式を挙げ、新婚旅行はシンガポールにした。武志にとって、新婚旅行などさして重要なセレモニーでもなかったが、相手の希望を尊重することにしたのだ。

シンガポールに二泊とビンタン島に一泊の短い旅であった。シンガポールは観光といっても、セントーサ島にボタニック・ガーデン、動物園、バード・パーク等を回ればお終いであった。

それでも、妻の正子にとっては初めての海外旅行、見た目は楽しそうであった。

御多分に漏れず、沢山のお土産を買わなければならなかった。そういう点は、正子の方が大家族で育っただけ、社会性に富んでいた。武志は苦手であった。

二人は、都心まで小一時間の所にある、社宅に新居を構えた。自分でマンションを借りられる程の給料ではなかった。武志にとって、近所付き合いが煩わしかったが、食事の心配や洗濯、アイロンがけの事を考えると、有難かった。何よりも、独り暮らしの侘しさと、肉体の欲望が満たされるのは事実であった。

ハネムーン・ベイビーだったのか、子供が生まれたのは、結婚して一年に満たなかった。男の子であった。一週間して初めて子供を抱いたが、これが自分の子供であるという実感は湧いてこなかった。母親にとって、自分の腹を痛めた子供であれば、百パーセント疑う余地のない事でも、父親にとっては、そうとはいい切れまい。後は、妻を信じ、己を信ずるしか方法はないのである。

それでも、日増しに成長してゆく子供の顔を見て、何がし自分の面影を見つける度に、可愛さが増してくるものであった。

しばらくして、武志と正子は、社宅を出る決心をした。ドア・トゥー・ドア、一時間圏内に一戸建ての新築住宅を手に入れるのは殆ど不可能に近かった。借りられるローンの限度額と返済を考えて、千葉県に在る分譲マンションを購入することに決めた。エレベーターの無い四階建ての四階、三LDKであった。オランダのアパートやフラット・ハウスの広さとは比べるべくもなかったが、昔、文化住宅といわれた社宅の狭さを考えれば十分であった。

入居した翌月からローンの返済が始まり、覚悟していたとはいえ、生活は一遍に苦しくなった。毎月赤字で、ボーナスで穴埋めする、遣り繰り生活を余儀なくされた。

翌年、女の子が生まれた。武志が帰国して三年が過ぎていた。


昭和五十九（一九八四）年五月——。

武志が会社から帰るなり、正子が、

「お帰りなさい。北海道のお義父さんから電話があったわよ」

「何だって？」

「ううん。帰ったら電話を掛けて欲しいみたいだったわ」

時計を見るとまだ九時を過ぎたばかりであった。正子が晩御飯の支度をしている間に電話を掛けてみた。

（プルル……ルン）呼び出し音が鳴っていた。「もしもし！」

「あー父さん！　僕、武志」

「あー武志か……。元気だったか？」

「うん、そっちも皆元気？　……何かあったのかい」

「元気だよ。いや、電話したのはお前にエア・メールが届いているから。差出人は須藤健治という人だ……。知っている人か？」

「ああ、会社の人。オランダで一緒だったんだ……」

「そうか。これそちらに送ろうか？」

「うん。いや、来週札幌に出張するから、いいよ。久しぶりに家に寄るよ」

「そうか、じゃあ待っているぞ」

電話が切れた。

「何ですって？」

正子が不安げな顔で訊いた。

「いや、大したことではないよ……。それより来週札幌に出張だ。二日ほど家を空けるぞ」

三月ほど前、社内の人事通達で須藤が自己都合退職をしたのを知らされたが、その後の事は、誰に訊いても応えてくれる者はいなかった。ただ、彼が既に離婚していた事だけは、人事の人間が話してくれた。

春の遅い北海道でも、五月も末になると、野も山も待ちかねたように花々が一遍に咲き乱れるのである。

武志は台湾のお客に丸一日付き合わされた後、ようやく解放されて実家に立ち寄ることが出来た。

実家は、札幌市の北に位置する琴似駅から歩いて二十分の所に在る、庭付きの分譲住宅であった。引っ越して来たばかりの十五年前は、周りにはデント・コーンやジャガイモ畑が見られたのが、今では山裾の方まで住宅が広がっていた。

「ただいま！」

玄関のドアに鍵が掛かっていないのは昔のままだった。

「はーい。……お帰り武志！　早かったのね」

「ああ、母さん！　久しぶり。父さんは？」

「居るわよ。でも私、これから淑子の所へ出かけなくちゃあいけないの。晩御飯までには帰るから、悪いけどお昼は父さんと出前でも取ってね」

母は、孫に会う約束でもあるのか、いそいそと出かけて行った。

「父さん、元気だった？」

「ああ、武志。お前と会うのも久しぶりだな……。子供達は元気か？」

「うん、元気だよ。今度、子供達も連れてくるよ」

「そうだな、母さんが喜ぶよ……。母さんは、孫がめんこくて仕方がないのさ。今日も淑子の所へ出かけたよ」

「いいじゃないの。僕も淑子が近くに住んでいてくれるから安心だよ……。父さん、まだ予備校で英語教えているのかい？」

「いや、この春で辞めたよ。何もしていない……今は年金生活者さ……」

父は、今年で六十六歳のはずなのに、何だか急に老け込んだように見えた。中学校の教員であった。教頭にも校長にもなる事もなく、一介の英語教師として淡々と定年まで勤め上げたのだ。

武志が中学の時、学校で父から英語を習ったが授業は厳しかった。その厳しさは家でも全く変わらなかった。それでも、教え子たちが家に来て話をしている時の父の顔は、別人のようににこやかであった。毎年正月には、年賀状の束を一枚一枚手にとって読んでいる父の姿があった。教え子にとっては、〝良い先生〟だったのかもしれない。

父が自分の部屋から、エア・メール封筒を持って来ると、武志に手渡してくれた。

「これだよ」

裏を返すと、差出人は須藤健治、住所はスウェーデンとなっていた。武志は、居間のガラス戸を開け、そこにあったサンダルを突っ掛けて庭先に出て行った。

手紙は白い便箋に日本語で書かれてあった。

——鈴木武志様
ご無沙汰しています。貴君が日本に戻られて結婚したことを人伝手に聞きました。うまくやっていますか。

もう既に、人事通達でご存知と思いますが、小生、会社を辞めました。理由は特にありません。強いて理由を挙げれば、会社勤めに飽きました。

今は、ストックホルムからバルト海を南に下った所に在る、ノルチェピングという街で暮らしております。ここで北欧家具のアジア向け輸出を生業にしています。始めたばかりですが、何とかやっていけそうです。

ついでに言いますと、妻とは一年以上前に離婚し、こちらで再婚しました。今年になって、娘が生まれました。

もしこちらに来る機会がありましたなら、是非お立ち寄りください。その時には、ウイスキー、二十一年物等と贅沢はいいませんから、買ってきてください。

貴君の今後の益々の発展をお祈りします。

一九八四年五月××日
須藤健治——


武志には、須藤が日本に置いたままの妻や娘達を何故捨ててしまったのか、理解できなかった。それは男の身勝手に思えて仕方がなかった。手紙を畳んで上着のポケットに仕舞い込んだ。

太陽が当たって暖かだった。さほど広くない庭だが、それでも東京近郊の一戸建てと比べれば羨ましい広さであった。花壇と植栽がうまく区分けされていた。手前には水仙と菖蒲の花が咲いていた。その先にチューリップの植え込みが目についた。何本かの赤紫とピンクの花が咲いていた。赤紫は交配種と見えて、茎も葉っぱも小さく、花も威勢を感じさせなかった。ピンクの花は、背も高く花弁も大きく、その色も取り澄ました淑女を連想させるものであった。

いつの間にか、父も庭に下りてきて、武志の傍に立っていた。

「これは、お前がオランダから持って来たチューリップだよ。三年目でやっときれいな花が咲くようになったのさ。肥料が難しいのだよ。それと、球根を植え直す時期だな……」

「へー、きれいに咲くんだね……。父さん、いつから花を育てる事覚えたのさ。僕等が小さい時なんて、花なんて触ったことないっしょ」

「そうだなー、昔は転勤ばかりでいつも官舎住まいだったからな……」

「うん、覚えているよ。いつだったか忘れたけど、官舎の家の前に、朝顔と胡瓜の種を一緒に蒔いたの。そうしたらさ、針金につるが巻き付いて、花が咲いたんだよね。紫と黄色の花が絡み合ってさ……」

武志は父の転勤が恨めしかった。子供にとって転校は残酷な儀式であった。

「お前達にも苦労を掛けたな……」

「えっ、そうでもないよ。まあ、田舎暮らしも面白かったから。子供が大きくなったら連れて行ってあげたいよ」

　その時、玄関でベルが鳴った。

「そうだ。武志、昼は寿司の出前を頼んだんだ。食べるだろう？」

「ああ！」

　父が立ち去った後も、武志はチューリップの花の前を動かなかった。

「武志、お昼だ。上がって食べよう。お腹がすいたろう」

　父の呼ぶ声がした。

　静寂が辺りを支配していた。二人は、テーブルを挟んで座っていた。黙って握りの寿司を口に運び、時々お茶をすする音が聞こえるだけであった。

　武志が急須にお湯を満たす為に腰を上げた。

「ポットにお湯が入っているか？」

「うん」

　武志が父の湯呑み茶わんにお茶を注いでやった。

　湯気の立つ湯呑み茶わんを手に持って、

「手紙の須藤さん、同僚だって？」

「うん。同僚というよりは上司かな。年もひと回り以上離れているし……」

「……出身は？」

「さあ、確か東京の生まれじゃないのかな。詳しいことは知らないけど」

「……」

父はじっと湯呑み茶わんを見詰めていた。首をかしげて何か思案をしている様子であった。

「この人、高卒だけど優秀なんだ。でももう会社辞めたけどね……」

「辞めた？」

「うん。まあ、色々思うことがあったんだろうね」

「そうか……」

父が顔を上げ、何かを決心したように武志の目を見詰めていた。

「須藤健治だったな……。父さんこの人に会ったことがあるんだ」

「えっ、どこで……いつ？」

武志には驚きであった。

「確か、昭和三十二年。今から二十六、七年も前の話だ……。東京の谷中だったと思うけれど、彼の実家でな。その時、勤め先は『東洋商事』と言っていたよ……、年恰好から見ても間違いないな……」

中学教師の父とサラリーマンの須藤、二人の接点はどう考えても武志には思い浮かばなかった。

「何で、会いに行ったのさ？　……北海道から東京までわざわざ」

「ある理由があってな、……父さんは母さんにも話したことがないんだ……。それは、戦争中の話だよ」

「戦争の？」

「そう。お前とこの人が知り合いだったというのも、何かの縁、いや運命かもしれないな……。お前にだけは話しておくよ。父さんが体験した戦争の話を……」

詰まっていた何かを吐き出すように、大きな溜息をついた。

父は目を瞑り、心の奥底に仕舞い込んであった記憶を一枚一枚引き剝がしていくように、ゆっくりと語り出すのだった。

2

武志の父、鈴木勇が補充兵として本籍のある旭川の第二十八連隊に入隊したのは、昭和十八年一月、お正月の注連飾りがとれない中であった。

勇は、旭川の中学を出ると、小樽に在る高等商業学校に学んだ後、中学校の英語教師になっていた。本当は貿易会社か船会社に入りたかったのだが、母一人子一人の身を思い、諦めて地元に残る道を選んだのだ。

教職にある者の特例として、これまで兵役を免れてきたのが、相次ぐ戦線の拡大に伴い、最早猶予は許されなくなったのである。

昭和十六年十二月、ハワイ真珠湾攻撃に始まった太平洋戦争も、威勢の良かったのは半年の間であり、ミッドウェーにおける連合艦隊の大敗北を契機に、潮目が変わり始めていた。

もっともその事実を知る者は、海軍でさえ極一部の者であり、国民には全く知らされていなかった。日本国中が、〝勝った勝った〟に浮かれ狂っていたのである。

昭和十七年の後半からは、米軍の反攻が始まり、ガダルカナル、ニューギニアの南方戦線では激しい戦闘が行われていた。そこで繰り広げられているのは、当に一大消耗戦であり、補充が追いつかなくなれば即ち負けであった。帝國陸軍も海軍も必死に武器弾薬・食料を送らなければならなかった。何より必要なのは、前線で戦う将兵であった。それも、一番消耗度の高い兵隊と下級将校であった。

学生も、教職にある者も、公務員も例外なく、日本中で根こそぎ動員が始まったのである。

勇は二十四歳になっていたが、これまで軍隊の経験はなかった。同じ教員でも師範学校の卒業生には短期現役制度の特例があり、予備役将校の軍隊経験者もいた。

勇達補充兵は年齢も社会での経歴も様々だったが、入営したその日から等しく初年兵であった。初年兵にとって内務班は地獄であった。現役の二年兵は皆年下であった。三十に手の届く補充兵が若い現役兵に殴られるのである。軍隊には、社会の倫理も道徳も通用しなかった。あるのは家畜のような隷属であり、人間としての思考回路の徹底した破壊であり、最後はロボットのように従順で、野獣のように凶暴な人間を作り上げる事であった。

そういった意味で、軍隊はインテリを嫌った。海軍も陸軍も、兵学校や士官学校出身者だけがエリートであり、そのほかの出身者には頭を使うことは不要であり、むしろ邪魔であった。特に、大学や高専出の高等学歴の者を目の敵にしてきたはずだった。それが、今は彼らを必要としていた。前線で、兵隊の先頭に立って、敵弾に撃たれて死んでくれる下級将校が必要であった。しかも、大量に且つ迅速に、頭数を揃えねばならないのであった。

勇は一日も早くこの地獄から逃げ出したかった。しかし、勇達高学歴者には、自分たちの思惑とは違った運命が待ち構えていた。初年兵教育が始まる初日、幹部候補生への志願申請書を提出することを強要された。勿論建前は自由意志であるが、軍隊特有の命令にあらざる命令であった。

勇達は四カ月目の検閲を経て、陸軍一等兵に昇格すると同時に、幹部候補生に採用され、さらに三カ月の部隊内教育を終えて、甲乙に区分された。勇は甲種幹部候補生、即ち将校への道を進むことになった。それも、商業系の専門学校卒業生が選ぶ、陸軍経理学校ではなく、敢えて一般兵科の陸軍予備士官学校であった。

昭和十八年七月、勇は仙台陸軍予備士官学校に入校した。戦局は益々厳しくなっていた。その年の四月には、山本五十六が戦死し、五月にはアッツ島では数千の将兵が、玉砕の美名のもと、全滅していたのである。

予備士官学校での教育期間は、本来は十一カ月のはずが九カ月に短縮され、翌年の四月には卒業であった。見習士官の粗製乱造であり、それだけ軍にとっては、下級将校の頭数を増やす必要に迫られていたのである。そういう意味では、将校も一部のエリートを除いては、当に消耗品に違いなかった。

しかし、そこで教えられたことは、日露戦争以来の歩兵操典が基本であり、地上戦においては、あくまで歩兵の銃剣突撃により勝負を決するといった、どう見てもカビの生えた代物であった。もっとも、教える方も、近代戦の何たるかを知らないのであるから、教えようもなかったのである。

昭和十九年六月、勇は旭川の連隊から、南方総軍の補充要員として転属となった。中学校の英語教師の経歴が理由であった。前線に近いほど英語の話せる将校が必要だったのである。

宇品から輸送船に乗せられ、途中台湾を経由して、南シナ海を南下してゆくのだが、そこはアメリカの潜水艦が待ち受ける地獄の三丁目であった。魚雷を一発食らえば瞬時に轟沈であった。海南島、ベトナムの海岸線を恐る恐る下って、やっとの事で終着地タイに着いた。そこからどこへ向かうのか、いずれビルマの最前線に違いないのだが、千人からなる大隊規模の部隊が下船して行った。

勇はタイで上陸後、マレー鉄道に乗って二日間掛けてシンガポールに着くと、南方総軍司令部に出頭した。しかしそこでは、軍の編成替えにより、ジャワ（インドネシア）に在る十六軍独立混成第二十七旅団の司令部付であることを言い渡され、また船便を探さねばならなかった。一週間待って、ようやく小さな貨物船に便乗しジャカルタ（オランダの植民地当時はバタビアと呼ばれていた）に着くことが出来た。


昼時の太陽は強烈だった。

司令部の建物は、オランダ統治時代の主要な政府機関だったのか、煉瓦造りの堂々とした建物であった。

勇は夏物の軍装の襟に貰ったばかりの少尉の襟章を付け、腰には軍刀をぶら下げていた。背中と脇の下には汗が染みていた。建物の内部はひんやりとして涼しかった。

「申告いたします。陸軍少尉鈴木勇、第二十七旅団司令部付を命ぜられ、本日着任いたしました」

四十五度の室内礼をした先には、大尉の襟章を付けた副官が、だらしない恰好で椅子に座り、書類を見ていた。

「貴様が鈴木少尉か。この書類だと英語の教師だって……。オランダ語は話さんのか？」

「外国語は英語だけであります」

「しょうがねーな。俺はオランダ語の話す奴をくれって総軍に頼んだのに……まあいいだろう。そのうちに役に立つ時もあるだろう。よし、貴様をバタビア海岸地区警備大隊第二中隊第一小隊長に命ずる。復唱せえ」

「はい。鈴木少尉は……第一小隊長を拝命いたしました」

「よーし。ちょっと待っていろ、命令書を出す。人事係を呼べ！」

勇は室内礼をして人事係の准尉と共に副官部の部屋を出た。

「この警備大隊本部はどこに在るんですか？」

「ここから、海岸線に沿って二十キロほど東に行ったところのSという町にありますよ」

「二十キロですか？」

「命令受領のトラックが来ていますから、それに乗って行かれたらいいでしょう」

中年の人事係准尉はどこか田舎の役場の戸籍係のようであった。

トラックはジャカルタ市街を抜けると、田圃と畑の中を走っていた。今は雨期なのか、道路には所々水溜まりが出来ていた。海岸線に出ると、こんもりとした椰子林の中に、集落が見えてきた。カンポンである。木陰には牛が寝転んでいた。カンポンの傍を通る度に、裸足の子供達が駆け寄って来て歓声を上げていた。一見すると、戦争とは無縁の世界であった。

大隊長も中隊長も予備役将校の招集組と見えて、十分過ぎるほどの社会経験と臆病さを、威厳で隠そうとしているのが見え見えだった。大尉の襟章を付けた大隊長は、痩せこけて貧相な顔の割に、髭だけは大将のように立派であった。

勇の警備担当地域は、海岸線を五十キロ、内陸を三十キロの広大なエリアを五十人足らずの小隊でカバーしなければならないのだ。砂浜に芥子粒を蒔いたようなものであった。一度、戦闘が始まったなら到底防ぎきれるものではなかった。たとえ、それが現地人相手のゲリラ戦であっても。

警備大隊本部での着任申告を終えた勇は、先程のトラックを摑まえ、さらに東の第一小隊屯所を目指した。エンジン音がやたらに煩い旧式のオランダ製トラックでも、流石に転がる車輪が付いているだけに早かった。三十分程で、一軒の家の前で停まった。華僑の店でもあったのか、東南アジアによく見かける間口が狭い割には奥行きの深い家であった。

立哨《りっしょう》が立っているわけでもなかった。

「誰か！　誰かおらんのか？」

暗い奥の方から、防暑襦袢の前をはだけ、どうにも使い古しのような兵隊が出てきて、勇の姿に慌てて敬礼をした。

「小隊長の鈴木だ。誰か下士官はいるか？」

勇は胸を張って威儀を糺したつもりだったが、声が少し裏返ってしまった。やがて二階から四、五人の兵隊が降りてきて、勇の前に整列し、先任らしき軍曹が「小隊長殿に敬礼！」大きな声を上げた。

「小隊長の鈴木だ。軍曹、お前が先任か？」

「はい！　軍曹の橋本であります。小隊長不在につき、小隊長代理を務めておりました」

「よし。今から小隊の陣容と警備地状況を説明せよ」

橋本軍曹の先導で二階に上がると、机とテーブルが置かれた部屋が在った。ここが小隊の本部らしかった。勇が座った机の上に、兵員名簿を開いて軍曹が説明を始めた。

「小隊は自分以下、下士官三名、兵四十五名、総員四十八名。内兵一名はデング熱の為バンドンの病院に入院中であります」

軍曹の説明が続いた。警備担当地区を四カ所に分け、本部の他に三つの分所が在り、機動力はおんぼろトラックが一台と数台の自転車だという。

「治安の状況は？」

「はあ、目立った問題は起きていません」

「軍曹はいつからここにいるんだ？」

「一年前からですよ。自分らが交代するまでは、この地区は本チャンの現役中隊が担当していたんですがね、ニューギニアかどこかへ転進ですわ。気の毒に。ジャワは天国、ニューギニアの地獄ですかい」

橋本金吾軍曹は、江戸っ子らしく歯切れの良い喋り方をした。娑婆も軍隊も生き抜く上での要領を十二分に知り尽くした三十男だった。

勇はそんな軍曹の小ばかにしたような態度が気に入らなかった。

勇は、昔から要領の良い人間が嫌いであった。自分の不器用さへの反発でもあった。

しかし、ここは戦地である。中学の担任教師とはわけが違う。五十人の男達を指揮しなければならないのだ。

自分は何を知っているというのだろうか。『歩兵操典』や即席、付け焼刃の幹部教育で習ったことなど役に立ちそうな物は一つもなかった。自分よりずっと軍隊経験の豊富な、この年上の男に頼らざるを得ないのだ。

「軍曹、警備巡邏から戻ったなら、本部員を全員集めてくれ。それと、明日から分所を回る。トラックを頼む。以上だ」

夕方、十人程の本部員が整列する前で小隊長の訓辞を垂れた。翌朝、トラックに乗って分所回りをした。どこの分所も、突然の小隊長の巡察に慌てていた。軍規が弛緩していた。混成旅団そのものが寄せ集めの員数合わせに過ぎなかったのだから、末端は推して知るべしであった。

小なりといえども、部隊の長である以上、まず部下を知る事から始めなければならないのは、どんな社会でも同じであった。兵員名簿を捲って、部下の経歴を見てみると、ほとんどの者が勇より年上であった。上等兵、兵長、それと三人の下士官は皆、予備役の再招集者で、中には橋本軍曹のようにシナ事変の古強者も何人かいた。残りは補充兵ばかりで、現役兵は一人もいなかった。

「橋本軍曹、自分の感想を率直に言おう。本部も分所も弛緩している。弛んでいるということだ。せめて、本部ぐらい衛兵を立てたらどうかね」

「小隊長殿、それは命令でありますか。お言葉ですが、本部といいましても兵隊は九人しかおりません。うち一人は、隊長の当番兵であります」

「自分は当番兵など要らんよ」

「ここは軍隊であります。従兵の付かない将校はいないのであります」

軍曹は突然姿勢を正して言った。言葉には出さなくても、目の前にいる即席将校を見くびっているのは明らかであった。しかし、勇はそれ以上言うのを諦めざるを得なかった。年上の軍曹と気まずい思いをしても、何の解決にもならないのは充分過ぎる程分かっていた。


時間が経つにつれ、少しずつ現地の事情が分かってきた。

昭和十七年、インドネシア全島は、それまで支配していた東インド政府・オランダ植民地政府の降伏により、以来、帝国陸・海軍による軍政が行われていた。全てのオランダ人は敵国人として、男性は捕虜となり、婦女子は収容所に集められていた。男性の捕虜の多くが、悪名高い、泰緬鉄道（タイ・ビルマ鉄道）の施設工事に労働力として駆り出されていった。

勇が管轄する警備担当地域は、一部の華僑を除けば、殆どが古くから住んでいるジャワ人であった。彼らはムスリムであり、集落を中心とした共同社会を形成していた。言葉も地域によりバラバラであり、比較的にどこでも通じるのが、マレー語をベースにしたインドネシア語であった。

勇はオランダ語を習ったことがなかったが、第二外国語として習ったドイツ語と英語の中間のようで、文章は理解することが出来た。ただし発音が難しかった。華僑やインドネシア人の中に、英語が通じることも分かってきた。ピジンと呼ばれる、変形英語である。時節のない、文法無視の単語の羅列であったが、意思の疎通には十分であった。聞けば、彼ら華僑や印僑、マレー商人達は、ニューギニアから、ポリネシア、ミクロネシアまで商売に出かけるのだという。

小隊本部には、時々華僑や地元集落の長がやって来た。物品の売り込みか、揉め事の調停であった。本来は軍政官の仕事であったが、地方まで支配の目が届くはずがなかった。時々軍政部から日本人の役人が憲兵と一緒にやって来たが、威張り腐って相手にされなかった。特に憲兵は、どこでも蛇蝎の様に嫌われていた。存在自体が、現地人にとっては恐怖そのものであった。

勇の前に、軍曹に連れられて華僑がやって来た。中年の男だった。

「小隊長、華僑のクワンが挨拶をしたいとのことです」

クワンと呼ばれた男が揉み手をして頭を下げていた。

「鈴木だ。俺は英語しか喋れないぞ」

日本語で言うと、男は意味が分かったのか、

「私も英語話します」英語で応えた。

「クワン、あんたは何で飯を食っているのかね？」

「私、商売しています。小さな機帆船で物を運んで売ります。でも今戦争で遠く行けません。早く終わると嬉しい」

「戦争が終わるって、日本が勝つってことか？」

「勿論です」

「まあ良い。お前達にとってはどちらが勝っても良いんだろう。違うか？」

「隊長さん、それ良くない。憲兵に聞かれると不味いことになるよ」

勇は苦笑いを口元に浮かべ、軍曹の方を向いた。

「で、今日は何しに来たんだ。まさかわざわざ自分に会いに来たわけでもなかろう？」

「流石に鋭いですな、隊長は。実は、買い付けているコメの値段を上げろと言うんですよ。今年は不作で米が穫れないと言うんですよ。まあ本音は、お金の価値が落ちているんですかね」

「でも米が手に入らなきゃ、干上がってしまうからな。食料は現地調達が司令部の方針だからな。よし分かった。今度経理部に掛け合ってみるよ」

「お願いします」

「おい、隊長殿が上に話してくれるってさ」

「隊長さん、今度私の家に招待します。是非来てください」

クワンが頭を下げて帰っていった。勇には何だか怪しい人間に見えた。

「軍曹、あの男信用できるのか。中国人だろう、スパイじゃないのか？」

「小隊長、心配ないですよ。彼奴ら戦争なんか興味ないですよ。もっとも、スパイなんか使わなくたって、軍の情報は敵に全部筒抜けですよ」

「何でわかるんだ、そんなことが」

「これは自分の勘ですがね。中国の奥地でもそうでしたよ」

軍曹に実戦の話を持ち出されると太刀打ちできなかった。

その日からしばらく経って、今度は村の長老が訪ねて来た。ムスリムの帽子を被っていた。

「今度は何かね？」

「とにかく、隊長に会いたいと言っています」

長老は英語も日本語も話せなかった。橋本軍曹のインドネシア語の理解力で、辛うじて話の趣旨は理解できた。

軍政部より、各地区の地方支配組織を通じて村々には、米の供出と共に労働力の供出が義務付けられていた。現地では「ロームシャ」と呼ばれる苦役であった。彼らの多くは、戦争地域の軍事施設の建設や道路・鉄道施設の現場で使われていた。

長老の村では、働き手が減っており、これ以上ロームシャは出せないということであった。

「話は分かるけれども、これは軍政の問題で、我々警備部隊ではどうにもならんよ。今度司令部に行ったなら話してみると言っておいてくれ」

軍曹がどう話を付けたのか、長老は礼を言って帰っていった。

勇は命令受領の為、旅団司令部に来ていた。赴任以来、半年が経っていたが、ジャカルタの街は変わらず賑やかであった。少なくとも表面上は平穏が保たれていた。

経理部に寄るのはこれで三回目であった。顔見知りの主計中尉が応対してくれた。彼は東京商大出の幹部候補生上がりで、初対面から話が合った。軍票受領の事務処理が終わった後、昼飯に誘ってくれた。日本風のレストランというよりは食堂の離れに座っていた。

「田中中尉殿、御多忙の所恐縮であります」

「鈴木君、娑婆の心算で頼むよ。僕等、学徒の幹候仲間じゃないか」

「そうでしたね。田中さんはここ長いんですか？」

「僕は、少尉任官してすぐだったからね、もうすぐ三年だ。いつになったら帰れるのかな。……君、家族は？」

「北海道に母が一人で暮らしています」

「婚約者は？」

「はあ、いません」

「そうか、僕はいるんだよ」

中尉は、照れ隠しの心算か、丸い眼鏡をちょっとずり上げていた。

「ところで君は何で兵科を選んだんだい？　主計じゃなしに」

「私は、中学の英語教師でした。生徒達は士官学校や兵学校に進んだ者がいます。中には予科練に入った者もいます。戦争に行くなら、私自身も彼らと同じように前線で銃を取って戦おうと思ったのです。……青臭いですか？」

「いや、そんなことはないよ。今やこの戦争から逃れられる者はいないよ。僕もいざとなったら銃をとって戦う心算さ」

中尉は椅子に立てかけてあった軍刀の柄を握りしめて、威勢のいいことを言った。

「田中さん、これからどうなるのでしょうね？」

「君、これは内緒だぜ。ビルマはインパールで大敗して、壊滅は時間の問題だな。海では、虎の子の海軍の機動部隊が全滅して、グアム、サイパンが玉砕したらしいよ。陸では、マッカーサーがとうとうレイテに上陸したそうだ。この次は東京がやられる番だな」

「それにしても、ここは静かですね。何だか、戦争しているなんて嘘みたいですね。敵の飛行機も飛んでこないし……」

「敵は、こんなところに構っていられないのさ。奪おうと思ったらいつでも出来るんだろう。まあ、それも時間の問題だな」

田中中尉の言い方が何だかなげやりに聞こえた。

「ああそうだ、君に言われていた食料の値上がりの事ね、インフレだよ。経済で習ったろう。

信用の裏付けのない紙幣をどんどん増刷すれば、貨幣の交換価値が下がるのは当たり前の話さ。金モールの参謀連中には理解出来っこないけどね」

「それとロームシャを駆り出すのも拙いですね。村では働き手がいなくなって、コメの収穫が減っているんですよ。コメは彼らにとって死活問題ですからね。その中、下手をすると暴動が起きますよ」

「だから軍では、インドネシア人に独立の飴玉をちらつかせているんだ。まあ、問題はこの先いつまで持つかだな……」

勇は黙って腕時計を見た。そろそろ戻る時間であった。

「今日はゆっくりしていけるんだろう？」

「いえ、戻らなければなりません」

「そうか、残念だな。今度ゆっくり酒でも飲んで話をしようよ。ところで、君はあっちの方はどうしているんだい？」

「はあ、あっちと言いますと？」

田中中尉は小指を立てて、

「女さ。ここには将校専用の慰安所があるよ。もっとも良くて半島の女。悪けりゃ、地元の女だけれどね。まあオランウータンよりはましさ」

「はあ、ともかく今日は帰ります。ありがとうございました」

田中中尉と別れると、勇は待たせてあったトラックに乗った。

運転席には古参のK上等兵が座ってハンドルを握っていた。勇は前から気になることがあった。兵隊たちの性的欲望のはけ口であった。

「K上等兵。お前達、女はどうしているんだ？」

「女ですか。皆適当にやっていますよ」

上等兵は前を向きながらさらりと言った。

勇には「適当に」の意味がよく分からなかったが、

「まあともかく、もめ事を起こすなよ。それと性病には気を付けろよ」

勇だって、若く健康な肉体を持った男である以上、股間の疼きに悩まされないわけではなかった。

勇が学生時代を過ごした小樽の街は、昔からニシン漁の盛んな港町であり、大きな娼館が幾つもあった。学生寮の仲間に誘われて、アルバイトで貯めた金を懐に、一度ならず娼婦を買いに行ったこともあった。

初めての時の事は、殆ど記憶に残っていなかった。あるのは、女に促されて二階へ上がる時に垣間見た、けだしから覗いた赤と女の脚の白さであった。その後、回を重ねても、行為そのものは、ゴム製の避妊具に股間の疼きを吐き出すに過ぎない、無味乾燥なものでしかなかった。

軍隊に入ってからは、外出時に仲間と慰安所を覗いてみたが、順番を待つ兵隊の列を見ただけで、戦闘意欲を失くした。それは当に排せつ欲を満たすだけの代物であった。
以来、勇は女を買ったことが無かった。

昭和二十年の正月、赤道直下には、夏も冬も無かった。年中、ブーゲンビリアやハイビスカスが咲いていた。正月らしいのは、司令部から部隊ごとに日本酒が振る舞われたことぐらいであった。

「小隊長、小隊全員に二本の酒じゃ目薬みたいなもんですね。目の毒気の毒ですよ」

「まあ匂いを嗅ぐだけでもいいだろう。分所にも分けてやれよ」

「分かりました。自分に任せてください。何とかしますから」

軍曹はトラックでどこかへ行ってしまったが、夕方戻ってきた時には一升瓶を両手にぶら下げていた。勇の前まで来ると、

「橋本軍曹、命令により調味料を調達してまいりました。以上」

「ご苦労！　……しかし軍曹、他所の隊のを銀蠅したんじゃないだろうな？」

「とんでもありません……。軍隊は要領を持って本分とする、ですかね」

久しぶりの日本酒に皆、嬉しそうであった。尤も、十数人に一升瓶が一本では、飯盒の中蓋に半分ほどしか当たらなかったが、そこは、軍曹のことである。華僑のクワンから白酒をせしめていた。

「よし、新年を祝って乾杯！」

「乾杯！」

勇の音頭に皆が続いた。

酒がまわってきた頃、Ｓ一等兵が立ち上がった。彼は、所帯持ちの補充兵であったが、普段は最下級の初年兵としてこき使われていた。

「自分は、群馬県は桐生の出身であります」

「よっ、いいぞ。忠治のお里だ」

「本日は、一つ、『八木節』を披露させていただきます」

「いいぞ！　待ってました」

Ｓ一等兵が歌い出した。

――ハアー　またも出ました三角野郎が
四角四面のやぐらの上で
音頭とるとはお恐れながら
国の訛りや言葉の違い
お許しなされば　オオイサネー――

（チャンチャンチキチ）誰かが空の一升瓶を叩くと、それに乗って、皆の手拍子がこだました。

その後も、喉に自慢の兵達の歌が続いた。

「小隊長殿、何か一つ聞かせてください。お願いします」

誰かの声がした。

「俺か？　俺は皆のように芸達者じゃないからなー……」

「小隊長、まあいいじゃないですか。何でも」

躊躇う勇を軍曹が促した。

「よし、じゃあ皆も知っている『椰子の実』を歌う」

――名も知らぬ　遠き島より
流れ寄る　椰子の実一つ
故郷の岸を　離れて
汝はそも　波に幾月――

勇の朗々とした歌声が響いていた。聞く者の胸を打つ歌であった。故郷を思ってか、涙を浮かべる者もいた。その場がしゅんとして、静まり返ってしまった。

軍曹が立ち上がって、

「次は俺だ。元気出して歌え」

——嫌じゃありませんか軍隊は
金の茶碗に金の箸
仏様でもあるまいし
一善飯とは情けなや——

皆も手拍子をとり大声で歌い出した。

故郷も出身も違う寄せ集め部隊でも、酒を飲んでお国自慢を歌えば、仲間であった。家族の待っている故郷を遠く離れ、異郷の地に身を寄せ合う戦友なのである。

やがてフィリピンのマニラが陥落したことや、B29による東京への爆撃が始まったことが、兵士達にも知れ渡っていった。次は台湾、沖縄そして日本本土である。誰もが口には出さなかったが、家族の事を心配していた。それでも、何故だか、自分達だけは安全であると思っていたのである。

勇は当番兵と本部から少し離れた所にある、借屋に住んでいた。兵達と寝るのも一緒では、気が休まらないだろうとの配慮であった。

通りの向こうから若い女が歩いて来るのにすれ違った。ジャワ人には珍しい色の白い、顔立ちの整った娘であった。勇は思わず振り返っていた。

「小隊長殿、美人ですよね」

「ああ、初めて見るけど、彼女、オランダ人との混血、インドゥだろうな」

「実は、橋本軍曹のこれなんです」

当番兵は小指を立ててにやりと笑った。

「へえ、軍曹も隅に置けないな……」

別に問題さえ起こさなければ勝手であった。

勇は内心では、軍曹の自由奔放さが羨ましかった。女を抱くのに、愛や恋だのという飾りつけを求める自分が疎ましかった。

ある日の事だった。村の長老が駆け込んで来て、隊長に会わせてくれと叫んでいた。勇が出て行くと、既に軍曹が話を聞いていた。

「どうしたんだ？」

「小隊長、村の娘ですよ。どうやら慰安所で働かされていたのが、逃げ帰ってきたみたいです。それを慰安所の親父と憲兵が連れ戻しに来たんですわ」

二人の会話を不安げに見ていた村の長老が、勇に向かってしきりに頭を下げていた。

「隊長さん、助けてください」と言っているようであった。

「ふーん、ともかく行こう」

勇は軍刀を摑むと表へ出た。軍曹と長老が後に続いた。一軒の家の前に人垣が出来ていた。人を掻き分けて中に進むと、憲兵の腕章を付けた男と、白い開襟シャツを着た中年の日本人が、家の前で押し問答をしていた。相手は、この家の主人であろうか。

「何事か？」

少尉と軍曹の出現に、憲兵伍長は型通り敬礼をした。

「自分はジャワ憲兵隊のS憲兵伍長であります。慰安所を逃亡しました女を連れ戻しに参りました。これはあくまでも契約上の問題でありますので、こちらで解決します」

表面は慇懃《いんぎん》であったが、腹の内では小ばかにした物言いであった。

「自分は警備中隊第一小隊の鈴木少尉だ。この地域の治安維持には責任がある。現実に村の者達が騒いでいるではないか」

「少尉殿、理はこちらにあるわけですから、むしろ彼らを解散させていただけませんか」

伍長は憲兵隊の威を借り、自分から身を引く様子を見せなかった。

「伍長！　貴様の言う契約書を見せてみろ」

勇は伍長の手から紙切れを取り上げ読んでみた。日本語で書かれた、慰安婦になる事の承諾書であった。本人サインの箇所には×印が書かれてあった。

「これが承諾書か？　自分の名前も書けない現地人に、日本語の契約書の意味が分かるはずがないだろうよ。契約書というのはな、説明義務が伴うんだぞ。こんなのはどこの国でも通用しないんだ。さっさと帰れ！」

「少尉、憲兵には警察権があるんですからね。隊に帰って報告しますがいいんですな？」

「ああ、なんでもするがいいさ。何なら俺の方から、軍政官に報告しようか？」

勇の剣幕にたじろいだのか、中年の男を促して憲兵伍長は引き揚げていった。周りを取り囲んでいた村人の叫び声が二人の背中に投げつけられていた。家の主人が勇の手を握り、しきりに頭を下げていた。言っている意味が分からなかったが「テレマカシー、カピタン」だけは理解できた。

「小隊長、やりましたなー。お見事でした」

橋本軍曹が大きな声で言った。

その事があってしばらくして、また問題が起こった。今度は分所の兵隊による婦女暴行騒ぎであった。訴えによると、分所の近くに住む女が、中国帰りの古参上等兵に強姦されたというのであった。

連行されてきた上等兵は、勇の前に直立不動で立っていた。

「貴様、女を強姦したのは本当か？」

「はい、自分は無理矢理やったのではないであります。相手が承知の上であります」

「言い訳は許さん。俺がどれだけ軍規を守れと言っているのか、分からんのか。俺は許さん。足を開け！」

勇の平手が上等兵の頬を強か打った。上等兵が後ろによろけるほどであった。

「別命あるまで謹慎だ」

勇は本当に腹を立てていた。

「軍曹、橋本軍曹はおらぬか？」

「はい、何でありますか」

「軍曹、よく調べて報告してくれ。本当に強姦だったなら、俺は絶対に許さん。中隊長に、いや、大隊長に報告して軍法会議だ。いいな」

「はい、承知いたしました。本件、調査の上報告いたします。以上」

軍曹が、一見素直に命令に従ったような時は、腹に一物ある証拠であった。

翌日の夕方、軍曹が報告に来た。

「小隊長殿、報告いたします」

「うん」

「一件、落着であります」

「何？」

「小隊長、実はあの女曲者でしてね。要するに上等兵が要求した金を払わなかったという事でした。でも、もう相手の女も納得しましたから勘弁してやって下さい」

「それでどうやって納得させたんだ？」

「へへー、特配の砂糖をやったんですよ。それでころりですよ」

「そうか、ご苦労だった。この件は不問にする」

勇の胸の内がもやもやしていた。よく調べもせずに、年配の兵隊を人前で殴ってしまったことを後悔していた。自分の薄っぺらな正義感に腹を立てていた。所詮は彼らには、青二才の俄か将校にしか見えないはずであった。兵隊の掌握に掛けては、橋本軍曹に到底かなわないと思った。

勇が華僑のクワンから夕食に招待されたのはそんな時であった。

軍曹と二人でクワンの家へ出かけた。

「隊長さん、よく来てくれました。どうぞ中へ」

クワンの家は、外見とは違って中は広く、家具調度も豪華であった。夕食のテーブルも戦時下とは思えぬ贅を尽くしたもてなしであった。どういうルートから仕入れるのか、福建省の有名な紹興酒や老酒もあった。

「隊長さん、ここは無礼講お願いします」

「うん、じゃあ聞くけど、この酒はどこから手に入れるんだい？」

「それ、企業秘密ね。ははー、華僑は世界中に情報網あるのよ。分かりますか？」

「いや、自分も学校で貿易を勉強したんだ。商社員になろうと思ってね。ビジネスの基本は情報だよね。あんた達華僑にはそれがあるんだ」

クワンはニコニコ笑っていた。

「自分は軍人と言っても素人だけど、軍隊だって情報戦なんじゃないのかな」

「その通りですね。日本、海軍も陸軍も情報戦弱いですね。そういう事馬鹿にしているね。それ良くない、負けるよ」

「えっ、クワン、日本が負けるのかよ」

軍曹が大きな声を出した。

「そう、負けますね。気の毒だけど」

「何故そう思うのかね」

勇が静かに訊いた。

「隊長さん、これ事実ね。ニューギニア、ジャワ、ボルネオ、フィリピンの現地の人達、日本人の事信用していないね。いや、むしろ嫌っているよ。日本軍来て皆奪っていく。米軍は反対に、食べる物も薬も、何でもくれるね。皆、米軍に協力するの事よ。分かりますか？」

「……」

「隊長さん、今の戦況知っていますか？　知らないでしょう。……フィリピンが解放され、もうすぐ沖縄も降伏します。硫黄島にアメリカの飛行場出来てから、日本本土はどこも爆撃されています。東京は三月に爆撃で焼け野原になりました。多くの市民が死にました。次はいよいよ本土での戦いです」

「何、本当か、東京が爆撃されたって？」

クワンも勇も軍曹の真剣な声に、思わず顔を見合わせていた。

「このままだと、日本の人沢山死ぬ、良くない。一日も早く、戦争終わらせなくてはいけないことよ」

クワンの話し方は物静かであった。勇は信じたくなかった。

そういえば、ここ何カ月か、全く日本からの軍事郵便は届いていなかった。

東京が焼夷弾で焼け野原になり、十万人もの一般市民が亡くなった事は、兵隊達にも次第に知れ渡っていった。勇の小隊にも東京に家族を残してきた者が何人かいた。橋本軍曹もその一人であった。人前では何も言わなかったが、時々ふさぎ込んでいる様子であった。

昭和二十年七月二十六日、連合国よりポツダム宣言が発せられた。しかし、日本国政府の反応は相変わらず鈍かった。

ジャワ島上空に飛行機が飛来して、ビラをまいていった。これまで、敵の飛行機を見ることはめったになかった。もっとも、ジャワ島には爆撃する軍事目標もなかったし、迎撃できる戦闘機もいなかった。ビラには英文とオランダ語でポツダム宣言の内容が書かれてあった。勇のところにも届けられていた。読む限り、敵の謀略ではなさそうであった。

八月十日になって、広島と長崎に強力な新型爆弾が投下され、両市が壊滅したことや、それが原子爆弾であろうとの噂が流れてきた。

いよいよ、終戦が現実のものとなっていた。

3

八月十五日十時（日本時間の十二時）——。

旅団司令部には幹部将校と各部隊長が集合していた。事前に、東京から重大放送があるという知らせが届いていた。中央には短波ラジオが据えられていた。末席に並ぶ勇にはよく聞き取れなかったが、要所要所から、ポツダム宣言の受諾ではないかと思えた。周りの人間には、何のことか理解できないらしく、その場の雰囲気が変わった様子もなかった。

勇は経理部の田中中尉を見つけ、近づいてゆくと、相手も気が付いて寄って来た。田中中尉がいきなり勇の上着の袖を摑むと、人気のない建物の陰へ誘った。

「鈴木君、分かったかい？　敗戦だよ！」

「やっぱりそうですか。ポツダム宣言の受諾ですね？」

二人は声を潜めて話していた。

「そうなんだよ。無条件降伏だぜ……。日本はこれからどうなるのかな……」

田中中尉は丸眼鏡を外し、しきりに顔の汗を拭いていた。

「でも宣言文には、日本も日本人民もなくするわけではないと書いてありましたね。それから、軍隊組織の解散と将兵の速やかな帰宅とも書いてあったと思います……。僕等も日本に帰れるんでしょうね……」

そこまで詳しくは、書いていなかった。

「鈴木君、こうなったら必ず日本に帰ろう。お互いに自重してね」

司令部からの帰り道、ジャカルタの街中がざわついていた。至る所に人が集まって、何か口々に叫んでいた。

「ムルデカ！　ムルデカ！（独立）」

熱い叫びであった。人々がお祭りのように熱狂して通りを歩いていた。人の群れがどんどん膨らんでいくのだ。

「ムルデカ！　ムルデカ！」

もうこの勢いは誰にも止められそうになかった。

翌日、命令受領に出向くと、正式に終戦の大命が伝えられたのである。

そして、八月十七日――。

軍も軍政当局も目の前にある、敗戦という事実に茫然自失となっている間に、歴史的な『インドネシア独立宣言』が発せられたのである。

それは、彼らの長い間の望みであった、異民族支配と収奪からの解放であった。抑圧されてきた民族の魂が、大きなエネルギーとなり、そこかしこで渦を巻き、そして時には大爆発を起こしていくのだった。

これまで、日本軍政下の統治組織に組み込まれていた、兵補や義勇軍は解散を命じられていたが、武器を持っているだけに、暴徒と化す恐れがあった。実際に、地域によっては治安が乱れ、市民生活に危険が及ぶ状況であった。

軍の幹部は、己の不運を嘆いている暇はなかった。無条件降伏を受け入れたその瞬間から、連合国の命令に服さなくてはならないのである。それは、インドネシアを日本軍の占領以前の状態に復元し、それを連合軍の進駐まで維持する事であった。従わなければ、その先に待っているのは、敗者の勝者による一方的な裁きであり、悍ましい戦犯であった。彼らは、何よりも、自分達自身が戦犯になることを恐れていた。その為にはどんなことでもする心算であった。

勇は旅団司令部に出頭を命じられていた。以前着任の時に命令を受けた副官が待っていた。

「警備中隊第一小隊鈴木少尉、参りました」

「おお、鈴木少尉待っていた。喜べ、貴様は八月十五日付で中尉に昇進だ。そして、本日付で中隊長を命ず。お前のところの中隊長はマラリアで病院送りだからな……。よし、命令、バタビア地区警備大隊第二中隊は、本日をもって旅団直轄の独立警備中隊となり、ボゴール地区の治安維持に当たるべし。合わせて、同地域にいるオランダ人婦女子の身の安全を図るべし。以上」

「はい。……」

「何か不服か？」

「いえ、不服はないでありますが、質問して宜しいでありますか？」

「何だ？」

「オランダ人の婦女子の身の安全とは、何をすれば宜しいのでありますか？」

「実はな、昨日まで彼女らは収容所に入っていたんだ。これを、安全な場所に移して、それなりの生活を面倒見にゃならんのだ。国際問題にならんようにな。分かるか、彼女らの要求は出来うる限り聞いてやるんだよ。これは軍の威信にかかわる問題だからな……。いいな、今こそお前の英語が役に立つんだ」

「はい。鈴木中尉は、本日をもって独立警備中隊を率い、ボゴール地区の治安維持に当たります」

「よし。必要ならこの命令書を見せろ。鈴木中尉、貴様に全権限を与えると書いてあるからな。忘れるな。国際問題だぞ」

副官たち軍の上層部が恐れていたのは、これまでの非戦闘員に対する虐待行為であった。その事実を少しでも消してしまいたかったのだ。

命令書を受け取ると、副官の前を辞した。司令部の中は落ち着かない様子だった。皆が自分たちの将来に不安を持っていたが、具体的にどうしてよいか分からないでいた。ただ、誰もが頭の隅に過るのは『戦犯』の二文字であった。

「急いで戻るぞ。配置換えだ」

待っていた当番兵とトラックの運転手に言った。

「小隊長殿、これ中尉の襟章であります」

「何だ、どこで手に入れたんだ？」

「へへー」

当番兵が嬉しそうに、中尉の襟章を付けてくれた。世にいう、ポツダム中尉であった。

小隊の本部に着くと、みんなは不安そうに集まっていた。当番兵が透かさず、「中尉殿に敬礼」と叫ぶと、反射的に姿勢を正し敬礼をした。

「小隊長、命令は何ですか？　うん、中尉殿か」

橋本軍曹が皆の気持ちを代弁して訊いた。

「皆、聞いてくれ。自分は中隊長を命ぜられた。これからこの中隊を率いて新任務に就く。ボゴール地区の治安維持だ。一刻も早く出発しなければならない。軍曹、後を頼む。自分は中隊に行く」

十キロほど離れた中隊に着くと、連絡が届いていたのか、本部の下士官以上が出迎えてくれた。

「中隊長の鈴木中尉だ。当中隊は、今からボゴール地区警備部隊として転進する。前もって言っておく。日本では戦争が終わったが、ここではまだ続いている。我々には、インドネシアの治安を守る義務がある。ただし連合軍が進駐して来るまでである。それまで、軍規を守って任務に当たってもらいたい。こうなった以上、自分には中隊員一人残らず日本に連れて帰る責任がある。以上」

ボゴールは、もともとオランダ人達の高級住宅街であった。日本軍占領後はPETA（ジャワ防衛義勇軍）の訓練所が置かれ、解散させられた今は、武器を持った若者たちが至る所にグループに分かれて屯していた。少し離れた所には、オランダ人の婦女子が抑留されている、クラマット収容所があった。

今や、過激なインドネシア人達が、旧支配者であるオランダ人の婦女子を襲撃する恐れがあった。

警備中隊の第一陣が現地に入ったのは夕方だった。中隊本部を街の中心に近い学校の建物において、勇は、一個分隊をトラックに乗せ、クラマット収容所へ向かった。着いたのは、夜の八時を過ぎていた。真っ暗な中に、有刺鉄線に囲まれた収容所がトラックのヘッドライトに浮かび上がっていた。収容所の監視兵の姿はどこにもなく、不気味な静けさであった。

勇達は、正面のゲートを開いて中庭に入って行った。

「誰かいますか？　いたら出てきてください。私はここの警備を任された者です。安心して出てきてください」

勇は、静かにゆっくりと英語で呼びかけていたが返事はなかった。

「怪しい者ではありません。皆さんを守るために来たのです。出てきてください！」

やっと扉が開けられ、ヘッドライトに女性の姿が映し出された。勇がライトを消すように命じ、微かにドア越しに洩れてくる灯りを頼りに近づいて行った。

「今晩は！　警備中隊のルテナント・スズキ（鈴木中尉）です。あなたが代表者の方ですか？」

「今晩は、ルテナント。代表者というわけではありませんが、ファン・ドーレンです。あなたは今までのような収容所の人間ではないのですね……。本当に私達を解放してくれるのですね……」

目が慣れると女の顔が見えるようになった。明らかに色の白い彫りが深い白人女性であった。

「はい。日本はポツダム宣言を受諾し降伏しました。従ってあなた達は自由です。ただ、治安が乱れています。インドネシア人が独立を叫んで暴れています。私達があなた達を守るように命令されて来たのです。これは連合軍からの命令ですから、ご安心ください」

「分かりました、ルテナント。あなたが今までの収容所の所長や憲兵とは違うのね。だったら、私達千人の住むところと食糧を何とかして頂きたいわ」

「承知しました。今夜は遅いですから、明日また来ます……。兵を警備の為に残しておきますからご安心ください」

勇が敬礼をするのに、女もちょっと頭を下げて応えてくれた。勇は自分の英語が通じたことに満足していた。

その時だった。数発の銃声が聞こえ、耳元を銃弾が掠めたような気がした。勇は咄嗟にドアの内側に転がり込んでいた。

「敵襲！」

分隊長のN伍長が叫んだ。続けざまに銃弾が飛んできた。火点は有刺鉄線の外側のようであったが、敵の規模は暗くてよく見えなかった。そのうちに、収容所の裏の方でも銃声が聞こえていた。

「灯りを消せ！」

勇は言うなり、軍刀で天井からぶら下がっていた電球を叩き落とした。女たちの悲鳴が真っ暗な中で聞こえた。

「分隊長、他の者も無事か？」

「中隊長、無事です」

「よし、全員中へ入れ！　援護しろ」

彼我の銃声がこだまして、何発かの銃弾が収容所の板壁に当たった。

「分隊長、収容所の裏門を守れ！　俺は正面を守る」

「はい！」

分隊長が半分の兵隊を連れて裏へ回った。敵はどのくらいの数であろうか。少なくとも重火器はないようであった。勇も実戦は初めてであった。窓の隙間から覗くと、暗闇に目が慣れてきたせいか、有刺鉄線沿いに人の蠢くのが見えてきた。少なくとも二十以上の影があった。

「いいか、敵が正面のゲートを開いて侵入したら撃て」

勇も拳銃を握って構えていた。窓枠に銃弾が当たって、思わず首を竦めた。裏からは散発的な銃声が聞こえていた。正面ゲートに幾つかの黒い人影が見えた。突入する心算らしかった。正面からの銃撃が一段と激しくなった。

「撃て！」

勇の号令とともに、三八式歩兵銃が一斉に火を噴くと、黒い影が二つ倒れた。

「止め！」

辺りは静かになった。今のは偵察で、今度は本気で攻めて来るのか。数を頼んで突撃されたら持ち堪えられそうもなかった。

「弾はあるか？」

「少ししかありません」

「手榴弾は？」

「……」

誰も持っていないのか返事はなかった。

「よーし。弾は無駄にするな。引きつけてから狙って撃て」

敵の正面が動いていた。（来るぞ）思わず拳銃を握る手に力が入っていた。

暗闇の中から、（タタタタ―、タタタタ）心地良い連続音が聞こえてきた。軽機関銃の発射音だった。それに続いて「突撃！」「ウオー！」の喊声が響いてきた。味方の援軍であった。

「中隊長！」

橋本軍曹の声であった。

「ここだ、橋本軍曹か？」

「無事でしたか！　あまり帰りが遅いので来てみました」

「有難う、助かったよ」

答礼しようと思って、まだ拳銃を握ったままなのに初めて気が付いた。誰かが、監視所に入って電気のスイッチを入れると、監視塔と収容所内の灯りが付いて明るくなった。正面ゲートの内側には遺棄された死体が二つ転がっていた。若いインドネシア人の男達、いやむしろ少年と呼ぶ方が正しかった。頭と胸から血を流していた。勇は銃撃された死体を見るのは初めてだった。

「中隊長、実戦は初めてでありますか？　なかなか見事でしたなあ！」

軍曹が死体を見下ろしながら言った。

勇は正直無我夢中であった。ひょっとして自分が撃った拳銃の弾が当たったのかもしれない。その時は死体を見ても、不思議と恐怖感は湧いて来なかった。

「N分隊長、応援の第二分隊の兵も含めて今から収容所の警備を命ずる。武器を持ったインドネシア人達が再度襲撃してきたら発砲して撃退しろ。いいな。それと、絶対に女に手を出させるなよ。手を出したら、軍法会議どころではないぞ。戦犯で死刑にされるんだぞ。忘れるな」

「はいっ。第一・第二分隊は明朝八時まで当収容所の警備に当たります」

「よし。明朝八時に交代要員を連れてくる」

部下の前では平静を装うことが出来たが、時間が経つとともに、心の中には罪悪感が膨れ上がっていた。

彼らは本当に襲撃してくるつもりだったのだろうか？　射殺する必要があったのだろうか？恐怖に駆られて判断を誤ったのではないか――。

今更悔やんでも、二人の若者の命を奪った事実は消えなかった。


翌朝、勇が収容所に着くと、女や子供達が外に出てきて、彼を迎えてくれた。どの顔も昨夜の恐怖に怯えきった顔をしていた。それと、長い間の収容所生活にやつれて蒼白く、明らかに栄養状態の悪さを表していた。ここは千人からの人間が暮らすには、あまりにも狭く不衛生であった。早急に新たな施設を探さねばならなかった。それと食糧であった。

勇は、軍の食糧倉庫に目を付けた。ここで、旅団司令部の副官にもらった命令書が役に立った。強引に、米、缶詰、コンデンス・ミルクをトラックに積み込むと、収容所に持ち帰って来た。

食糧を降ろし、炊事場に運ぶ頃には人垣が出来ていた。

「ミセス・ファン・ドーレンはいますか？」

「ここに居るわ、ルテナント・スズキ。あなたは本当に私達の事を守ってくれたのね。本当に私達の食べ物を運んできてくれたのね。お礼を言うわ」

「次は住むところですね。皆さんの身の安全を確保するには、纏まって暮らせるところがいいでしょう。ボゴール市内を探してみますのでもう少し待ってください」

話しているうちに、子供達が寄って来た。子供達は本能的に誰が親切な人なのかを見抜く能力が備わっているようだ。

勇はポケットから一箱のキャラメルを取り出し、子供達にあげようとして、ふと途中で止めた。

「ルテナント、気持ちは嬉しいけど、止めてくれる。皆にあげられるまで待つわ」

「そうだったな。失礼しました……。今度来る時にはキャラメルを皆の分持ってくるからね」

物欲しそうに見上げる子供達の頭を撫でてやった。

ボゴール市内に、適当な収容施設が見つかった。つい最近までPETAの訓練所として使われていた建物であるが、元々はオランダ人の女子高とその寄宿舎であった。三日掛けて、千人のオランダ人婦女子を移転収容することが出来た。

学校の一室に、ファン・ドーレン達、運営委員が集まっていた。

「失礼します」

勇は敬礼するのは止めにした。彼女達には何だか不似合な気がしていた。

「あー、ルテナント・スズキ。皆を代表してお礼を言うわ。あなたの事を疑っていたわけではないのだけれど、私達何度も裏切られてきたのよね……。分かってくれる」

「私は命令に従っているだけです。他に何かあればお聞きしますよ」

女たちが何かオランダ語で話し合っていた。

「ルテナント、男性のあなたにお願いし難い事なのだけど、聞いてくれる？」

「はあ、何でしょう……」

「アンネ・ナップキンて分かる？」

「えっ、何ですって？」

勇は単語の意味が分からなかった。

「女性特有のマンスリー（月経）と言えば分かる？」

勇はやっと理解できた。と、同時に、顔が赤らむのが自分でも分かった。

「分かりました。しかし、ご希望に添える物があるかどうか、ともかく当たってみます」

それだけ言うのが精一杯であった。

勇には良い知恵が浮かばなかった。ここはやはり妻帯者であった。

「橋本軍曹、ちょっと聞くが、女性の月経帯はどこで手に入るのかな……」

「えっ、何ですって？　中隊長、女でも出来たんですかい」

「いや、そうじゃないんだ。オランダの女性たちだよ。頼まれたのさ」

軍曹がニヤつくのに、ちょっと慌てて言った。

「ふーん、そうですね、病院ですかね……。よし、任せてください。自分が一丁行ってきますよ。もうドンパチはないんだから、ガーゼと脱脂綿要らんでしょう。頂いてきますよ」

「大丈夫か一人で？」

「あー、四の五の言ったら軍の命令だと言えば大丈夫でしょう」

次の日、一抱えもあるガーゼと脱脂綿を収容施設に届けてやった。

「ルテナント、助かったわ。皆喜んでいるの」

「いいえ、どういたしまして」

「ところで、あなたは独身？」

「はい、そうです」

「そう。独身の若い男性に、こんなことを頼んじゃって気の毒だったわね……」

ファン・ドーレンが白い歯を見せて笑った。笑顔が美しかった。

独立を宣言したスカルノ達新政府は、治安維持の為に国民自警団を結成したが、彼ら自身が略奪や暴行を働く者もいた。彼らのターゲットは華僑やオランダ人に向けられ、時には日本の部隊をも襲撃するようになっていた。

十月に入ると、連合国を代表して英印軍がジャワ島に上陸してきた。しかし、広いインドネシアの島々を統治するには到底不可能であった。依然として日本軍に治安維持を頼らざるを得なかったのである。

一方で、スカルノ達インドネシア新政府は、英印軍の進駐を歓迎してはいなかった。独立を認めないオランダ政府に対して、公然と反旗を翻していたのであるから当然であった。至る所で、進駐軍とインドネシア武装グループとの間で小競り合いが起こっていたのである。特に、英印軍に続いて進駐してきたオランダ正規軍の地元民への対応は厳しかった。彼らにしてみれば、何百年に亘って築き上げてきた植民地を失うことは死活問題であるだけに、必死であった。

勇は時々ファン・ドーレンを訪ねて行った。

ボゴール地区は比較的平穏が保たれていた。

「ミセス・ファン・ドーレン、何か変わった事はありませんか？」

「ルテナント・スズキ、ありがとう。だんだん落ち着いてきたわ。ここの施設も、人が減って、私達もこうして大きな部屋で暮らせるようになったし、食糧事情も改善したわ」

「それは良かった」

「もうすぐね、学校を開こうと計画しているのよ。私も元は学校の先生だったの」

「えっ、そうなんだ。実は僕も中学校の英語教師さ」

「あらそうなの。だからルテナントは英語が上手なのね」

ファン・ドーレンがコーヒーを淹れてくれた。懐かしい、文明の香りであった。勇にとっても本格的なコーヒーは久しぶりであった。

「ああ、こんなコーヒーは本当に久しぶりだな……。学生時代にカフェー（喫茶店）で音楽を聴きながら飲んだのを思い出すよ」

「そう。あなたはどんな音楽が好きなの？」

「クラシック。シューベルトとモーツアルトかな」

一人娘のドリスが勇の傍に来て座った。十三歳だと聞いたが、栄養状態が悪かったせいか、身体は華奢で幼く見えた。それでも、脱色したような亜麻色の髪をお下げにして、赤い色の布をリボンの代わりにしていた。精一杯のおしゃれだった。

「ルテナント、何か歌ってよ」

「ドリスはどんな歌が好いかな？」

「何でもいいわ！」

「よっし」

勇は『野ばら』をドイツ語で歌った。

「貴方、ドイツ語も話せるの？」

「ナイン、イッヒ・カン・ニヒト。じゃあ次は英語の歌」

――埴生の宿もわが宿　玉の装ひ羨まじ
　長閑也や春の空　花はあるじ鳥は友――

途中からファン・ドーレンも一緒に歌い出していた。歌い終わるとドリスが拍手をしてくれた。

「ルテナント、歌が上手ね。ねえー日本の歌は？」

ドリスが床に座り込んで、勇の膝に両肘をついて聞き惚れていた。勇が次に歌ったのは『故郷』であった。

――うさぎ追いしかの山　こぶな釣りしかの川
　夢はいまも巡りて　忘れ難しふるさと――

歌っているうちに、思わず涙が滲んできた。

「いい歌ね……。何かを思い出させる歌だわ」

「うん、日本の故郷を思う歌なんだ」

「ねえ、ルテナント。故郷には待っている人がいるんでしょう。婚約者？」

ドリスがちょっと大人びた口調で訊いた。

「ははは！　母が一人で僕の帰りを待っているよ」

「本当、恋人はいないの？」

下から見上げるドリスの目が輝いていた。

「ドリス、失礼よ！」

ファン・ドーレンが勇を見て微笑んだ。勇は失いかけていた何かが、今再び胸の内に溢れてくる感じがしていた。

「そうだドリス、いいことを教えてあげる。……何か紙ない？」

「あるわよ」

アンナが学校で使うのか、白い紙を用意してくれた。一枚の紙を二枚に切って、

「こう、ドリス、僕のやる通りにして。……最初は真ん中から三角に折って……」

「こう、ルテナント？」

「そう。次はね……」

ドリスが勇の指先を見詰めていた。紙は次第に形を変えていった。

「さあ出来たよ。……こうやって下の穴から空気を入れてご覧……」

「うん……」

「何だと思う？」

出来上がった折り紙を手のひらにのせ、

「鶴だよ。おりづる！」

「わあー素敵！」

真っ白な折り鶴だった。

「鶴はね、何千キロも飛ぶんだ。だから遠くにいる人が無事に帰って来ることを願って、折り鶴を折るんだよ」

「じゃあ、ルテナントのお母さんは折り鶴を折ってくれているんだ。きっとね。……私もお父さんの為に折るわ」

「よし、忘れないようにもう一度やろう」

その後も何度か訪れた。親しくなるにつれ、お互いを「アンナ」「イサム」と呼び合うようになっていった。

4

独立はしたものの、共和国政府はその政治的未熟さと、オランダ政府の締め付けに、国家としての体を成し得なかった。それに不満のグループが益々過激な武力闘争に走っていった。時間とともに、武装グループも統合され『人民治安軍』『人民保安軍』そして最後には『インドネシア共和国軍』に収斂されていった。

日本軍の武装解除が進められていた。

それと時を同じくして、オランダ政府によるB・C級戦犯者への厳しい追及が行われ、多くの将兵が逮捕されていった。罪状は多岐にわたったが、多くは、オランダ人捕虜に対する虐待と、オランダ一般市民・婦女子に対する暴行であった。最初に標的にされたのは憲兵と収容所の監視に当たった者達であった。その中には、軍属として徴用されて来た半島出身の若者が多く含まれていたが、彼らは、二度と祖国の土を踏むことはなかったのだ。

次に、一般将兵が追及されたのは、略奪・暴行の罪であった。それは、誰にでも身に覚えのない話ではなかった。実際、ほんのちょっとの運の悪さで逮捕された者もいたのである。

全ては勝者の敗者に対する報復であり、それが敗戦の現実であった。

日本兵の逃亡が目立つようになっていた。

共和国軍は、日本軍の武器と軍事知識が必要であった。その誘いに乗って、隊を離れる兵士が現れていた。敗戦の年の終わり頃には、インドネシア全土で逃亡兵の数は千人とも二千人とも言われていたのである。

勇達、警備中隊の任務が解かれる日が近づいていた。朝の点呼時に、一分隊が丸ごと消えてしまっているのが発見された。橋本軍曹以下十一人の兵隊であった。武器を持って集団逃亡したのである。彼らを捜索する間もなく、勇の警備中隊は武装解除され、捕虜収容所に入らねばならなかった。

捕虜収容所の出入りは比較的緩やかだった。勇は、彼ら十一人の行方を追ってみたが、杳として分からなかった。

一九四六年になると、オランダ軍とインドネシア共和国軍の間の戦闘は一層激しくなっていった。しかし、英印軍に後押しされたオランダ正規軍の近代兵器の前に、共和国軍は所詮こどもの戦であった。畢竟《ひっきょう》、ゲリラ戦に頼らざるを得なかったのである。このゲリラ部隊の中に、多くの日本兵が交じっていたのだ。中国大陸での戦闘を経験した古参兵にとって、ゲリラ戦はお手の物であった。

一九四六（昭和二十一）年五月——。

外地から日本への帰還が始まっていた。ジャワにも復員船が来るという噂が、どこからともなく勇のいる収容所にも伝わってきた。

オランダ軍はゲリラに手を焼いていた。この頃には、相当数の日本兵がゲリラに加わっていることが知れ渡っていた。連合軍は、日本軍に対し速やかに逃亡兵を原隊復帰させる事を要求してきた。これはポツダム宣言の無条件降伏協定違反であり、軍の責任問題であった。軍の上層部は部隊ごとに逃亡兵の捕捉・連行を命令してきた。

勇は、橋本軍曹たちが、海岸沿いの小隊本部があった辺りに潜んでいる噂を耳にした。何とかして彼らを捜しだし、一緒に日本へ連れて帰りたかった。故郷には家族もいるだろうに、不名誉な逃亡兵の汚名は着せたくはなかった。それが中隊長としての自分がなすべき役目に思えた。

勇は決心した。

「自分はこれから橋本軍曹たちを連れ戻しに行く」

中隊の先任少尉に告げた。

「中隊長、独りでですか？　それは危険でしょう……」

「覚悟の上だ。彼らを逃亡兵のままで置いては帰れない。日本に帰る時は皆一緒だと約束したんだ」

それまで許されていた軍刀を置いて、丸腰になった。

「俺が帰らなかったら、戦死したと思ってくれ。後は頼む」

勇は海岸に向かっていた。途中、現地人のトラックに乗せてもらってしばらく行くと、オランダ軍の検問所に出くわした。兵士たちが銃を構え、一台一台積荷まで厳しくチェックしていた。運転手も、荷台に乗っていた者も銃口の前に並ばされた。兵士が勇の前で立ち止まり、「日本軍の将校か」とオランダ語で訊いてきた。「ヤー」と答えるのが精一杯で、後は応えようがなかった。

そのうちに、責任者らしい将校が出て来て、

「お前は何者で、どこへ何しに行くのか？」

「自分は、元ボゴール地区警備中隊の鈴木中尉だ。軍の命令により、部下の逃亡兵を連れ戻しに行く」

勇は英語で応えた。

「お前一人でか。ゲリラに武器を運んでいるのではないだろうな？」

将校は、兵士にトラックを徹底的に調べさせていたが、何も出て来なかった。

「どこまで行く心算か？」

「海岸沿いのS地区まで行く。そこに部下たちが潜んでいるという情報があった」

「S地区は一番危険なゲリラの巣だぞ。辿りつける保証はあるのか？」

「ない。しかし行かねばならないのだ。たとえ殺されても、部下を一人残らず日本に連れて帰るのが自分の隊長としての義務だ」

責任者の将校は少し考えた後、「よし分かった。行け」と放免してくれた。

勇達を乗せた現地人のトラックは、海岸沿いの道を走っていた。しばらく行くとまた検問所があった。今度は、小銃や蛮刀で武装した兵士たちに取り囲まれ、勇は有無を言わさずトラックから引きずりおろされた。兵士といっても、軍服を着ている者や、靴を履いている者はいなかった。単なる強盗・略奪集団なのかもしれなかった。

勇は、両手を上げさせられ、どこかへ連行されるようであった。しばらく歩かされ、一軒の家の前で停まった。中から、この集団の頭らしき男が現れ、じっと勇を見詰めていた。

「やあ、隊長さんか。スズキ隊長だね、あんた」

勇も男の顔に見覚えがあった。

「あんた、S村の人だな」

「そうだ。ところで、何の用かね？」

男の目付きは鋭かった。返事次第では殺されるかもしれない、恐怖を感じた。

「俺は、橋本軍曹に会いに来たんだ。この近くにいるんだろう？　会わせてくれ」

「隊長さん、あんたには村の人間も助けられた。だから危害は加えない安心してくれ。ただし、ブディアント・ハシモトが会うかどうかは聞いてみないと分からない。ここで待っていてもらう」

橋本軍曹は確かにここにいるようだ。銃や蛮刀を持った男達に囲まれて、待つのは不安であった。いつスパイと間違われて殺されるか分からないのだ。遠くの方で銃声がしていた。

陽が沈む頃、勇は別な場所へ移動させられた。ジャングルのような山道を抜けると、カンポン集落に着いた。入り口には屈強な若者たちが武器を手に見張っていた。どうやら、そこそこ大きな部隊の様であった。それが正式な共和国軍なのかどうかは分からなかった。

「中隊長！　中隊長じゃありませんか」

一軒の家から出て来たのは、紛れもなく橋本軍曹であった。

「橋本軍曹か？」

「そうです。中隊長、独りですか？」

軍曹の後から兵隊たちが続いて出てきた。皆、小隊の仲間であった。

「軍曹、みんなも一緒か？」

軍曹に案内されて家の中に入って行った。高床式でアンペラを敷いただけの粗末な建物であった。勇は真ん中に座ると、十一人の男達を見回し話し始めた。

「皆、オランダ軍が飛行機から撒いた伝単を読んだと思うが、どうだ？」

勇の前に座っていた男が小さく頷いた。

「俺達は、もうすぐ日本へ帰れるんだ。みんなも一緒に帰ろう……。このままだと、お前たちは逃亡兵だ。オランダ軍に捕まると反逆罪で死刑だぞ。これが最後の機会だ。俺と一緒に隊へ戻ろう。どうだ？」

勇は真剣だった。

皆は俯いたまま黙って聞いていた。それぞれの胸には思いがあるのだろうが、声を発する者はいなかった。

やっと軍曹が口を開いた。

「どうだ、帰りたい者は遠慮はいらんぞ」

軍曹の低いが腹の底から絞り出す声であった。

「中隊長と一緒に帰っていいんだぞ。遠慮するな……。よし、明日の朝まで考えて決めろ。いいな。俺は中隊長と話がある。皆、悪いが二人だけにしてくれ」

二人きりになった。部屋の真ん中に囲炉裏が切ってあり、蚊やりの心算か白い煙が揺れていた。隅の方には兵隊たちの背嚢や毛布が散らばっていた。

「軍曹、否、橋本さん。あんたは帰らないんですか？」

「中隊長、危ない思いをしてまで、俺達を探しに来てくれて嬉しいよ……。多分、何人かは一緒に帰るだろうよ。だけど帰らん奴もいるだろうな。俺みたいに……」

「何で？　命を賭けてまで尽くす義理はあるんですか。この国に」

「義理なんてないさ……。それに、誰も大東亜共栄圏なんて戯言を信じちゃいないよ。だけどな、帰れない理由があるのよ。それぞれに……」

「橋本さん、あんたの理由は何ですか？　故郷を捨てるほどの……」

「……東京の下町が皆焼けちまったのは知っているよ。俺の家族は皆死んじまった。帰る所なんてないのさ……」

「……」

仄暗い中、沈黙が続いていた。時折、遠くで猿なのか怪鳥の啼くような声が聞こえてきた。口を開いたのは軍曹であった。それまで胡坐をかいていたのを座り直して、

「中隊長殿、本当の理由があるんです……。俺にはインドゥの女がいるんだ。それももうすぐ子供が生まれるんです。彼女はオランダ人との混血だから、俺が守ってやらないと生きていけないのです……。笑ってください！」

最後に軍曹の唇が引き攣ったようにも見えた。

「そうだったのか！　……いや、僕は笑わないよ。女や自分の子供を捨てて逃げていく奴等の方がよっぽど酷い、人間のクズさ……」

「中隊長殿、……一つだけ気がかりがあるんです。聞いていただけますか？」

軍曹の眼差しは真剣だった。

「橋本さん、何ですか？」

「長男の健治がどこかで生きているかもしれないんです……。彼奴は学童の集団疎開で山形に行っていたはずなんです。一度、疎開先から手紙をもらったことがありましたから。東京へ戻っていなければ生きているかもしれないんですよ……」

軍曹の手が膝の上で固く握られていた。

「分かりました。東京の住所を教えてください。日本へ帰ったら僕が捜してみます……。でも、息子さんに会えたら、あなたの事を何て言えばいいんですか？」

「……？」

応えはなかった。

「橋本さん、そのうちに平和が来ますよ。必ずね……。そうなったら、手紙を送って下さい。その時にあなたの事をお子さんに話しましょう。どうですか？」

「そうだな……、中隊長の言う通りだよな。父親が子供を捨てて逃亡したとは言えっこないよな……」

憐れな父親の声であった。

「ここに僕の実家の住所を書いておきました。いつでも良いですから、必ず手紙を下さい。僕も、ともかくあなたのお子さんの行方を捜してみます」

「中隊長。いや、鈴木さん。あんたは本当に立派な人だよ。正直、最初は馬鹿にしていたけど。でも違ったな……俺は嬉しいよ。あんたに会えたことが」

「いや、僕の方こそお礼を言います。あなたのお陰で、これまで無事に過ごしてこられたのですから」

「じゃあ、明日の朝、日が昇る前に出発してください。途中まで案内を付けますから安心して良いです」

軍曹が差し出す両手を勇はしっかりと握り返した。

翌朝早く、家の前に全員が集合していた。勇の横には六人の兵隊が並んでいた。向かい側には軍曹達残留組が並んだ。

「中隊長殿に敬礼！」

朝靄の中、軍曹の号令が鋭く響いた。

「じゃあ、軍曹、皆も元気で」

勇を先頭に歩き始めた。村の出口で振り返ると、男達が帽子を振っているのが見えた。

「さあ、皆急ごう！」

それが橋本軍曹との別れであった。

勇は収容所に戻ると早速、旅団司令部に報告に行った。

「副官殿、独立警備中隊の逃亡兵十一名のうち、昨日六名が中隊に帰還いたしました」

「うむ、ご苦労。して残りは？」

「橋本軍曹以下の五名は、共和国軍とオランダ軍の戦闘に巻き込まれて、死亡した模様であります」

「宜しい。橋本軍曹以下五名は隊を逃亡後死亡。従って、現在逃亡兵はなし。それでいい」

軍の上層部にとって、責任を免れれば、兵隊の一人や二人の運命など歯牙にもかけない事であった。

5

勇達を乗せる、第三次復員船がジャカルタに入港するという知らせがあった。

勇は、収容所を抜け出して、ボゴールの街を歩いていた。時々、オランダ軍の兵士たちとすれ違ったが、呼び止められることはなかった。とある小さな家の前で足を止めた。玄関の呼び鈴を押すと、中から声がして出て来たのはドリスだった。

「ルテナント。イサム、入って」

「ああ、ドリス、元気だった。アンナは？」

「ママは外出。でももうじき帰るわ」

「じゃあ待たせてもらうよ」

煉瓦造りの家の中は、ひんやりとして涼しかった。帽子を脱いで、ソファーに座ると、ドリスも隣に座って、勇の腕を取った。

「ねえ、イサム、私の事どう思う？」

見詰めるドリスの目がキラキラと輝いていた。

「どうって？　可愛いよ」

「そうじゃないのよ。私の事を好きかって訊いているの！」

「勿論さ」

勇は反対の手でドリスの頭を撫でた。

「私もう大人なのよ。分かるでしょう、イサム。メンスだってあるんだから」

「……」

勇には応える言葉がなかった。

「イサムはやっぱりママが好きなんだ。愛し合っているの？　パパがいなくなって三年も経つんだもの、ママも寂しいのよね」

「僕は、アンナもドリスも同じくらいに好きだよ」

嬉しそうにして、ドリスは一層勇の腕に絡み付いて来た。玄関のベルが鳴った。アンナであった。

「ああ、イサム！　元気だった？」

アンナはオランダ式に勇の頬に自分の頬を触れ合わせ、

「最近来ないから心配してたのよ。今日はゆっくりしていけるんでしょう？」

勇の返事も聞かず、手を引いて居間へ向かうと、

「何か美味しいものを作ろうか。イサム何がいい？」

「いや、そんなに時間はないんだ……。実は、僕等は日本に帰ることになったんだ。だからお別れに来たの……」

「えっ、本当？　……おめでとう！」

「うん……」

「……とうとう日本へ帰る日が来たのね。貴方のお母さんに会えるのね……そうよね！」

アンナが勇の手を引き、二階への階段を上って行った。

しばらくして、勇がアンナの部屋から出てきた。その短い間に、二人の間に何があったのかは分からなかったが、ドリスの目には、後から出て来たアンナが泣いているように映っていた。

ドリスは勇に抱きついて、

「イサム、行っちゃうの？　行かないで。お願い！」

勇が、泣きじゃくるドリスの背中と頭を優しく撫でさすってくれた。

「さあ、ドリス、お別れよ」

アンナの声は優しかった。

「イサム、お別れにこれ持って行って……」

ドリスの差し出した掌にのっていたのは小さな折り鶴だった。

「鶴は何千キロだって飛んで帰って来るのでしょう。イサム、また帰って来てね……約束よ」

「ありがとう、ドリス」

アンナが右手を差し出すと勇も握り返していた。

勇は別れに相応しい言葉を探してみたが、結局は平凡な言葉しか浮かばなかった。

「じゃあ、さようなら。お元気で！」

「イサム、ありがとう。別れの先には未来があるのよ……。きっとまたどこかで逢えるかもよ」

そんな日が来るのであろうか。勇もそれを信じたかった。

6

青森行きの列車はすし詰めであった。勇は上野駅のホームに二時間も前から並んでいたのだが、座ることが出来なかった。列車がホームに入って来て乗客が降りるのを待たずに、窓から我先に乗り込んだのであった。

勇は洗面所の床に、背負い袋を尻にして座っていた。他にも、畳半分ほどの狭い空間に、五人の男が膝を抱えて座っていた。開け離れたままのデッキも通路も人で溢れていた。列車は暗闇の中を走っていた。トンネルを通るたびに真っ黒い煙が入り込んで、人々の喉や目を容赦なく襲うのだった。

勇の隣に座った男は、やせ細った尻が痛いのか時々座る位置を変えていた。その度に勇は揺り動かされ、眠りを妨げられるのだった。

「これ食わない?」

男が勇に差し出したのは炒った大豆であった。

「えっ、ああ、ありがとう」

手のひらに一握り載せてくれたのは、全部で十粒ほどの豆であった。男は自分もポケットから一握りずつ取り出して口に運んでいた。勇も一粒噛んでみると香ばしい豆の味がした。暗い灯りの下で見る男の顔は痩せて尖っていた。着ている物は自分と同じ将校の夏用軍装であった。頭には草臥れた戦闘帽を被っていた。

「どこまで?」

ポリポリ豆を齧りながら男が訊いた。

「北海道、旭川です」

「そう。自分は函館。連絡船も一緒だ……。すまんけど煙草ない?」

「あるよ」

勇は膝の上に抱えていた雑納入れの底の方から、角の潰れた煙草を取り出した。米軍のキャメル、横浜の復員所でもらった物だった。勇は煙草を吸わなかった。封を切ると、男は一本抜き取り、耳に挟んでさらにもう一本抜き取り口に咥えた。燐寸を掏って旨そうに吸い込んでいた。辺りに煙草の煙が漂っていた。茄子のへたやヨモギの葉っぱではない本物の煙草の香りであった。

「アメちゃんの煙草は旨いなあ! 頭がくらくらするよ」

男は指先が焦げるまで離さなかった。

「良かったらあげようか?」

「えっ本当か？　……幾らで」

「何ぼでもいいよ。自分は吸わないから」

「じゃあこれと交換しようか」

男はポケットからキャラメルを一箱取り出し、

「キャメルとキャラメルじゃあ釣り合わないか……」

「いや、構わないよ」

煙草と交換したキャラメルを、早速一粒口に入れて噛んでみた。甘く懐かしい味であった。

「あんた、外地からの復員かい？」

「ああ、そうだよ」

「どこからだい？」

煙草のせいか親しげに話しかけてきた。

「ジャワのバタビア」

「ほう、天国だな。否、失礼。こっちはニューギニア、本当に地獄だった！」

勇は黙っていた。あまり戦地での話はしたくなかった。

「失礼だけど、学徒の幹候上がりかい？」

「そう。甲幹の即席将校さ」

「学校は道内かい？」

「うん。小樽高商」

「おっ、永遠のライバルだな。僕は北大。同じく甲幹だけど工兵隊。一応これでも工学部だから」

男はやせ細って老けて見えたが、どうやら勇と同じぐらいの年齢らしかった。

「僕が送られたのは、ニューギニアのマノクワリ。陸軍の飛行場設営隊。工兵隊と軍属・民間人を含めて三千人くらいいたんじゃないかな。この中で実際の労働に当たったのは、半島と台湾高砂族の徴用者。それにジャワのロームシャがいたよ……。君、飛行場ってどうやって作るか知っている？　ジャングルに」

「人海戦術だろうね……」

「そう、その通り……。斧とのこぎりでジャングルを切り開いて、スコップとツルハシとモッコで土を運ぶのさ。一つ飛行場を作るのに、千人単位で何カ月も掛かるんだ。完成したと思ったらいきなり爆撃さ。滑走路は穴だらけ、飛行機はやられる。制空権を取られて輸送船は全滅……。完全に孤立さ」

「……」

「その後は悲惨さ。食うものがないんだよ……。マノクワリの周辺だけでも数万人の人間がいたんじゃないのかな。僕みたいな下級将校には詳しい数字は分からないけど。軍では自活を決めたんだ。誰が考えたか知らないけど、奥地に、イドレという所に転進命令が出たんだ。そこには、自活するためのサゴヤシが沢山あるというふれこみでさ。結局は八割くらいの兵隊が辿り着く前に死んだんじゃないのかな。実際辿り着いて見たら何もなかったよ……。人減らし、酷い話さ」

「設営隊の民間人は、ジャワのロームシャはどうなったんですか？」

「彼らは殆ど死んだよ。もう飛行場は要らないからな。戦力になる兵隊に食料は優先されたから、……可哀そうだけど仕方がなかったんだ」

あまりにも多くの人間の死を見てきたせいなのか、男の言い方は、どこか他人事のように聞こえた。男は、思い出したように豆を齧っていた。

「戦争が終わって、捕虜収容所に行くとき見たんだけどね、米軍って凄いんだ。飛行場を作るのにあっという間なんだ。ブルドーザーと機械式のショベルと大型のトラクターでね。これじゃあ敵わないよ。やっぱり技術力さ……。僕は、また大学に戻って勉強しようと思っているんだ。これからの日本には工業力こそ将来の為に必要なんだ……。君はこれからどうするんだい？」

「僕は元々、中学校の英語教師。これからも子供達に英語を教えていくよ。子供達皆が、英語を勉強して海外の事を自分で知れるようにね……。そして、今後二度とこんな馬鹿な戦争を起こさないようにする為にね」

「同感だな！」

青森駅に着いたのは翌日の夕方だった。

駅前には屋台が並んでいた。採れたばかりのリンゴが籠に入って並べられていた。赤く色づいて、見ているだけで、甘酸っぱい唾液が湧いてきた。勇は値段を見て諦めた。

男とは、青函連絡船が函館に着くまで一緒だった。

大雪の山々は雪を被っていた。四年振りの我が家では、母が涙で迎えてくれた。勇の故郷でも、多くの若者が出征したきり帰って来なかったのだ。


まもなく勇は、中学の教員に復職することが出来た。教壇に立つ最初の日だった。

「アイ・アム・イサム・スズキ。自分は英語教師であることが嬉しいし、誇りに思う」

四十人のいがぐり頭がこちらを向いていた。

勇は黒板に英語の文章を書いた。

"I think therefore I am"

「誰か、この意味を知っているか?」

ちょっと間をおいて、級長のAが手を挙げた。

「はい。『我思う故に我在り』です」

「そうだな。これはフランスの哲学者デカルトの言葉だ。……自分は考えるがゆえにこの世に存在するのだという意味だ。牛や馬は考えるか? 考えないだろう。考えるから人間なんだ。

誰が考えるんだ？　他人様が考えてくれるんじゃない。お前達自身が考えるんだぞ！」

勇はいがぐり頭の生徒達をゆっくりと見回した。

「戦前一時期、学校で英語を教えてはならない、敵性語だと言われたこともあった。今は違う。だが、将来また同じ事が起きないという保証はない。だからお前達は、自分の頭で何が正しいのかを考えることが大事だ。大人たちの言う事を鵜呑みにしてはいけない。そして、世の中がもし間違っていたら、間違っていると声を上げなくてはいけないんだ。分かったな！」

「はい！」

生徒たちの大きな声が教室にこだました。


勇は二十九歳で、結婚した。見合い結婚であった。やがて、武志が生まれ、二年後に妹の淑子が生まれた。

日本は目まぐるしく変わっていった。新しい憲法が公布され、東京裁判が行われ、日本は平和な国になったはずなのに、東西冷戦と共に、米国の反共ラインの一翼を担わされることになっていった。人々は皆、生きるのに精一杯でそんな政治のことなど構ってはいられなかった。

六・三・三制の学制改革により、中学校が変わった。勇は、高校教諭ではなく、中学の英語教師の道を選んだ。

7

昭和二十五（一九五〇）年六月――。

勇は教職員組合の全国大会に参加するために、上京していた。大会が終わって、夜行列車に乗るまでの時間を利用して、台東区役所の戸籍係を訪ねて行った。

「台東区下谷××に住んでいた、橋本金吾さんの家族が生きているかどうか知りたいのですが……」

「あなたはその方とどういう関係ですか？」

「私は鈴木勇といいますが、橋本金吾さんは軍隊で私の部下でした」

「ちょっと待ってください」

戸籍係の男がカウンターに戻って来たのは五分ほどしてからだった。

「戸籍謄本が焼けないで残っていました。本人は、昭和二十一年五月インドネシア（ジャワ島）で死亡となっていますね。家族は、奥さんと子供二人が昭和二十年三月死亡となっていますから、空襲で亡くなったのでしょう。ただ、長男の健治さんが生きていますね。ただし、昭和二十三年三月、養子に出てこの戸籍から抜けた事になっています。養子先は、台東区谷中××に住む、須藤一という方ですね」

淡々と語る吏員に礼を言って区役所を出た。橋本軍曹の長男だけは生きていたのだ。

聞いた住所を頼りに、須藤なる家を訪ねてみようと思った。上野から、線路沿いを歩いて行くと谷中の墓地に行き当たった。この辺りは、空襲の被害が少なかったと見えて、古い家が残っていた。

狭い路地を歩いていると、勇を追い抜いて行った中学生の男の子が、一軒の玄関先に止まって、「ただいま」と言う声とともに中へ消えた。中から「お帰り」と女の声が聞こえた。どこにでもある家庭の風景であった。

その家の前で勇は足を止めた。表札には『須藤一』と書かれていたのだ。今、中へ消えた中学生が軍曹の長男の健治に違いなかった。

勇は、思案気にしばらく佇んでいたが、意を決してその場を離れた。

昭和三十年、勇は、石炭景気で沸く炭鉱町の中学校に転勤となっていた。学校から帰ると実家の母から手紙が届いていた。封筒を開けると、中には国際郵便が入っていた。橋本軍曹からの手紙であった。

――鈴木勇殿

中尉殿お元気でしょうか。長い間音信不通でありましたことお詫び申し上げます。早いものであれから十年が過ぎました。最近、日本語の文字を書いたことがありませんので、何から書けばよいか分かりません。思いつくままに書かせてもらいます。ご容赦ください。

最後の日本への復員船が発ってしまった後も、千人近くの日本の軍人がインドネシアには残っていました。殆どは、下士官以下の兵隊です。どうして残ったかは、様々な理由からです。自分のように、恥ずかしい話ですが女が出来たり、憲兵のように戦犯が怖くて逃げだしたものや、帰ってもしょうがないという、一旗組等様々です。自分の知る限り、大東亜共栄圏建設の為なぞという者はいません。日本軍は随分酷いこともしましたからね。その罪滅ぼしの気持ちも少しはあったでしょうね。

一九四九年十二月、とうとうインドネシアが独立しました。随分多くの人間が死にました。インドネシア人も日本人も。自分は運よく生き残りました。だけど、最後はインドネシア人達の独立に対する情熱でしょうね。でも、戦争が終われば、軍人は要らないのです。自分は、昔やっていた自転車の修理屋を始めました。最初は苦しかったけれど、今ではオートバイの修理も手掛けて、そこそこの暮らしが出来るようになりました。インドゥの女とは正式に結婚し、女の子を頭に子供が三人います。このままここに骨を埋めるつもりです。日本を捨てた事を後悔はしていません。

自分の気がかりは、日本に残した家族の事です。特に、長男の健治の事が気がかりです。今更と言われるのを覚悟でお願いします。どうか消息だけでもお知らせいただけないでしょうか。はなはだ勝手なお願いですが宜しくお願いします。
一九五五年三月　　橋本金吾――

そこには、長男健治の事を気遣う軍曹の親心が滲み出ていた。

勇は、急いで軍曹宛に手紙を書いて国際郵便で送ってやった。他の家族は空襲で亡くなってしまったが、長男の健治が生きていて、須藤家の養子になり大きく育っている事を。

それから二カ月が過ぎて忘れかけた頃、橋本軍曹からの国際郵便が直接勇の家に届いた。

――鈴木勇殿
お手紙ありがとうございました。

長男健治が生きているとの事、大変うれしく思いました。同時に、結果として、息子を捨てた事が悔やまれます。今更、父親が逃亡兵で生きている等と、恥さらしな事を言えた義理ではありません。息子にとって今が幸せなら、それでいいと思います。

鈴木様にはご迷惑をお掛けしました。どうか、私どもの事はお忘れ下さいますように。

益々のご活躍をお祈り申し上げます。

一九五五年五月　　橋本金吾――

橋本軍曹の手紙から、父親としての苦悩が伝わってきた。勇には、手紙の文面とは裏腹に、子を思う切実な親の愛情が感じられるのだった。

勇に、再び上京の機会が訪れたのはそれから二年後だった。

今度は初めから、軍曹の長男の健治に会う決心をしていた。健治は二十二になっているはずだった。大人として、どんな話にも耐えられる分別が備わっている年齢であった。

東京は見違えるように変わっていた。あれから七年であったが、上野界隈も様変わりをして、中々目的の家が見つからなかった。ようやく『須藤一』の表札の掛かった玄関前にたどり着いた時には薄暗くなっていた。

「今晩は！」

玄関戸越しに呼び掛けたが返事が無かった。思い切って引き戸を開けるとガラガラと音がした。

「今晩は！」

「はーい」

奥の方から女の声がして、電気のスイッチが入れられると急に目の前が明るくなった。

「どちら様ですか？」

「突然失礼します。私、鈴木と申しますが、こちらの健治さんにお会いしたくて参りました。

御在宅でしょうか？」

「健治は家におりますが、どういった関係の方でしょうか？」

「決して怪しい者ではありません。私は、北海道で中学の教員をしているのですが、偶々上京する機会がありまして、是非一度お会いしたいと思いまして……」

女は勇が教員であると言ったのに安心したのか、奥へ消えた。間もなく玄関に現れたのは、この家の主人であろうか、年配の男だった。

「健治にどんなご用ですか？」

「私、鈴木と申しますが、実は健治さんのお父さんの橋本金吾さんとは、インドネシアでおなじ部隊におりました。是非一度健治さんにお会いしたいと思いまして、北海道から上京しました」

「そうですか。わざわざ北海道からお出でですか。まあ立ち話も何ですから、お上がり下さい」

案内された部屋には、若者がいた。健治であった。

「私、北海道で教員をしています鈴木と申します。健治さんにお父さんの事をお話ししたいのですが、宜しいでしょうか？」

勇は健治の方を見、そしてこの家の主に向かって訊いた。

「いいでしょう。健治ももう大人ですから。でも、実父の橋本金吾さんはインドネシアで亡くなったと聞いていますが。その辺の話ですかな」

「はい、私が健治さんのお父さんの橋本軍曹と出会ったのは、インドネシアで小隊長を任命された時が最初でした………」

勇がインドネシアでの出来事を簡単に話している間、健治は殆ど自分から言葉を挟むことはなかった。家の主が時々質問をするだけであった。

「……ということで、橋本軍曹が隊を離れてからの事は、自分も分からないのですよ。どこでいつお亡くなりになったのかはね……」

勇はそこで話を終えた。最後の結末は、誤魔化すしかなかった。

「そうでしたか。戦地に行かれた方は皆さんご苦労をなされましたな。いや、戦争に行かれなかった人も随分亡くなりましたから。この子の家族のようにね。私もこの子を引き取ってから、気になっていたんですよ……。健治、お前何か訊きたいことは？」

健治は黙って首を振っていた。

「それでは、私、汽車の時間もありますのでこの辺で失礼します」

「いや、わざわざ遠い所ありがとうございました。気を付けてお帰り下さい」

勇が立って玄関に向かうと奥の方で男の声がした。

「健治、鈴木さんを途中までお送りして」

家を出ると、勇は健治の後を付いて歩いていたが、いつの間にか肩を並べていた。

「健治君、君は今何をしているの？」

「僕は会社員です。東洋商事という商社ですけどご存知ですか？」

「ああ、知っている。僕の先輩や後輩も勤めていると思うよ、どう、やりがいはある？」

「ええ、面白いです……あのー、父の事を訊いてもいいですか？」

健治は躊躇いながらも、最後ははっきりとした口調であった。

「勿論だよ」

「僕は父の死亡公告を見たんです……。何故軍隊を逃亡したんですか？　本当の事を教えてください」

暗くて健治の顔は見えなかったが、その声は真剣であった。

「理由は色々あったんだと思うが、強いて言えば正義感だよ。あのままインドネシアの人々を見捨てて、日本へは帰れなかったんだ。独立戦争があってね……。でも君の事は決して忘れていなかったんだ。だからこうして僕が会いに来たんだよ……」

「じゃあ、父は独立戦争で死んだんですか？」

「うん……」

勇は迷っていた。本当の事を言うべきか。勇は足を止めて、無意識のうちに健治の腕を取っていた。

「健治君、君はもう大人だ。何を聞いても驚かないよね」

「はい……」

「実は……君のお父さんはインドネシアで生きているよ」

「えっ、生きているんですか！」

それは喜びも悲しみも恨みもない、只々驚きの声であった。

「そうだ、生きているんだよ……」

「それって、どういう事ですか？　……」

勇はポケットから二通の封筒を取り出し、健治に差し出し、

「この手紙を君にあげるよ。お父さんからの手紙だ。これを読めば分かる」

「これ、僕がもらってもいいんですか？」

戸惑う健治の手に封筒を押し付け、

「うん……この辺でもういいよ。じゃあ！」

手紙を握りしめたままの健治を残し、勇は上野駅への道を歩き始めていた。

「ありがとうございました！」

健治の声が背中に投げかけられたが、振り向かなかった。

その後、橋本軍曹から二度と手紙をもらう事はなかったし、息子の健治と出会う事もなかった。

8

太陽が西の山に没すると、急に冷え冷えとしてきた。父が立ち上がって、石油ストーブのスイッチを入れると、ゴーというファンの廻る音がしていた。たちまち部屋の中が暖められていった。

長い話であった。

父は座ったまま、どこか遠くを見つめているようだった。目線の先には過去が、言葉では語りつくせない思い出があるに違いなかった。

武志にとっても、父の話は衝撃であった。ドリスの初恋の相手『ルテナント・スズキ』が、あろうことか自分の父親だったのだ。

暫しの間、父勇も武志も己の世界にいた。

沈黙を破ったのは武志であった。

「父さん、僕ね、ドリス・ファン・ドーレンに会ったことがあるんだ。その時にね、ルテナント・スズキの話を聞いたんだ……」

「えっ、何だって？」

聞き取れなかったのか、言っていることが理解できないのか。

「ドリス・ファン・ドーレンを知っているって事」

「本当か！　いつ、どこでだ？」

　こちらを見返す父の顔は驚きで溢れていた。突然、自分だけの思い出の世界から、現実の世界へ無理矢理引き摺り戻されたようだった。

「うん、オランダでね」

「ドリス、ドリスに会ったのか！」

　声が掠れていた。

「そう、最初の頃、彼女の家に下宿していたんだ」

「そうか。それで母親のアンナは？　彼女とも会ったのか？」

「いや。よく知らないけど、彼女の母親も父親も、何年か前に亡くなったそうだよ」

「そうか……」

　父の口から出たのは大きな溜息であった。

　武志は父にアンナのことをもっと聞きたかった。ドリスに聞かされた、スズキとアンナとの間にあった事を。

　しかし、目の前にあるのは、唇を堅く結び、深いしわに刻まれた父の顔であった。『ルテナント・スズキ』は、武志が知る父鈴木勇とは全く別な人間の物語であった。武志にとって、父は依然として厳しい父であった。それ以上聞くことを躊躇わせる何かがあった。

　玄関の開く音がして母が帰って来たようだった。

父勇が亡くなったのは、それから半年しか経っていなかった。

初七日が過ぎ、武志は、父が書斎代わりに使っていた部屋を整理していた。几帳面な父であった。しかし、どこを探しても戦争中の記憶に繋がる手紙も、写真も一切出てこなかった。もっといえば、『ルテナント・スズキ』の存在そのものが見事に消されてしまっていた。

戦争中に出遭ったことは、父の思い出の中だけに封印され、誰にも見られることがないよう完全に始末されていたのである。

武志は、最後に自分だけに語ってくれた父の思い出と、自分の運命とが絡み合っている事に、不思議な気がしてならなかった。いや、自分の方こそ、父の思い出の続きを歩いてきたのかもしれなかった。

〝別れの先には未来があるのよ〟

雪が降っていた。庭の花壇も雪に埋もれていた。父が育てたチューリップの球根も、世話する人もなく、凍り付いてしまっているはずだった。

武志は、春になってもこの庭で、二度とチューリップの花を見ることはないだろうと思った。

第六章　戦災孤児

1

昭和天皇が崩御され、年号も平成に変わっていた。

武志はスウェーデンに出張して来ていた。東洋商事のストックホルム事務所で、翌日の訪問先での会議の下打ち合わせを終えて、ホテルへ戻って来たところであった。

夕食には少し間があるので、ホテルの部屋から電話を掛けてみることにした。ホテルの電話帳をめくって見ると、自分のメモにある市外局番と同じであった。後は本人がこの電話番号を使っているかどうかであった。

プッシュボタンを押すと、しばらくして声が聞こえた。男の声であった。

「ハロー！　須藤さんですか？」

「はい、須藤です。あなたは？」

「須藤さん、僕です、鈴木です」

「えっ、鈴木君か！　元気だったか、今どこだ？」

「今、仕事でストックホルムに来ています」

「そうか、じゃあ是非家へ寄ってくれ。いつだったら身体が空くんだ？」

「明後日の午後にエーテボリから戻って来ますから、それからだったらお伺いできます。ノルチェピングへは電車で行けますよね？」

「うん、特急で二時間だ。駅に着く時間が決まったら連絡してくれ。駅まで迎えに行くよ」

北緯六〇度、二月のスウェーデンは流石に厳しい寒さであった。電車から降りた途端に胴震いがして、カシミアのオーバーコートの襟を立てていた。向こうから防寒具に身を包んだ男が白い息を吐きながら歩いてきた。

「よっ！　鈴木君。久しぶりだな」

須藤であった。

「あー須藤さん。お元気でしたか」

手袋を嵌めたまま、お互いの手を握った。

「今晩は俺の家に泊まってくれよ。明日の朝一番の特急で帰ればいいさ」

須藤は凍てついた雪道を、注意深く運転していたが、二十分程で車を停めた。集合住宅のようであったが、中は日本のマンションとは比較にならない広さであった。

須藤のスウェーデン人の妻と二人の間にできた娘を紹介された。夕食のテーブルを皆で囲んだ。スウェーデンの伝統的な料理『ヒュスマンスコスト』というのであろうか、テーブルの上には、豚肉、魚、乳製品、根菜、キャベツ、玉ねぎ、リンゴ、ブルーベリー等の地元産の材料をもとにした料理が並べられていた。

しかし、どうやらスウェーデンでは食事には酒が出ないのが習慣のようであった。

武志は鞄の中から、スコッチ・ウイスキーの十七年物を取り出し、須藤の目の前に翳した。

「須藤さん、約束の物持ってきましたよ」

「おー、ウイスキーか。有難い。これ通関する時に税金がっぽり獲られたろう」

居間は集中暖房なのか、静かで暖かかった。須藤は本当に久しぶりだと見えて、スコッチをロックにして宛らチビリチビリ口へ運んでいた。

「旨い！　はらわたに滲みるぜ。この国は住むのには言う事無しなんだが、難点は煙草と酒だな。それと、俺達の思い違いかな、北欧のフリーセックスは嘘だったな……」

「何を言っているんですか。あんな美人の奥さんがいるじゃないですか」

「ははは！　……お主家族は？」

「息子と娘がいますけど……」

「そうか、良かったな。幸せな家庭ってやつだ」

「どうですかね……。何が幸せなのか分からなくなることもありますよ」

「俺みたいなこと言うなよ。家族一緒ならいいじゃないか」

須藤の妻と娘は「お休みなさい」と言って居間から消えて行くと、須藤が、自分のグラスにウイスキーを注ぎ足していた。しばらく手の内で弄んでいたが、氷が解けだすと一気に飲み干した。本当にアルコールは久しぶりのようであった。

「おい、いいものがあるんだ……」

台所から、広口瓶とビニールの包みを持って来てテーブルに置いた。

「いくらだよ！　これをパンにのせて食べると止められないぜ……。それとこっちはサーモンの燻製さ」

須藤は、真っ赤なつぶつぶをスプーンで掬ってパンにのせてくれた。見事ないくらであった。

「凄いですね。これどうしたんですか？」

「俺の手作りよ……。どんどん食べてくれ」

すすめられるままに、いくらを食べてみた。噛むと口の中に魚の生臭さが広がり、塩味が効いて絶妙の旨さであった。

「旨いですね。……相変わらず器用ですね。オランダでの鯖料理を思い出しますよ」

「スウェーデンは魚好きには天国だぜ……。漁船をチャーターして海に出れば、大きなヒラメが釣れるしな。それにちょっと内陸に入ればサケが釣れるからな……。おい、今度来る時は夏場にしろよ。二人でキャンプに行こうぜ……。人の居ない山奥の川岸で、サケを釣って、その場で焼いて食うんだ。夜は白夜だから星を眺めてというわけにはいかないが、川のせせらぎを聞きながら、酒をチビリチビリやるんだ。どうだ、いいだろう！」

「ええ、何だかとっても楽しそうですね。是非そうします」

「よーし、決まりだな。……おい、飲めよ。もっと食べてくれよ」

「はい、有難うございます」

武志も、グラスに氷を足してウイスキーを注いだ。

「オランダ時代は面白かったよ……。会社辞めて何年になるかな。早いものだ……。俺が何で辞めたかって？」

須藤はゆっくりと武志の方を向いた。

「ええ、その前に一つ訊きたいことがあるんですが……」

「そっちから始めるか。何だい？」

「実は、父が亡くなりましてね。ちょうど、須藤さんから手紙を貰った年でした。死ぬ前に父が昔の事を話してくれたんです……」

「……」

「父は昔、須藤さんに会ったことがあるんだって。覚えていますか？」

「お主の親父さんと！　……どこでだ？」

本当に覚えていないらしかった。

「父は鈴木勇といいますが、須藤さんのお父さんとは、昔流にいうと、戦友だったそうです」

「親父の戦友？　鈴木勇！　……そうか、あれがお主の親父さんだったのか。鈴木なんて苗字はごまんといるからな。お主とは結びつかなかったな……。ふーん、奇遇だなー」

今度は納得した口ぶりであった。

「本当ですね。父たちが何十年も前に、赤道直下の南の国で一緒だったなんて、不思議ですよね」

何かを考えるように、手の中でグラスを揺らしながら、

「……じゃあ、俺の出自の事も知っているってわけだ。戦災孤児だってこともな」

「ええ、いえ詳しくは……」

武志は知ってはいけない事のような気がして、思わず口籠もっていた。

「じゃあ話してやるよ。浮浪児だった俺がどうやって生き抜いてきたかをな……。そうすれば、俺が会社を辞めた理由も、離婚したのも分かると思うよ」

「差し支えなければ……」

「ああ、お主に隠し立てをする必要は何もないさ……。何から話せばいいかな……。そうだな、やっぱり集団疎開の頃からだな……」

須藤は、ウイスキーを注ぎ足すと、ソファーに深々と腰を下ろし、足を高く組んで話し始めるのだった。

2

昭和十九（一九四四）年八月――。

上野駅は駅舎もホームも人で溢れていた。学童の集団疎開が始まって、子供達と引率者と、それを見送る家族でごった返していた。

橋本健治は国民学校の四年生であった。身の回りの小物と着替えを入れたリュックサックを背負い、胸には名前、住所、血液型の書かれた名札が縫いつけられていた。母が、弟を背負い、妹の手を引いて見送りに来ていた。

「健治、体に気を付けてね。手紙を書くのよ。戦地にいるお父さんにもね。お父さんが除隊して帰ってきたら迎えに行くからね。そうしたら、皆で暮らせるんだから、それまで辛抱してね」

「うん、大丈夫」

健治は泣きたくなっていた。母に取りすがって泣きたかった。でも、周りの子供達に笑われるのが嫌だった。気丈に振る舞っていた。

列車に乗る順番が来た。窓には子供達の小さな頭がひしめいていて、母の姿がよく見えなかった。やがて列車がゆっくりと動き出していくと、健治も窓枠に取り縋って、母の姿を必死で捜していた。母が手を振っているのをようやく、目の端に捉えることが出来た。

「おかあさーん！」

子供達が一斉に叫んでいた。

戦況は悪化していた。昭和十九年に入ってマリアナ諸島が陥落した。政府も、軍も敵の大型爆撃機による本土空襲は避けられないものと考えていた。ドイツ本土の連合国軍による無差別爆撃の例から、大都市圏の防空体制の構築は必須であった。しかし、それに備えるべき、迎撃戦闘機も高射砲も足りなかった。窮余の策としては、足手まといの一般市民を地方に疎開させることであった。

これまでにも、学童の縁故疎開が奨励されていたが、誰しもが地方に頼れる人間がいるわけではなかった。そこで政府は、国民学校初等科三年生以上の学童を、強制的に集団で地方へ疎開させることを決めたのであった。

健治たちを乗せた列車は翌日、山形県の東根に着いた。周りを山に囲まれた平たい盆地の真ん中を、川が流れていた。田圃と畑が続く、初めて見る景色であった。

台東区立S国民学校一行は、百八十人の児童を男女別に四班に分かれて生活することになっていた。健治たち四年生男子は六年生と、街外れにある古いお寺での共同生活であった。子供達を引率するのは、訓導（国民学校教師）が一人と生活の面倒を見てくれる寮母と作業員であった。

集団生活も、夏のうちは臨海学校の心算で皆はしゃぎまわっていた。秋が来て、赤とんぼが飛び出す頃には、寂しさが募って、夜、泣き出す子供達もいた。健治は泣かなかった。泣き虫や弱虫は六年生の虐めの対象にされるだけであった。

健治は級長だった。訓導の須藤先生は三年生の時からの担任で、健治には優しかった。

秋は実りの季節だった。地方はどこも男手が足りなかった。子供達が収穫に駆り出されていた。稲刈り、麦刈り、芋ほり、都会の子供達には初めての作業であった。それでも、収穫の終わりに、芋や南瓜をもらって、お腹いっぱい食べられるのが嬉しかった。田舎でも食糧事情が良いわけではなかったのだ。子供達はいつも空腹であった。親が金持ちの子には、時々小包が送られてきていた。中にはキャラメルや飴玉が入っていた。

子供達は、イナゴ捕り、泥鰌やナマズなどの川魚獲り、山栗、あけび等の木の実採りに夢中であった。時には地元の子供達と喧嘩になることもあったが、次第に仲良くなるものであった。

山形の冬は寒かった。子供達が寝起きする本堂には暖房は一切なかった。朝の雑巾がけが一番つらかった。子供達は、栄養失調と寒さでいつも青洟を垂れていた。食事も芋や大根の入った雑炊が多くなっていた。

ある日、課業が終わって夕食前の事だった。

四年生の男子二十人全員が、お寺の別室に集められていた。前には担任の須藤先生が座っていた。いつもは優しい先生の顔が怒っていた。子供達は息をひそめ、鼻水を啜る音すら聞こえてこなかった。

「もう一度言うぞ。この中に、本堂に置いてあったA君の鞄からお菓子を袋ごと盗んだ者がいる。先生は皆がひもじい思いをしているのはよく分かっている。堪え切れずに盗んでしまったのかもしれない。正直に、盗んだ者は手を挙げなさい。自分から申し出れば先生は怒らない」

先生の声が少し苛立って聞こえた。子供達は、目を瞑り膝に手を当てて俯いたままであった。いつまでたっても、手を挙げる者はいなかった。

「この中に盗んだ者が必ずいるんだ。先生は卑怯な人間は嫌いだ。白状するまで食事は抜きだ。お腹がすいたろうけど、先生も我慢する。皆も我慢するんだ」

一時間が過ぎても、手を挙げる者はいなかった。子供達は足が痺れ、お腹が空いていた。後ろの方ですすり泣く音が聞こえていた。須藤先生も困っていた。このまま続けるのは体罰であった。どこで引っ込みを付けようか迷っていた。

「先生、私が盗みました。悪うございました。他の皆は関係ありません」

手を挙げたのは級長の健治だった。

「お前が！　本当か。よし、橋本だけ残って、皆は食事にして宜しい」

健治だけが須藤先生の前に座っていた。先生は深く溜息をついた。

「健治！　お前が本当にやったのか？　先生には信じられない……」

「はい、悪いのは私です」

「もしもそうなら、先生はお前を打たなくてはならないんだ……。もう一度訊くぞ。お前は級長として誰かを庇ったのではないのか？」

「いいえ、私がやりました」

「分かった……。しかし先生はお前を打たない。その代わり、今夜の晩御飯は抜きだ。いいな」

先生はそれだけ言うと、部屋を出て行った。

健治が本堂に戻った時には、電気が消され子供達は布団の中だった。しんとして誰も健治に声を掛ける者はいなかった。

健治は布団の中で、空腹に耐えられないでいた。眠ろうとしても眠られずにいた。その時、暗くて見えなかったが、誰かが枕元に忍び寄り、健治の肩を揺すり、布団の襟元に紙包みを二つ置いていった。中には小さいけれど握り飯が入っていた。多分、貧しい晩御飯の中から、自分の食べる分を減らして握ってくれた物に違いなかった。健治は布団にもぐりこんで、喉を詰まらせながら握り飯を頬張った。鼻水と涙が一緒に出てきて止まらなかった。

翌日の最初の授業時間であった。教壇に立つ須藤先生に四年生全員の目が向けられていた。昨日の窃盗事件について、先生が何を言うのか、皆緊張していたのだ。

「昨日の件だが、けさ早く真犯人が名乗り出た。その勇気に免じて名前は言わない。しかし、級長の犠牲的精神がなければ隠し通したかもしれないが、それは卑怯な行為だ。次に級長の橋本だ。皆がひもじさに耐えられないのを思いやって、罰を受けるのを覚悟で名乗り出た。その仲間を思う気持ちは称賛に値する。だが先生は級長を褒めないぞ。人の間違いを正すのも級長の役目だ。人間として、正しいことは誰が何と言おうと正しいと言って欲しい。みんなもそういう人間になってくれ。いいな。よし、本件はこれでお終いだ」

その日の午後、健治は須藤先生と向かい合って座っていた。

「橋本、今朝先生が話した通りだよ。犯人が二人名乗り出て来た。盗んだお菓子は五、六人で食べたそうだよ。家から食べ物を送ってもらえる子はいいけど、もらえない子は可哀そうなんだ。だからといって盗みは許されないぞ……。健治、お前を打たなくて良かったよ。お前は先生にはかけがえのない級長だ。先生は本当は嬉しかったんだ……」

「先生、嘘をついてごめんなさい。許してください」

須藤先生の前では、級長の自分も、涙を流すことが許されるような気がしていた。

「健治、泣くな。もういい」

須藤先生は健治の頭を優しく撫でるのだった。

健治は母から送られてくる手紙が一番嬉しかった。母の愛情が感じられた。一度だけ、戦地の父に手紙を書いて送った。

——お父さん、お元気ですか。

僕は、集団疎開で山形県の東根という所に来ています。周りは田圃と畑に囲まれています。毎日、元気で勉強に勤労に励んでおりますので、どうぞご安心ください。

お父さんが、憎き米英を懲らしめて、お帰りになる日をお待ちしております。

橋本健治――


届いたかどうかは分からなかった。


二月に入ると、B29の日本本土爆撃が激しくなった。東根の田舎にも新聞やラジオでそのニュースが伝わっていた。その中に、東根に在る陸軍の飛行場が爆撃されるのではないかという噂まで聞こえてきた。

三月、六年生が卒業の為に東京へ戻ることになっていた。

七日、五年生以下の在校生に見送られ、六年生の男女四十人は嬉しそうに東根の駅から東京へ向かって行った。残った子供達は、家へ帰れる六年生が羨ましかった。その先に大惨事が待っていることなど、誰も予想していなかったのである。

十日の真夜中だった。

東京は寒い日が続き、その夜も強い北風が吹きつけていた。空襲警報も聞こえない中に、凄まじい爆音が耳を弄するほどであった。B29の大編隊が東京上空を覆い尽くしていたのだ。家の土台ごと引っくり返すような地響き、耳をつんざくような金属音に続いて大爆発。人々が寝ぼけ眼を擦って見た物は、紅蓮の炎に包まれた下町の景色であった。焼夷弾を使った米軍の無差別大量殺戮そのものであった。

紙と木材で出来た家屋は、ひとたまりもなかった。風に煽られた火は、瞬く間に広がっていった。人々は必死に逃げようとしていたが、どこへ逃げればよいか分からないで、右往左往するばかりであった。そのうちに、逃げ惑う人々の荷物に、背中に火がついた。路上も橋の上も広場にも火の粉が飛んできて、瞬く間に全てが火の海となっていった。

たった一晩で、十万人もの民間人が死んだのである。S国民学校の六年生も、引率の訓導も死んだ。健治の母も弟・妹も死んでいた。

翌日になって、東根の疎開先にも連絡が入った。子供達は不安でいた堪れなかった。本堂は、泣き出す子供達で溢れていた。

子供達が全員、本堂の前に整列していた。五年生担任の先任訓導が一段高い所から見下ろしていた。

「皆さん！　昨日、卑怯にも米軍は我が帝都に焼夷弾を投下して、甚大な被害をこうむらしました。その詳細はただいま調査中です。分かるまでは、皆さんも、銃後の戦士です。決して取り乱す事のないように、今まで通り勉強に励むように。宜しいですね」

「はい！」

子供達の声は、いつもほど元気がなかった。

日が経つにつれ、被害の実態が明らかになっていった。その都度、子供達は訓導に一人ずつ別室に呼ばれ、家族の亡くなった事を告げられていた。無事だった子は家族が面会に来たり、無事を知らせる手紙を受け取っていた。

健治は不安であった。いつまでも母親たちの安否が分からなかった。

四月に入って、健治は別室に呼び出された。担任の須藤訓導が目の前に座っていた。何を告げられるのか、聞くのが怖かった。

「橋本君、今から先生の言う事をよく聞くんだよ。分かるね」

「……」

声にならない返事をした。

「ご家族が全員発見された。自宅の防空壕で……亡くなっていた」

「えっ！　……それって、母が死んだって事ですか？」

信じられなかった。いや、信じたくなかったのだ。

「そうだ、亡くなられた」

「本当に、本当に死んだのですか？」

それはあまりにも残酷な言葉であった。健治は泣くまいと、両ひざで拳を握りしめていたが、無駄だった。

「おかあさん……」

一度こぼれ出た涙は後から後から止め処なかった。

「健治！」

須藤先生が抱きしめてくれた。健治は声を上げて泣いた。

学童の半分近くが、何らかの被害を受けていた。家族全員を失った児童も何人かいた。そのうち、祖父母や身内の者に引き取られていった子もいたが、健治には頼れる親類はいなかった。

やがて八月が来て、敗戦の日が来た。正午、本堂の前の広場に子供達が整列していた。その周りには寮母や寺の近所の人達が並んでいた。先生達はラジオの傍にいた。やがて玉音放送が始まったが、子供達には難しい言葉が多くて、理解できなかった。前に並んでいた先生の中から忍び泣きが漏れていた。それが瞬く間に広場の皆に伝染していった。

「負けた！　日本が負けたのだ」

大声を上げて泣く者達がいた。

「嘘だ！　でたらめだ」

信じない者達もいた。

健治は、何故だか悲しくなかった。母の死だけで、十分であった。戦争が終われば、父が帰って来て自分を迎えに来てくれるはずだった。早く父に会いたかった。

次の日から、ぽつりぽつり、子供達が父兄に迎えられてお寺を去って行った。

昭和二十年十月、集団疎開が解散される日がやって来た。残った子供達全員が、上野駅に戻って来た。

健治のように、家族を失った子供達は『戦災孤児』と呼ばれた。全国で十万人以上いたといわれているが、その確かな数は不明である。引き取り手のない子供達は、区役所の人間が都の施設に連れて行くことになっていた。

「橋本君、元気を出すんだぞ。お父さんはきっと生きて日本へ帰って来るからな。それまで辛抱するんだぞ。どうしても、困ったら先生の所へ来い。いいな」

須藤先生は優しかった。健治の両肩をしっかり握ってくれた。

「はい、先生。ありがとうございます」

都の施設には健治たちのような子供が沢山いた。

一週間後、役所でどう調べたのか、母の親類に当たる人間が健治を連れに来た。政府は戦災孤児の施設収容を極力少なくしたかった。いや、最初から面倒を見るつもりはなかったのだ。贔屓目に見れば、顧みる余裕がなかったのかもしれない。

健治が連れて行かれた先は、東京湾に面した、ごみごみした一画であった。不思議と空襲にも焼け残っていた古い家屋が並んでいた。

男が傾きかけた一軒の家の前で止まり、今にも外れそうな入り口の戸を開け「おい、帰ったぞ！」と言って、健治を中に入るように促した。狭い家には男の妻と子供が四人いた。

「この子が、橋本んちの子かい。全く、しょうがないわね。うちの子供にだって満足に食べさせられないっていうのにさ……」

女は不機嫌さを、顔とその声で、露骨に健治にそして男に向けた。

「しょうがねーだろう。役所の命令なんだからよ……。その代わり食料の配給が一人分余計にもらえるんだからいいだろうよ」

健治はこれまで会ったことがなかったが、母親の親類にあたる男であった。

「そういえば、橋本んちの焼け跡に何かないのかい？　金目のものは」

「ねーよ！　すっかり焼けちまってな」

「土地は？」

「借家だよ。何にもねーよ」

「ちぇっ。全くしょうがないわね！」

女は忌々しそうに舌打ちをした。

「おい健治。お前齢いくつだ？」

「はい、もうすぐ十一歳になります」

「十一か、立派なもんだ。明日から働いてもらうぜ。さあ、座って飯食いな」

粗末な食事であった。食べた後は寝るだけであった。健治は押し入れの隅にぼろ毛布にくるまって寝ていた。収容施設で蚤か虱でも移されたのか、身体中が痒かった。

翌朝から、健治に与えられた仕事は、男を手伝って大八車を引く事であった。男は、焼け跡から金属類を回収しそれを売って暮らしを立てていた。焼け跡には、不発弾が埋まっていて危険であったが、そんなことはお構いなしであった。

秋が過ぎ、冬になっても、健治には靴下も手袋もなかった。食事はいつでも雑炊一杯きりであった。女は、自分の子供達にはお代わりをさせても、健治には許さなかった。

健治はいつもひもじかった。我慢していれば、そのうちにきっと父が迎えに来てくれると信じて生きていた。一番辛かったのは、通学路で同じくらいの子供達とすれ違う時であった。ぼろ服を纏って大八車を押す健治は、子供達の恰好のからかいの対象であった。


ある日、卓袱台の上に薩摩芋が数本皿に載せられてあった。子供達の昼飯であった。健治はあまりの空腹に自分を止めることが出来なかった。無意識に一本を口に入れた。夢中で残りも食べてしまった。

健治は家を飛びだした。後ろから女のヒステリックな罵声が追いかけてきたが、振り向きもしないで走っていた。女に打たれた頰が痛かった。

荒い息をして倒れ込んだのは川岸の堤防であった。そこは緑の絨毯で敷き詰められていた。ヨモギやタンポポが生えていた。寝転がって空を見ていた。青い空に白い雲が浮かんでいた。

健治は母を思い出していたが、涙は出なかった。タンポポの葉っぱを齧るとほろ苦かった。

その日から、健治は浮浪児になったのだ。食べることが生きる事の全てであった。戦争中、南方のジャングルを、兵隊たちが食べる物を求めて彷徨したように、健治は都会の焼け跡を彷徨っていた。子供にとって手っ取り早く出来る事は、盗みであった。健治も畑に忍び込んで大根やニンジンを生で齧った。闇市の屋台に並ぶ品物を手に取って素早く逃げるのだ。どちらも、捕まれば半殺しにされるのだ。

健治は一度だけ、他人に親切にされたことがあった。空腹で道端に倒れ込んでいる時に、コッペパンを恵んでくれたのだ。しかし、その男は恐ろしい掏摸集団の元締めであった。一週間ほど厄介になって、結局怖くなってそこを逃げ出してきた。

どのくらい歩いたのだろうか。健治は知らないうちに、隅田川に出ていた。焼け跡を歩いていると、見た事のある景色に出くわした。それはお稲荷さんの鳥居であった。周りの建物は全て焼け落ちていたが、石の灯籠と鳥居だけは昔のままであった。

健治は住んでいた自分の家の近くを歩いていた。目印になる物は何も残っていないのだ。それでも、ようやくそれらしいところに出くわした。ここで、母や弟妹が焼け死んだのだ。

佇んだままの健治に、石礫が飛んできて当たりそうになった。

「何見てんだよ。このガキ、失せろ！」

掘立小屋から男が出てきて怒鳴り声を上げた。健治は急いでその場を離れた。

夏が過ぎ、夜露が冷たくなってきた。しかし、雨露を凌げそうなところには必ず誰かが住んでいた。

いつしか、健治のねぐらは上野駅になっていた。そこには色々な人間が暮らしていた。男も女も、子供達も必死に生きようとしていた。それでも毎日、生きる事を諦めた人達の死体が転がっていた。めぼしい物でも身に着けていない限り、誰も振り返ることはなかった。

時々進駐軍の兵士たちが、ジープに乗ってやって来た。子供達は纏わりついて食べ物をねだっていた。夕方になると、背の高い米軍兵士の腕にぶら下がる女たちがいた。健治は、進駐軍の兵士が大嫌いであった。母や妹たちを殺したのだから、子供心にも絶対に許せなかった。健治はかつて、誰もがそうであるように軍国少年であった。それゆえ今、鬼畜米英を叫んでいた大人達が、進駐軍に媚び諂うのを許すことが出来なかった。

健治は、浮浪児仲間に入っていた。靴磨き、新聞売り、しけもく拾い、そして集団掏りの仲間であった。そこには年嵩の少年を頭に、見えない秩序があった。少なくとも、その日その日を食べていくことが出来ていた。

日本政府は、これらの戦災孤児の面倒を見ようとはしなかった。見て見ぬふりをしていた。それがある日、マッカーサーの一言で動き出したのだ。少なくとも、表に見える浮浪児を通りから一掃し、収容施設に隔離する事だった。

健治たちは、これまでにも何度か警察の浮浪児狩りにあって捕まりそうになったが、逃げ延びていた。しかし今度は逃げられなかった。警官に取り囲まれ、警棒で殴られ、金網の張った車に押し込まれてしまった。

　車の中は十五、六人の子供達がいて窮屈だった。どこへ連れて行かれるのか不安だった。健治も膝を抱えて黙って座っていた。

「おい、どこに入れられるのかな？」

　隣の年嵩の子供が誰かに話し掛けていた。二人とも健治の知らない顔だった。

「この方角だと、練馬じゃないのか？」

「練馬かよ。やばいぜ！」

「おまえ、知ってんのかよ？」

「ああ、一度パクられたからな。監視が厳しくてふけられないのさ」

「ふーん、俺は逃げてみせるさ。絶対にな」

　子供とは思えないふてぶてしさであった。

　予想した通り、健治達は練馬に在る都の収容施設に入れられた。狭い部屋に十人の子供達が押し込められていた。健治は虐められるのが怖くて、いつも隅っこに縮こまっていた。

　施設の係官は嫌な人間ばかりであった。気に食わないとすぐに体罰、暴力を振るうのだった。浮浪児たちを毛虫でも見るような目で見ていた。子供達はいつもおどおどして、係官の顔色を窺っていた。そこには愛情も信頼関係もなかった。あるのは大人の世界の狡猾さといやらしい猜疑心だけであった。

食事は相変わらず貧しかった。子供達は少しでも自分の分を多くしようといがみ合っていた。割を食うのは弱い子供達であった。

健治は、一刻も早くここから逃げ出したかった。係官との面接で、思わず担任の須藤先生の名前を口に出してしまった。

ある日、別室に呼ばれて入って行くと、そこに須藤先生が座っていたのだ。これまで一度も泣かなかったはずの、健治の目から大粒の涙が零れて止まらなかった。

「先生！」

「健治君、無事だったか。良かった！」

須藤先生が健治の頭を撫でてくれていた。

「もう心配いらないよ。先生が君を引き取るからね」

「えっ、先生の所にですか？」

健治には信じられない言葉であった。

須藤先生に連れられて着いたところは、谷中に在る先生の自宅であった。健治を迎えてくれたのは、先生の妻と娘の孝子と先生の母親であった。皆親切であった。健治の心の中には、他人からの親切を素直に受け止められない何かがあった。無理もなかった。幾度裏切られ、騙されたことか。

「健治、お前は私の孫になっておくれ。良い子だね」

先生の母親が特に可愛がってくれた。先生の幼い時に亡くなった男の子の代わりなのかもしれなかった。

明るい電燈の下、卓袱台を家族皆が囲み、食事をする。麦が入っているけれど、茶碗いっぱいに盛られたごはん、豆腐の入った味噌汁、笑い声がしている。いつ以来であろうか、健治には夢のようであった。夢ならばいつまでも覚めないでほしかった。

健治は谷中に在る近くの小学校へ通い始めた。歳からいえば中学生であったが、六年生に編入した。同級生は、健治が浮浪児だったことなど誰も知らないとみえて、虐められることもなかった。何より恐れたのは、虐められることであった。その為には、家の中でも学校でも、常に良い子であり続ける事であった。それが、幼い健治が身に付けた、生きていくうえでの知恵であった。

いつまで経っても、父は迎えに来なかった。先生があちこち足を運んで調べてくれたが、最後に、厚生省復員局で手がかりを得る事ができた。それは、健治にとって残酷な知らせであった。


――橋本金吾、陸軍軍曹、第十六軍第二十七独立混成旅団警備中隊所属　昭和二十年十二月、隊を逃亡後、昭和二十一年五月某日　インドネシア（ジャワ島）にて死亡――

健治は、須藤先生の前に座らされていた。先生の横には奥様が座っていた。

「健治、先生の話をよく聞くんだぞ。いいな」

「はい」

健治には、それが悪い知らせである予感がしていた。

「お父さんは亡くなったんだ。もう帰って来ないんだ……。分かるな」

予想していた通りであった。ここは、良い子である為にはどうすべきか、一瞬頭を過ったが、思わず涙が零れていた。拳で拭っても抑えきれない涙であった。悲しさが身体中から溢れ出てきて、声を出して泣いていた。

先生が、奥様が背中を優しく撫でてくれた。

「健治、泣きなさい。遠慮しないで泣いていいんだよ」

優しい言葉であった。

3

健治が小学校を卒業して中学校に上がる前であった。

「健治、先生はお前の将来の事をいろいろ考えたんだ。戦災孤児ではまずかろうとな……。それで、お前を我が家の養子にしようと思うんだが、どうだ？」

「はい……」

「お前が我が家の子供になってくれたら、皆が喜ぶんだ。いいだろう」

「僕、……嬉しいです」

「そう、良かったわ。今日からは、私の事をお母さんと呼んでね」

「うん、先生の事もお父さんだぞ。よし、皆でお祝いしよう。おーい、孝子おいで。健治兄さんだぞ」

「わーい、お兄ちゃんだ。嬉しいな！」

小学校二年生の孝子がはしゃいでいた。

橋本健治が須藤健治に生まれ変わった日であった。

その前の年に、学制改革が行われ、新制中学に変わっていた。健治は都立の中学校に通っていた。

世の中はめまぐるしく変わっていったが、国民誰もが生きていくのが精一杯であった。養父も養母も学校の先生であった。健治は中学校から帰って来ると、身体の不自由なお祖母ちゃんと妹の孝子の面倒を見るのが日課であった。妹の孝子と遊ぶのは楽しかった。

「お兄ちゃん、お外で遊ぼう」

「ああ、健治行っておやり。私はここにいるからね」

お祖母ちゃんが縁側に座っていた。健治は五つ違いの孝子の事が本当の妹だと思えて、可愛かった。

健治は中学では三年間を優等生で過ごした。養父は当然のように、都立の名門進学校へ進むことを勧めた。健治が三年の秋に、お祖母ちゃんが亡くなって、その部屋をもらっていた。火の気がない寒い部屋で必死に勉強した甲斐があって、名門高校に合格することが出来た。

養母は、当たり前のように新しい靴と学生服を買い揃えてくれた。

食卓はいつも家族一緒だった。

「健治、お前も何か部活でもやったらどうだ。遠慮するなよ」

「うん、僕は勉強の方がいいよ」

「そうか、それもいいだろう。しっかり勉強して良い大学に行くんだぞ。お父さんは師範学校しか出ていないからな。やっぱり帝国大学出には敵わないよ」

勿論本心では、部活がしたかった。野球部に入りたかったのだが、その為には、グローブやスパイクやユニホームを買わなければならないのだ。これ以上、養母にお金を頼みたくはなかった。

高校に上がっても、真っすぐに家に帰って来るのが、健治の日課であった。そして孝子の遊び相手となるのだった。

高校は男子校であった。十六歳になった健治も思春期であったが、夢に描く対象は現れなかった。同級生たちの大人びた話を聞くだけであった。それでも、肉体の成長は正直であり、ある夜、精通があった。はっとして目覚めた時、下着が生温かく濡れていた。養母に見られるのが恥ずかしく、夜中に起き出してこっそり洗って部屋に干しておいた。学校から戻ると、干しておいたはずの下着が消えていた。養母が洗濯をしてくれたのだ。

家には、その頃にしては珍しく内風呂があった。その日は健治が最後であった。脱衣場には洗濯物を入れる籠が置いてあった。下着を脱いで、籠の中を見ると、いやでも一番上にさり気なく置かれた、女物の下着が目に飛び込んできたのだ。健治は思わずそれを手に取ってしばらく見ていたのだが、次に鼻の前に翳すと微かに匂いがした。それは今まで体験したことのない女の匂いであった。身体中の血が頭に駆け上り、そして同時に下腹部に集中してくるのが感じられ、慌てて手を放していた。

その夜から、健治の養母を見る目が違ってしまった。あくまでも、家族の前では良い子であり続けていたが、夜一人になれば、盗み見た養母の胸の膨らみや、スカートの隙間から覗いていた太ももの白さが思い出されて、脳裡から離れなかった。思わず下半身に手が伸びていき、そして、その後に来る虚しさと、罪悪感に苛まれるのであった。

高校三年生になって、大学に進学するか悩んでいた。健治の成績は、東京大学は無理でも、地方の国立大学なら合格は十分可能だった。地方大学なら、この家を出て生活が出来るのだ。しかし、そのために、養父母から仕送りをしてもらうのはもう嫌だった。どんなに考えても、これ以上の無償の愛は健治には耐えられない事であった。

就職試験の願書を出したかった。

「おとうさん、お願いがあるのですが聞いていただけますか」

「うん、何だ、お前の進路の事か」

「はい……実はある商社を受けたいのです」

「うん？　就職試験をか。大学はいかないのか？」

養父の声には明らかに戸惑いが感じられたが、穏やかな物言いであった。

「はい、そうです……」

沈黙が続いた。養父は健治からの言葉を期待しているようだったが、諦めて自分から口を開いた。

「そうか……。それがお前の決めた結論ならば……。お父さんたちに遠慮して言っているんじゃないだろうな」

「違います。僕は、商社に入って世界をこの目で見てみたいのです。お願いします。東洋商事を受けさせてください」

健治はあくまでも良い子を装い続けなければならないのだ。

養父はそれでもしばらくの間、目を瞑り腕組みをして何かを考えていた。

「分かった。そうまで言うなら、いいだろう。しかしな、分かっていると思うが、必ず将来大学出の人間と競争になるぞ。負けないで頑張れるな」

「はい、頑張ります。お父さん」

東洋商事から内定通知が届いたのは秋の終わりであった。もし、戦災孤児のままであったなら、就職試験さえ受けさせてもらえなかったはずである。日本の社会は、身元の不確かな人間を無条件で受け入れてくれるほど寛容ではなかった。実際、十数万人といわれる、戦災孤児たちが、その後の人生で辿った苦労を思えば、健治は幸せであった。

赤の他人の自分を、養子として育ててくれた養父母の恩を身に沁みて感じていたのである。


昭和二十九年の春が来て、健治は新宿に在る東洋商事で働くようになった。養父のお下がりを仕立て直した背広に身を包み、小脇には養母が作ってくれた弁当を抱えて、電車で通うのだった。

健治は給料がもらえることが何より嬉しかった。養ってもらっている負い目から解放される喜びであった。毎月の給料日には、封も切らずにそっくり養母に渡すのだった。

日本は、朝鮮特需を追い風として、急速に経済回復を成し遂げていた。戦後十年で、「もはや戦後ではない」と当時の政治家に言わしめる程であった。東洋商事の商い高も年を追って伸びていった。健治には商社の仕事が合っていると見えて、毎日が驚きであり、何より面白かった。

そんなある日、会社から帰ると、家に一人の男が訪ねて来た。鈴木と名乗る全く面識のない男であった。

男の話は、健治の実父と戦時中一緒だったという事から始まり、小一時間ほどで終わった。その間、健治は黙って聞いていた。

男を駅まで送って行く途中、健治は、実の父親がインドネシアで生きている事を聞かされた。その時に、二通の封書を手渡された。それは、父親から鈴木へ宛てた国際郵便であった。

健治にとって大きな驚きであった。しばらく心の整理が付かないでいた。家族が皆死んでしまって一人ぼっちだと思っていたのだから、父の生存が嬉しくないはずはなかった。しかし一方で、どんな理由があるにせよ、自分を見捨て去った父を許すことが出来ないのだった。勿論このことは養父母には話さないでいた。父が生きていることを、養父母に知られるのが何だか恐ろしかった。

昭和三十五年、年明け早々から日本中が騒然となっていた。日米安保条約の改訂であった。左翼政党を中心に、全学連、労働組合に一般市民をも巻き込んだ反対運動が全国に広がっていた。東京では連日、国会周辺でデモが行われていた。

東洋商事でも労働組合を中心に、デモへの参加が呼び掛けられていた。定時になると、健治の職場では、組合の評議員が皆に声を掛けて回っていた。

「須藤君、君もデモに参加するよな」

「ええ……。僕はこれから用事がありますので……」

「何だ、この前もそんなことを言って参加しなかったよな。君は分かっているのか？　ことの重要さを」

「はあ、すみませんが……」

健治はそそくさと帰り支度をして、その場を離れた。

「ちぇっ。まったく付き合いの悪い奴だぜ」

「ああ、彼奴はどこでもいつでも良い子ぶっていたいのさ」

評議員たちの話し声が背中から聞こえてきた。

健治だって、日米安保条約には反対だった。アメリカ軍の空襲によって、母や妹、弟を亡くしたことを思えば、当たり前であった。アメリカが憎かった。いやむしろ、そんなアメリカに媚び諂う日本が許せなかった。

しかし、デモに参加することを養父母に知れるのが怖かった。

健治は、空弁当の入ったカバンを小脇に家路を急ぐのだった。

健治が須藤家に世話になって以来、孝子とは兄妹として、一つ屋根の下で暮らしてきた。二人の間にはそのことに何の蟠りもないはずだった。しかしそれもいつか、年の離れた妹でも、気が付けば女として向き合うようになるものであった。孝子は高校生になっても、健治に対しては、思春期の気まぐれを見せる事もなく、年上の兄として甘えていた。そんな孝子を間近にすると、健治の方が心穏やかではいられなくなり、少しずつ距離を置くようになっていくのだった。

孝子は高校を卒業すると、都内の短大に通っていた。

日曜日、養父母が外出して不在であった。健治の部屋を孝子が訪れた。

「お兄ちゃん、入ってもいい？」

「孝子かい。なに？」

ちょっと前までは、健治の部屋に入るのに、何の躊躇もなかったはずであった。

「何だい、改まった顔をして。失恋でもしたのかよ？」

健治の差し出す座布団に孝子が座った。スカートから覗いている膝小僧と太ももが健治には眩しかった。

「孝子も、もうすぐ大人だ。恋愛もいいさ」

「じゃあお兄ちゃんには、恋人いるの？」

「俺かい？　どうかな……」

「どうかなって、狡いわ……。ねえ、私の事どう思ってる？」

孝子の目は真っ直ぐに健治を見据えていた。

「どうって？　孝子は妹だろう……」

「それだけ……、私の事それだけなの？」

健治は言葉に詰まった。何か気の利いた言葉を頭の中で探していた。健治がようやく何か言うとしたその時、孝子が身体ごとぶつかって来た。

「お兄ちゃん、私の事嫌いなの？」

孝子の重さが伝わってきて、健治はその身体を優しく抱きしめていた。孝子の髪の匂いが鼻を擽っていた。健治は、孝子をそのままその場に押し倒してしまいたい衝動に駆られた。それを止めたのは彼の理性であった。それは、肉親としての理性であろうか。否、恩人の娘に手を付ける事に対する恐れであった。

「大好きだよ……。孝子は僕のたった一人の妹だもの」

「そうじゃないのよ。私はお兄ちゃんの事を愛しているの。男としてよ……」

その日はそれで納めることが出来た。

一番身近な存在として育った男女が、兄妹愛と男女の愛と区別が付かなくても不思議はなかった。まして心の底に血の繋がりに対するタブーはなかったのだから、こうなることはむしろ自然であったのかもしれない。そして、いつの間にか男女の関係に進む日が来てしまったのだ。

養父母も内心ではそれを望んでいた。家族としての絆を強くするには一番の解決策であった。

二人が正式に結婚したのは、健治が二十六、孝子が二十一の時であった。

健治にとって若い孝子の肉体は魅力的であった。狭い家内で、養父母に気を遣いながらも、弾けるような肉体を貪りつくすのだった。

やがて二人の間に子供が生まれた。女の子であった。孫は可愛いというが、養父母の喜びようは格別であった。続けて次女が生まれた。

須藤家は、傍から見れば幸せな家庭の典型であった。健治にとって、妻の孝子は良妻賢母であり、夜の交わりでも不満はなかった。それでも、何故だか健治の心は満たされなかった。それは娘たちが成長していっても変わるものではなかった。自分の娘のはずなのに、直接我が子として接し切れないバリアを感じていた。一家団欒の中に、何故だか自分だけが、その輪の中からはみ出ているような気がする時があるのだ。健治は家の中でも外でも孤独であった。

4

昭和四十五（一九七〇）年、日本は高度経済成長に沸いていた。

戦後の東南アジア諸国に対する国家賠償が、引き続き開発援助、ＯＤＡと形を変えて多額の資金がこれらの国に流れ込んでいた。商社にとっては重要なマーケットであった。

東洋商事は、インドネシアには早くから地盤を築いていた。スカルノ政権下では羽振りの良い時代もあったが、スハルトに代わってからは苦戦を強いられていた。確かなパイプを持っていなかったのだ。

健治は三十五歳になってもまだ主任のままであった。社内でも、大学出の同僚は、課長や部長代理等の管理職に昇格する者が目立っていた。

健治はインドネシア出張を命ぜられた。

健治は英会話には自信があった。それでも、以前行ったシンガポールでは泣かされた。現地人が話す英語は理解できなかったのだ。英米人が話す英語とは似ても似つかない発音であった。まず、東京に在るインドネシア大使館で入国ビザをもらわねばならなかった。次に、熱帯性の感染症の予防ワクチンを二回に分けて接種しなければならなかった。外貨の持ち出しにも制限があり、T銀行のトラベラーズ・チェックを用意した。

羽田から乗ったのはガルーダ・エアーであった。乗客は、インドネシア人と日本人ばかりであった。その日本人は、若い商社マンか、中年の男達、多分ゼネコンかプラント系の、しかも日に焼けた顔から現場のワーカーのようであった。

ジャカルタの空港に着いた途端、ムッとする暑さと独特の匂いが身体に纏わり付いてきた。イミグレーション・カウンターには長い列が出来ていた。オフィサーの動作は、まるで意地悪をしているかと疑うほど遅かった。一時間待たされて、やっと健治の前の男の番が来た。中年の日本人だった。英語が話せないのか、それとも何かトラブルが起きたのか、なかなか前に進まなかった。

痺れを切らして健治はカウンターに近付いて行った。

「どうしました。何が問題なのですか?」

「お前はこの男の連れか?」

「ええ、まあ……」

「じゃあこの男に言ってやれ。パスポートの有効期限が六カ月以上ないから、入国できないとな……」

「そりゃ気の毒です。何とかならないのですか?」

「だから俺はこの男にさっきから言っているんだ……。一万とな」

オフィサーは声を潜めて、カウンターの中で、親指と人差し指で金を数える真似をしていた。

「要するにですね、あなたのパスポートの有効期限が六カ月ないと言うんですよ。それで、日本円で一万円よこせば目を瞑るというわけです。どうしますか?」

「しょうがないですよね。払います」

男は目の前で財布を取り出そうとするのを、健治は止めて、

「ちょっと、見えないようにパスポートに挟んで渡してくださいよ」

やっと健治の番になった。オフィサーは黙ってパスポートにスタンプを押すと「テレマカシー(ありがとう)」と言って突き返してよこした。

アライバル・ホールに、さっきの男が待っていた。

「先程はどうも、お礼も言わず失礼しました。私こういうものです」

男は名刺を取り出して健治にくれた。某機械メーカーの部長と書かれてあった。仕方なく健治も名刺を渡すと、

「ああ、東洋商事さんですか。いやーお宅にはお世話になっていますなー」

「そうですか。それはどうも」

「私ね、迎えが来てるはずなんですよ。ＩＨ商事さんがね。いないんですよ……」

「まあ、そのうち来ますよ。私は急ぎますから、これで失礼」

こんな男に構っていられなかった。と、見るとプラカードを掲げた若い男が歩いているのが目についた。

「もしもし、いましたよ、あそこに」

健治の指さす方に男は駆けていった。

スカルノ・ハッタ国際空港も高速道路も出来る前の話である。タクシーに乗ってジャカルタ市内のホテルに向かっていたが、道は渋滞していた。午後にスコールがあったと見えて、いたるところで冠水していた。どぶ川の両岸はバラックが立ち並ぶスラム街であった。タクシーが止まる度に、子供達がイナゴのように群がって来て、車の窓から手を差し入れるのだった。

予約してあったのはジャカルタの中心にある、外資系のホテルであった。部屋の窓から見下

ろす街並みは、歪であった。真新しい高層ビルが、赤茶けたスラム街の上に浮いているようだった。

次の朝、東洋商事の借りている事務所に行くのに、ホテルを出て歩いていると、何人かの物乞いに出会った。目の見えない老婆が赤子を膝に抱き、空き缶を路上に置いて、何かを呟いているのだ。お金を恵んでくれとでも言っているのであろうか。

街角には緑色の戦闘服に身を包んだ兵隊の姿が、嫌でも目についた。軍事独裁国家の姿であった。

どんなに表通りを飾っても、ちょっと裏通りに入れば、アジアの国々はどこも同じだった。特有の猥雑さと臭いと汚さ、そして人々のエネルギーで満ち溢れているのだ。他のアジアの国と目に付く景色で違うのは、漢字の看板が見当たらない事であった。スハルト政権は徹底した反共であり、中国語の使用を禁じていた。しかし、実際のインドネシア経済を動かしているのは華僑系インドネシア人であった。東洋商事の取引先も、殆どが華僑系の会社であった。彼らは強かであった。支配者がどう変わろうと、生き抜く術を心得ていた。

しかし、大多数のインドネシアの人々はどうであろうか。オランダからの独立が達成されて二十年、底辺で暮らす人々はいつまでたっても貧しかったのである。

健治の一週間の滞在予定が過ぎようとしていた。最後の日曜日は予備日であった。事務所の人間は、近場の観光を勧めてくれたが断った。健治には来る前から心に決めた事があったのだ。日曜日の朝、ホテルのカウンターで残っていたトラベラーズ・チェックを全てインドネシア・ルピアに換えた。高々百米ドルが財布に入りきらないほどの札束に換わっていた。ホテルの近くで幌付のペジャ（三輪自転車）に乗り中央駅へ向かった。行く先は、百五十キロほど東へ向かった町である。三時間の列車の旅であった。

駅前で、紙に書いた住所を尋ねると親切に教えてくれた。太陽の照りつける埃っぽい道を、三十分ほど歩いた所で、目についた雑貨屋に入り店番の女に紙切れを見せた。住所はこの近くのはずであった。

「日本人で橋本金吾という人を知らないかい？」

健治の質問の意味が分かったのか、

「ハシモト……ブディアントかい？」

「そう、そのハシモトの家は？」

「×××……！」

女の言っていることが分からなかったが、指さす方に歩いて行った。最後の自転車の意味だけは分かった。道路に面した二階建ての建物の一階部分には古い自転車が並んでいて、奥の方では修理をしているらしかった。

「スラマット・パギ！」

健治は、店先を覗いて声を掛けた。

「スラマット・シアン！」

若い男が奥の方から応えてくれた。

「ここに橋本金吾という日本人はいませんか？」

英語が通じないらしかったが、「橋本」の名前には反応があった。今度も「ブディアント」の名前が出て来た。男の、中へ入れという仕草に従って付いていくと、二階に案内された。男が消えると間もなく中年の女性が現れた。

「日本人の方ですか？」

女性の口から出た最初の言葉は、紛れもない日本語であった。

「そうです。僕は、須藤健治、元は橋本健治といいました。橋本金吾さんを捜しています。ご存知でしょうか？」

「橋本は私の夫です。あなたはどういう関係ですか、ブディアントと？」

「ブディアント！　その人だと思います。これがその人からの手紙です」

健治は昔、鈴木勇にもらった国際郵便の封筒を見せた。

「ブディアント、夫に間違いないわ」

女は、それでも不審気に健治を見詰めていた。

「僕は、ブディアント、橋本金吾の子供です」

「子供！　本当に、ブディアントの子供なの？」

女の表情が変わった。

「そうです。父はどこにいるんですか？　会わせてください」

健治の問いに少し間を置いて、

「健治さんと仰いました？　……夫は亡くなりました。昨年」

一語一語噛み締めるような言い方だった。

「えっ、本当ですか？」

「残念ですけれど本当です」

健治は言葉が出なかった。一方で、何故だか少しほっとしていた。

「ともかく、ゆっくりしてください。お泊まりは？」

「ジャカルタです。明日の飛行機で日本に帰りますのでゆっくりもしていられません」

「ちょっと待っていてください。子供達を呼んできますから」

女は、若い男達と赤ちゃんを抱いた女性を連れて戻って来た。

「ブディアントの子供達、あなたの異母弟と妹です」

健治は一人ひとりと握手をした。妹に当たる女性は、四分の一がオランダ人の血を引くせいか、色が白く鼻筋が通った美人であった。そういえば、母親もインドゥだけに年齢の割には美人であった。

長男の運転するトラックに乗り、父のお墓をお参りした。それは墓地の一画に在り、まだ墓石は新しかった。表には、『ブディアント・ハシモト』と名前が刻まれていた。

弟妹達との会話は、片言の英語であったが、何か心が通い合う気がして楽しかった。血を分けた肉親なのだ。

女がゆっくりとした日本語で語りかけてくれた。

「健治さん、あなたはブディアントの事を、お父さんの事を恨んでいるでしょうね。違いますか？」

「……」

「無理もないわ。あなたにとっては、父親に見捨てられたのですからね……。でも、ブディアントの代わりに言い訳をするみたいだけど、聞いて欲しいの」

「教えてください。何があったのかを……」

「話せば長くなるけど、結局、夫は、私と子供の為にインドネシアに残って独立戦争を戦ってくれたの。インドゥってわかる。オランダ人との混血よ。だから、インドネシア人にしたら一番憎い相手なのよ。そんな私と、お腹の赤ちゃんを守るために、夫は死に物狂いでインドネシアの為に戦ったの。そうする事しかできなかったのよね……」

女の話は続いていた。

——やがて独立戦争が終わり、インドネシアが本当に独立する日が来た。一九四九年八月、米国の、仲介というよりはオランダに対する圧力により、停戦が実現し、四年間に亘る独立戦争の終焉を迎えたのである。

その時から、残留日本兵たちの去就も様々に分かれていった。中には、新生インドネシア国軍にそのまま勤務する者もいたが、大半の者は軍を去り、何かの仕事に糧を求めて散り散りとなっていったのである。

金吾は、妻の実家の近くに落ち着いて、自転車の修理屋を始めることにした。最初はなかなかうまくいかなかった。それでも何度か場所を変え、苦労を重ねて、最終的に今の店を持つことが出来たのであった——。

健治は、女が話すのを黙って聞いていた。健治の全く知らない父の姿であった。

「健治さん、あなたにはすまないけれど、でもね、あなたの事を忘れたわけではないのよ。ブディアントは心の内を他人には見せない人だったけど、日本人のままだった。表向きは、ムスリムに改宗していたし、独立戦争の功績でインドネシアに帰化したけれどね……。いつか日本に帰りたかったの。あなたに会いに行きたかったのよ。そして、あなたにお詫びをしたかったのよ……。私には分かるわ」

女は思いついたように席を立つと、奥の部屋から黒い革鞄を持って来た。

「これを見て……。何て書いてあるのか分からないけど、ブディアントが死ぬまで手放さなかった手紙よ」

それは、健治が集団疎開の山形から出した葉書であった。軍用郵便で父の手元に届いていたのだ。もう一通は鈴木勇からの、健治の無事を知らせる手紙であった。手に取ってみると、葉書は擦り切れ、所々の文字も手垢で読めなかったが、自分が書いた文字であった。戦闘のさなかも肌身離さず持っていたのであろうか。

目の奥がじんとしてきて、熱いものが込み上げてきそうであった。

「その手紙、持って帰っていいのよ」

「いや、結構です。これを読ませて頂いただけでも訪ねて来た甲斐がありました。どうぞ、こちらで保管していてください。弟や妹たちにも日本人の血が流れているんだという事を、誇りに思って欲しいですから……」

「本当に残念だったわ。ブディアントが生きていたら、どんなにか喜んだでしょうに……」

「いや、僕は満足です。お墓参りが出来ましたし、皆さんとも会えましたから」

実際、父が生きていたなら、健治は何を言ったであろうか。それに対し父は何と答えてくれたであろうか。会えなくて良かったのかもしれないと思うのだった。

「時間ですので、そろそろお暇します」

「健治さん、あなたに会えて嬉しかったわ。これからも子供達と付き合ってあげてね」

「こちらこそ……。皆さんお元気で！」

皆は手を振って見送ってくれていた。父が皆の輪の中で笑っているような気がした。それは、健治の思い出の中にある父の顔であった。

「とうさん、さようなら！」

今は、父に対する蟠りが消えて、晴れやかな気分だった。

翌日、帰国の途についた。

5

居間に在る大きな柱時計の鐘が鳴った。時計を見ると三時であった。スコッチ・ウイスキーの瓶は半分以上が空になっていた。

長い話であった。喉が渇いたのか、須藤がミネラル・ウォーターをグラスに注いで一気に飲み干した。

「俺の話はこんなところさ。まだ話し足りないところがあったかな？」

「そうですね。大筋分かりましたけど……」

「まだあるか……。どうして会社を辞めたのかって？」

「……」

「昔、日本はアジア中で酷い事をしたよ。後からどんなに繕ったって、事実は消えはしない。人の家に土足で上がり込んで、飯食わせろ、金よこせ、女抱かせろって刃物振り回せば強盗だぜ。挙げ句に、抵抗したら殺しちまって、火まで点けるんじゃあな。被害者は絶対に忘れないさ、加害者は忘れてもな。尤も、忘れた振りをしている奴が最悪だぜ、そんな輩が多すぎる……。俺はそんな日本人の社会が嫌になったのさ……」

須藤は一息ついた。

「無償の愛って分かるか……。善意を施す方は何とも思わなくても、施される方は苦痛な場合もあるのさ。血のつながった親子だって、度を越えた無償の愛が煩わしくなるものだろうよ。だから、動物には親離れがあるんだろうさ……。俺だって、助けられた恩は忘れちゃあいない。だけど、耐えられなかったんだ。人の顔色を窺って生きていくのが……、それが離婚した理由さ」

「失礼な言い方かもしれませんが、分かるような気がします」

「いや、無理に分かってもらえなくてもいいんだよ。嫌味じゃないぜ。同じ境遇の者でなくては理解できない事だから……。俺は今まで誰にもこんな話したことがないよ。でも、お主と俺は親父の代からの結びつきだからな……。俺達の関係がこれでお終いのはずがないし、これからもずっと続くだろうからよ……」

「そうですね。僕もそんな気がしますし、そう望みます」

「そう、腐れ縁というやつだな……。さて、そろそろ寝るか！」

須藤が先に立ってベッド・ルームへ案内してくれた。

「朝、七時半に出発するぞ。あまり時間が無いけどゆっくり休んでくれ。……そうだ、忘れないように言っとくが、今度は必ず夏に来いよ。キャンプに行こうぜ！」

「ええ、約束します。……おやすみなさい」

「おやすみ」

翌朝、八時発の電車に乗るために、須藤の家を出た時にはまだ辺りは真っ暗であった。二時間後、ストックホルムに着く頃になってようやく明るくなってきた。

飛び立った飛行機から見下ろす山々は真っ白な雪に覆われ、海さえも氷で覆い尽くされていた。北欧は真冬の最中であった。

第七章　シンガポール　再会

1

『ミレニアム』、夢の二十一世紀が来るといって、世界中でお祭り騒ぎをしたのはいつの事であろうか。おまけに、コンピューターの誤動作により、社会インフラが麻痺し、飛行機が墜落し、挙げ句はミサイルが誤射される等というデマに、不安と多少の期待を持って、新年のカウントダウンを迎えた事など、今では思い出話にもならない。

日本はバブルが崩壊して久しかった。

政府の公共投資もＯＤＡ予算も大幅にカットされ、黙っていても転がり込んできた旨い話は、ＯＢ達の酒の上での自慢話でしかない。力のあるメーカーは、自ら川下まで手を広げグローバル企業に成長し、商社が食い込んでゆく隙間はどこにもない、商社にとっては全く冬の時代である。

武志は二十一階のマンションの部屋から外を眺めていた。マリンベイの先に太陽が昇るところであった。色の着いた遮光ガラスを通しても、南国の太陽は強烈な眩しさである。

時計を見ると朝の七時だった。赤道直下のシンガポールでは、日の出も日の入りも、七時丁度であり、一年中変わることがないのだ。それは太古の昔から続いている、今日一日の始まりである。もっとも、太古の人々にとって、カレンダーも時計もないのだから、時という概念それ自体、文明人が勝手に決めただけの事である。

見送る人もいないマンションの部屋を出て、エレベーターで地下まで降りると、そこはもう容赦のない熱帯であった。東洋商事シンガポールは、車で十分程の所に在った。正確には、高層ビルの八階を借りていた。武志が運転している車は、日本では珍しくもない、二千ccの大衆車であった。武志がオフィスに着くのは八時丁度、昔も今も変わらない習慣である。

社長室は狭く、家具調度も質素であった。通信手段は、昔はテレックスであったが、今はメールである。武志は、机の上のパソコンの画面を見ていた。世界中から届いたメールを次々と読み飛ばしていった。情報が溢れていた。自分には関係ない情報まで、免罪符を得る為か、CCで送信されてくるのだ。

九時からは、毎月の拠点長会議と称するテレビ会議である。本社の社長以下の主だった役員が出席する御前会議であり、業績の厳しいフォローがなされるのが常であった。開催時間は、本社の役員の都合が優先される為、時差のある拠点の責任者には、時には真夜中の事もあるのだ。

会議とは名ばかりで、拠点の意向などは斟酌される事もなく、いつも本社からの一方的な要求で終わるのである。そういう意味では、現地の実情を知ろうともせず、独善的な命令を起案した昔の大本営参謀達と、何ら変わるところがなかった。

武志は、シンガポール会社の社長として赴任して来て、二年が過ぎたところであった。それまで赤字が続いていた業績も、昨年度は三年振りに黒字化することが出来た。もっとも、黒字化すれば、次のハードルがさらに高く上げられるのは常であり、今年の予算をどうクリアーするか頭が痛かった。

午後からは、社内の会議であった。さほど広くない会議室には、コの字型にテーブルが並べられ、各自の座るテーブルの上にはパソコンが置かれていた。会議は原則ペーパーレスである。

「じゃあ、始めよう。担当別に先月の実績と今月の見通しを説明してください。簡潔にね」

中央に座った武志のリードで会議は進められていった。会議は全て英語である。最初の説明者はタイの担当者であった。

「先月は、売上・損益とも予算を百パーセント達成しました。今月の見通しですが、ご存知の通り、洪水の影響が出ておりまして、一部の工場で操業が止まっており、このままですと二割減が予想されます」

「洪水は分かっている。問題はその後だよ。後半どのくらい挽回できるのかな?」

話し方に苛立ちが含んでいるのが自分でも分かった。

「はい、その点につきましては、現地でも対策を始めたところですので、今週中に報告できると思います」

「うん、ともかく、輸出先の需要が落ちているわけではないんだから、一週間の操業停止した分の生産をどう挽回するかだね。頼むよ。場合によっては、エキストラのコストを使ってもいいから」

「はい分かりました。生産現場にも伝えます」

「その他、何かあるかな？」

「ええ、政治ですがまた雲行きが怪しくなってきました。T首相は強気なんですがね、野党の後ろには軍部が付いているようでして。ひょっとすると政変という事もありえます。タイバーツが売られるかもしれません」

「そうか、タイ会社の資金手当を考えなくてはならないな。財務部長、タイの資金ポジションは？」

「はい、今のところ充分ですが、早めに十億円くらい手当をしておきます」

右側に座っていた、シンガポーリアンの財務部長が応えた。

「そうだね。昔の通貨危機のようなことはないと思うけども、先手を打ってくれたまえ」

次はマレーシア担当の説明であった。

「業績は、パワーポイントに示した通りです。先月も今月も好調です。工業製品はよくありませんが、一次産品がよいです。特に、東マレーシアのパームオイルの輸出が好調です」

「好調の原因は何かね？」

武志の隣に座った、副社長が訊いた。

「中国です。中国向けの輸出が昨年より二十パーセント増えています。値段も人民元高で少し上がっています」

「じゃあ訊くけど、中国では何で需要が増えているのかな？」

「はい、そこまでは調べていません」

「例えば、中国のインスタントラーメンの生産量が増えたとか、或いは洗剤が増えたとかね。分かるでしょう？　パームヤシは簡単には増産できないから、長期的に考えないといけないんだよ」

武志の話し方は諭すようであった。

シンガポール、インドネシア、ベトナムの説明が終わり、最後はミャンマーであった。

「ミャンマーはスポット案件です。先月は大口の受注が獲れました。灌漑省から重機の注文です。出荷は三カ月先になります。今月は前から追っかけていました農業省の案件を引き続きフォローします」

「資金の裏付けは、取れているのかい？」

「ええ、これはサプライヤーズ・クレジットで、メーカーへの延払いですから大丈夫です」

「そうか、でも後々トラブルがないようにな」

「社長、ミャンマーに対する米国のサンクチュアリーは、いつになったら解けるんですかね」

「だけど、日本政府の輸出規制は掛かってないだろう。法務部長そうだよね？」

「はい、今のところＯＫです」

「そうなんですが、一部の日本メーカーは自主規制をしているんですよ。アメリカに輸出できなくなるのを恐れてね」

「そうか、困ったな……。それと、ミャンマーの役人に対する賄賂はしていないだろうね」

「はい、ありません」

「今後とも、そういう不正な取引は止めようよ。皆、分かったな」

午後の会議が終わった。

定時前になって、若い営業のマネージャーと、ＨＲ（人事担当）のマネージャーが社長室に入って来た。

「何ですか？　二人そろって来たところを見ると、あまり楽しい話じゃなさそうだね」

「はいそうなんです。僕の部下のデリックとシンジーが諍いを起こしまして、相手を訴えると騒いでいるんです」

「二人の仲が悪いのは、だいぶ前からだね。メールのやり取りを見ていると分かるよ」

「えっ、社長にもＣＣを落としていたんですか？」

「そうだよ。しかし、二人は隣に座っているんだろう？　何で対話が出来ないのかね……」

「はー、最近は日本人でもそうですから」

「で、人事としてはどうしたいのですか？」

「配置換えを提案して、駄目なら辞めてもらいましょう。会社としては最善を尽くせば、クビにしても訴えられることはないでしょうから」

「随分クールだね」

「Why not?」

「分かった、そうしよう」

言われてみれば、日本でも、社内の人間関係が希薄になっているのは事実であった。武志自身、同僚との付き合いが上手とはいえなかった。否、むしろ、上司との付き合いは極力避けてきたのだ。

五十を過ぎて、将来、役員の目はありそうもないことは自分でも分かっていた。最後のお勤めに、東南アジアの拠点を希望したのが叶えられただけ幸せであった。大方の同じ立場の者は、定年までの残り数年を、大過なくと言えば聞こえがいいが、どう楽をして過ごすかを考えるのがサラリーマンであった。

武志にはそういう生き方が出来なかった。自分自身、損な性分だと思って生きてきたのだから、今更変えようがなかった。

秘書のTが入り口のドアをノックした。

「社長、お時間です。お車はどうされますか？」

「ああ、今夜は酒を飲むんで車は置いて行くから、タクシーを頼むよ」

日系企業の責任者には運転手つきの高級車が当たり前であったが、武志には専属のドライバーがいなかった。

オーチャード通りの裏手に在る居酒屋にいたのは日本人スタッフだけであった。

「社長、ご苦労様です。みんな揃っていますので始めましょう」

幹事役の若いマネージャーがその場を仕切っていた。

「ええ、それではK君の歓迎会を行います。初めに社長一言お願いします」

「ああ、じゃあ乾杯しよう……。K君、ウエルカム・シンガポール！」

「乾杯！」

日本のどこにでもある居酒屋の風景であった。違うのは、店内が寒い程に冷房が効いている事だけであった。

「今夜は日本人だけかね。他のスタッフは？」

「ええ、誘っても来ませんから。第一、シンガポーリアンは酒を飲みませんよ」

「そう、シンガポールも変わったからな……」

武志は、不満であったが、態度には出さなかった。

「そうですね。昔は違いましたですよ」

年長者だけあって、副社長は昔を知っているらしかった。

「副社長も昔来たことがありますか？」

「二十年以上前ですか、出張で来たのが初めてですわ」

「僕もそんなもんだな……。当時はこんなに立派な高層ビルはなかったし、街の中にも屋台がいっぱいあって、ニュートン・サーカスはホッカー・センターで有名だったな。それで、夜になると現地の人達が酒を飲んでいるのをよく目にしたよ……。『ヤムセン』って知ってるかい？」

武志が、隣に座っている若いマネージャーに訊いた。

「いえ、聞いたことがありません。何ですか？」

「まあ、中国版一気飲みかな」

「そうですね、街中でよくやってましたね。〝ヤームーセーーン！〟なんてね。最近見たことないですね」

副社長がフォローしてくれた。

「世代が変わったんだろうね。シンガポールはどんどん変わるから……。シンガポールだけじゃないか、変わるのは……」

幹事が日本酒と焼酎を注文していた。

「社長、ビールの次は何にしますか？」

「ああ、焼酎。お湯割りでね」

武志の前にグラスが運ばれて来た。手に取ると、微かにイモ焼酎の香りがした。

「社長、セントーサ島のカジノはいつ出来るんですか。御存じないですか？」

「うん、もう認可が下りたそうだから、来年末にはできるんじゃないか。何かビジネスチャンスがあるかい」

「ええ、僕カジノって行ったことがないものですから……」

「まあ、経験するのはいいけど、嵌まらないようにな。ばくちで金を貯めた奴はいないからな」

武志は言いながら、オランダのカジノを思い出していた。あの頃は自分も若かった。

「ところで、K君は独身かい？」

「ええ、今のところ」

「今のところという意味は、予定があるということかい？」

「はい、予定は未定です」

言っている意味が分からなかった。

「社長、心配ありませんよ。東南アジアはどこへ行っても不自由しませんから。女に関してはね……」

副社長が分別顔で言った。

「そうかい。シンガポールにも、今でもそういう所はあるのかい？」

「ええ、ゲーランにその類いが在るそうですよ」

「副社長、詳しいですね」

「いや、聞いた話ですよ、あくまで」

慌てて言い繕っていた。

武志も入った事はなかったが、タイやインドネシアには、性を商売にしている店があるのは知っていた。それでなくとも、男の生理を処理する為のいかがわしいマッサージ屋が幾らでもあるのだ。東南アジア中が皆同じはずであった。貧しい家の娘が手っ取り早く金を稼ぐのは、今も昔も変わらなかった。

「そういえば、S君も独身だったかな」

「いえ、実は結婚していまして……」

「彼は、シンガポーリアンと同棲しているんですよ。そうだろう？」

副社長が助け舟を出した。

「ああそう。いいじゃないの。早く正式に結婚したら」

武志も、ジェネレーション・ギャップを感じざるを得なかった。

武志や副社長の他にも、日本に家族を残した単身赴任者が数名いた。最近は、ＬＣＣの格安運賃が出回っており、中国、韓国、東南アジアへは、北海道や九州へ行くより割安だった。日本のテレビや新聞も時差なしに見ることが出来たし、日本食のレストランも掃いて捨てるほどあった。札チョン族や博多チョンガーと変わらなかった。

武志は居酒屋で皆と別れた。この後、何人かはカラオケにでも行くのだろうか。九時を過ぎても人通りが絶えなかった。

武志は一人でマンションへの道を歩いていた。

一歩足を踏み出す毎に、湿気と暑さの混じりあった空気が身体に纏わり付いてきた。街路灯とビルを照らす照明が足下を明るくしてくれていた。目を上げれば、幾何学模様のシルエットが大都会の空に浮かんでいた。直径三十キロ足らずのこの島は、何もかもが人間の手で造り出された人工都市である。

昔、太平洋戦争中、帝国陸軍の威容を誇った南方総軍の建物がどこにあったのかは知らない。父、勇が感慨を持って見たであろう南十字星の瞬きも、今ではイルミネーションに阻まれて見ることが出来ない。シンガポール攻略でイギリス軍と激戦となった、ジョホール水道も、ブキテマ三叉路も、パッシバール・山下会談のフォード自動車工場も、かつては有名であった戦跡の数々が、時の流れの中に埋もれようとしていた。

戦後六十年近くが過ぎ、戦争の傷跡が確実に消えていく。

武志が最初に訪れた二十数年前には、所々に戦争の面影が残っていた。ベトンで固められたトーチカや高射砲陣地跡が島内には幾つも見られたし、飛行場の近くには悪名高い、連合軍捕虜が収容された刑務所跡も確かに存在していた。

セントーサ島にあった戦争記念館には、占領当時の状況がリアルに生々しく展示されていたはずであったが、今では、片隅に追いやられ、注意しなければ気が付かないほどである。

武志自身、迂闊にも、最近までラッフルズ・シティの真向かいにある塔が何であるかを知らなかった。『日本占領時期死難人民記念碑』である。それは日本軍による、華人の大量虐殺があり、その霊を慰めるために一九六七年に建てられたものであった。現地では、この犠牲者の数は三万とも六万ともいわれている。今日、シンガポールを訪れる日本人でこの塔の存在に気付く者は殆どいないであろう。

多くの日本からの観光客を受け入れるシンガポールにとって、過去に拘っても得るものはない、当たり前の政策かもしれない。いや、それはシンガポールに限らず、太平洋戦争で深い痛手を受けた他の東南アジアの国々も同じであった。今や、観光のみならずビジネスにおいても、日本とは切っても切れない関係になっているのであるから。

こうして時の流れとともに、人々の戦争に対する思いは風化してゆくのであろうか？

いや、そんなはずはない。日本人はそうかもしれないが、被害を受けた国の人々は決して忘れてはいない。忘れるはずがないではないか。

と武志は思った。

2

社長室のドアをノックして秘書のTが入って来た。

「社長、財務部長のアンソニー・タンの祖母が亡くなったのだそうです。明日、葬式ですがお出でになりますか？」

「アンソニーのお祖母さんかい？　……そうだな……よし分かった出かけるよ。車の手配をしておいてくれたまえ」

武志は、シンガポールに来て、葬式は二度目であった。白いワイシャツに黒い喪服を着て、ノーネクタイで出かけることにした。ポケットには、数珠と日本語でご霊前と書かれた封筒に百シンガポール・ドル札を入れてあった。

葬式場は、ＨＤＢ（公営集合住宅）の一階部分にある大きな集会場のような所であった。どうやら仏教式のようであったが、見た目は道教と区別が付かなかった。大きな祭壇が設けられ、遺影も棺桶も花で飾られていた。遺影の主は皺に刻まれた老婆であった。その横に、セピア色をした古い写真が並んで置かれていた。眼鏡を掛けた若い男性の写真であった。

武志の番が来た。喪主、多分アンソニーの父親であろう男性と、傍に並んで立っていたアンソニーに向かって深々と頭を下げ、火のついた三本の長い線香を両手で捧げ持ち、三度頭の上へ持ち上げお参りをした。そして、そっと祭壇にご霊前の袋を置いて退席した。

武志がこのまま帰ろうか迷っているところへ、アンソニーが近寄って来た。

「鈴木社長、お忙しいのにわざわざ有難うございます」

アンソニーが握手をしながら言った。

「アンソニー、ご愁傷様……。君にとっては良いお祖母ちゃんだったんだろうね。お幾つですか？」

「九十歳になります。……父や叔母達を女手一つで育てましたからね……」

「そうか、ご苦労なさったんだね。……傍に在る写真の男性は何方なのかな？」

アンソニーが応える前に、後ろから男が近づいて来て、

「アンソニー、会社の方か？」

「ええ、会社の鈴木社長さん」

「そうですか。息子がお世話になっております。今日は、わざわざお出で下さいましてありがとうございます」

アンソニーの父親だった。

「お母上のご冥福をお祈り申し上げます」

武志は日本式にお辞儀をした。頭を上げると父親の下から見上げる目と目が合った。厳しい目であった。

「社長さん、お訊ねの写真の男は私の父親です。母親とは随分年恰好が違うでしょう……。三十

前で死にましたから……」

武志はその先の言葉を聞く前に、何だか嫌な予感がした。

「私がまだ物心の付かない時に……殺されたのですよ。日本軍にね」

「……」

「例の、華人の大量殺戮ですよ。ご存知ですよね。反日・抗日分子として『検証』にあったんですよ。……どうして選び出されたか分かります？」

『検証』とは、日本軍が占領後すぐに全島に検問所を設けて、シンガポール在住の華人の中から、抗日・半日分子を見つけるという名目での選別作業のことである。それはあまりにもずさんであったと言われている。

「いえ……」

「父はインテリでした。眼鏡を掛けて、白いシャツを着て靴を履いていたからですよ。……父は連れて行かれたまま二度と帰って来なかったのですよ。遺骨もありません……」

「お気の毒です。私には他に申し上げる言葉がありません」

「いや、社長さんを責める心算はありません。こういう事があったという事実を覚えていてくれたらそれでいいのです……。アジア人同士が戦後半世紀以上も経って、いがみあっても良い事は何もありませんから」

父親の表情が和らいだ気がした。

「そう仰っていただけるとありがたいです」

武志の出した右手を相手も素直に握り返してくれた。


何日かして、アンソニーが出社してきた。

「社長、先日はご会葬いただきましてありがとうございました」

「ああ、アンソニー、もういいのかい？　しかし、シンガポールの華人の葬式は盛大だね。それだけ、身内の者を敬う証拠だろうね」

「社長、父の話に気分を害されましたか？」

「いや、そんなことはないよ。日本人として知っておくのが当たり前の事実さ。そのこと自体は、本当にお気の毒だと思うし、二度と起こしてはならないと思うよ」

「……」

「若い人達が、そういう事実をフランクに話し合えるようにならないといけないよね。……アンソニー、ともかくこれからも頼むよね。君は我が社にとって掛け替えのない人材なんだから」

「はい、社長。宜しくお願いします」

3

武志は出張がなければ土・日は暇であった。

最初、妻が一緒に住むと思って借りた二ＤＫのマンションは単身者には広すぎるくらいであった。アマさん（家政婦）も雇わないで、洗濯・掃除をするのが休日の仕事であった。

武志は、激しい運動はとっくに止めていたが、ゴルフだけはよくやる方であった。オフィシャル・ハンデが十になってから何年になるだろう。結局、シングル・プレーヤーにはなれそうもなかった。

シンガポールには名門コースが幾つか在ったが、土・日はメンバー・シップがなければプレーできなかった。東洋商事は、赤字の時に会員権を全て売却して今は一つも持っていなかった。もっとも、そういう所でプレーする人間は決まっていた。大使館の人間や、日系銀行、大手商社、重厚長大の大手メーカーの現地責任者達である。武志はそういう連中と付き合うのが苦手であった。むしろ毛嫌いしていた。一様に、特権階級の如く傲慢な態度が鼻について、気に入らなかった。だから、日本人会や商工会議所の会合にも極力顔を出さない事にしていた。出席の要請があった時には、副社長を代わりに行かせるのだった。

日曜日の朝――。

武志は、ワールド・トレードセンターから出る、バタム島行きの高速フェリーに乗っていた。四十分程で港に着くと、そこからはクラブ・バスがゴルフ場まで運んでくれた。もう何回目であろうか。昨年だけでも数えてみたら十五回は来ていた。一人で来ることが多かったから、同伴プレーヤーはその都度変わった。シンガポーリアン、インドネシア人、韓国人、欧米人等多士済々、これこそがクラブであった。

「はーい、スズキサン！」

ゴルフ場のスタッフとは顔なじみであった。

「一人なんだけど、誰か一緒にプレーする人いない？」

「誰でも良いですか？」

「勿論だよ。人間ならね」

冗談が通じないようだった。

「スズキサン、女性でも良いですか？」

「歓迎！」

オランウータンでなければね、と言おうとして止めた。

アウトのスタートホールにいたのは、三人の日本人女性であった。

「こんにちは。宜しくお願いします」

華やいだ声が迎えてくれた。

「鈴木です。こちらこそ宜しく」

女性たちも一人ずつ名前を名乗った。二人乗りのカートであった。一番ホールのティ・ショットが終わると、カートを動かしていた。

「大島さんでしたね。皆さんお友達？」

「ええ、一人はルームメート。鈴木さんここのメンバーですか？」

「うん、そう……。ここよく来るの？」

「ええ、時々」

カートが停まって、降りる時、短パンから伸びている太ももが嫌でも目に飛び込んできて眩しかった。

彼女達は三人ともそれほど経験がないらしく、ボール探しに苦労をしていた。ショットを右に曲げブッシュに入れたらしかった。駆けだして行った女性に、武志が声を掛けた。

「おーい、蛇がいるから気を付けてね！」

「えっ、うそー」

「ははは、冗談！」

女性たちは、屈託がなく乙女のようによく笑った。でも、近くで見れば、アラサーであろうか。それなりに、目尻にも小じわが見え隠れしていた。

三人とは、帰りのフェリーでも一緒だった。武志の隣に大島が自然な形で座った。

「皆さん、お仕事は？」

「それぞれ、別ですけど、現地採用です」

「そう。でもそういう日本人女性、世界中にいるね。逞しいな、男性より多いんじゃないかな」

「鈴木さんは？　名刺頂けます」

武志は財布から名刺を取り出し、皆に渡した。

「東洋商事の社長さんなんだ。社長さんて、もっと偉そうかと思ってた」

「そうかい？　僕はその器じゃないか」

「そうじゃなくって、優しくて素敵だっていう意味よ！」

「ははは、お世辞でも嬉しいよ。じゃあ、着いたら車で送るよ」

「ラッキー、助かる！」

ワールド・トレードセンターから武志の運転する車で家まで送ってあげた。

それからも何度か、三人とは、バタム島や、コーズウェーを越えたマレーシアのジョホールバルでゴルフを一緒に楽しんだ。時には、平日、仕事が終わった後で食事を共にすることもあった。

その夜、四人がいたのは、ＨＤＢの下に在るシーフード・レストランだった。テーブルの上にはワタリガニのチリ・クラブが皿に盛られてあった。カニを食べている間は静かであった。

「鈴木さん、家族はいるんでしょう」

大島がフィンガー・ボールで指先を濯ぎ、紙ナプキンで手を拭きながら唐突に訊いた。

「ああ、いるよ。日本にね……」

「単身赴任、寂しくないの？」

「だからこうして皆と一緒にいるんじゃないか……。皆は？」

「そうね。シンガポールに来てから、あまり考える暇がないのよね。忙しくって」

「そうよね。やる事、やりたい事がいっぱいあるのよ。ゴルフに、スキューバ・ダイビングに旅行。問題はお金かな……」

「僕には大学生の息子と娘がいるんだ。これを訊いちゃあお終いかな……」

「なに、親が心配していないかって言いたいんでしょ。鈴木さん違う？」

「まあ、そんなところだね」

「だって、結婚相手は日本人の男性とは限らないでしょう」

「特に若いのは駄目ね。ぜんぜん魅力感じない。私、鈴木さんくらいのマチュアーな男性がいいな。優しくて、お金もあって……」

「そうそう、私も賛成！」

「こんなしょぼくれたおじさんはよした方がいいよ」

「あらそう、鈴木さんは魅力的よ。ねー」

「君達、おじさんをからかっちゃあいけないよ」

南国の夜は開放的であった。だからといって、武志が誰か特定の女性と深い関係に陥ることはなかった。別に、日本にいる妻に義理立てするわけではないが、齢を取ったというべきか。今更、若い女性と色恋をするのも煩わしい事に思われた。

4

バンコクはいつ来ても暑かった。

それでも、雨季に入ったせいか心なしか涼しく感じられた。武志はタクシーで空港に向かっていた。一昔前は、雨が降るとたちまち幹線道路が冠水し、交通渋滞が当たり前であったが、高速道路が出来て、その心配も不要になっていた。

昨夜は、久しぶりに、バンコク支店の人間と夕食の後、タニヤにあるカラオケバーに繰り出したのだ。武志は酒が人間関係の潤滑油だという考えには異論があったが、これも仕事のうちと割り切る時もあった。一年に数回しか会うことがない部下では、酒の席で話をするのも止むを得ない事であった。

タイは、アジア通貨危機の後遺症からようやく回復しつつあった。新たに自動車産業が進出してきて、日本人の数は一頃よりさらに増えているらしかった。バンコク市内は、タニヤもパッポンもスクンビットも日本人が目立っていた。レストランもカラオケバーもマッサージ屋も、どこへ行っても混んでいた。この調子だと、『金魚鉢』と呼ばれている『女郎屋』も盛況なのであろうか。


武志はガルーダ・エアーのチェックイン・カウンターに来ていた。

午後二時丁度のジャカルタ行き直行便にはまだ一時間ほど余裕があるはずであった。カウンターの前には数人の男女がいて、係員と何か口論をしていた。小耳にはさんだ内容は、どうやらこの便がキャンセルらしかった。

「キャンセルってどういう事よ？」

一人の西洋人の女性が激しく抗議しているのが聞こえてきた。

「ですから、飛行機が飛んで来なかったんです。飛行機がないんですから、どうしようもありません。マダム」

アジア特有の、〝私のせいじゃない〟を決め込んでいた。

「代わりの便は、他にないの？　これではジャカルタに着くのが夜中になるでしょう！」

背中しか見えなかったが、女性の怒りが伝わってきた。

「すみません。これがベストです」

係員は、あくまでも、私の責任ではないと言いたげだった。ようやく武志の番が来た。

「キャンセルだって、代わりは手配してくれるんだろうね？」

「はい、用意してあります。タイ・エアーでシンガポールまで行ってもらって、そこからシンガポール航空の便に乗ってジャカルタまで行けます」

「ジャカルタ直行便はないのかね？」

「これだけです」

「じゃあ、ジャカルタ着は何時になるの？」

「ジャカルタ着十時四十五分の予定です」

「えっ、そんなに遅いのかい。もっと早い便はないの？」

「ありません」

そっけない返事であった。

「しょうがないな……。電話を貸してくれないかな、連絡しなくてはならないんだ」

「あそこに、クレジット・カード専用の公衆電話がありますから、どうぞ！」

携帯電話では通じなかった。公衆電話で、やっとジャカルタ支店に繋がった。

「社長の鈴木だけど、今、バンコクなんだ。ガルーダが突然キャンセルになった。SQの最終便でそちらに着くから、悪いが支店の車、空港まで回してくれないかい」

「それは災難ですね。じゃあ、支店長との会食はキャンセルですね。分かりました、支店長の車を迎えにやります」

「ありがとう助かるよ。ドライバーは僕の顔知っているかな？」

「大丈夫でしょう。今まで、何回か迎えに行ったことがありますから」

「到着は遅れるかもしれないからね。宜しく」

ガルーダ・エアーに乗るはずだった他の乗客はどうしたのかは知らないが、武志は、タイ・エアーのビジネス・クラスに座ることが出来た。一年に何十回も飛行機に乗るのだから、トラブルには慣れている心算だった。それにしてもいきなりのキャンセルは酷かった。ひょっとすると、乗客が少ないためにキャンセルしたのではと勘繰りたくなった。インドネシア国内ではよくあることであった。

シンガポールのチャンギ空港に着いて、ＳＱの出発まで時間があった。会食がなしになった事を思い出したら、急に空腹を感じ、レストランに入った。流石に二十四時間運航のハブ空港である、トランジット客で賑わっていた。

武志は、ホッケンミーとビールを頼んだ。一人で食べる事には慣れていたが、流石に侘しかった。空港内はどこも冷房が強すぎて寒かった。

ＳＱのジャカルタ行き最終便の搭乗が開始されていた。武志の席はビジネス・クラスの通路側であった。これで、後は二時間居眠りをしていれば着くのだ。ビールのせいか何だか本当に眠くなっていた。

出発の時間が来ても、窓側の席は空いたままであった。もう誰も来ないだろうと、安心して眠りに就こうと思っていた時、女性が一人駆け込んできて、武志の横で止まった。

「えーと、〝5A〟ここだわ！」

女性が、武志の隣の席を覗き込んで、それから自分のキャリヤ付トランクを頭上の収納棚に入れようとしていた。武志も無視するわけにはいかず、立ち上がって手伝ってやった。

「ありがとう！」

それだけ言うと、女性は奥の自分の席に腰を滑らせていった。武志もこれで、やれやれであった。

「御免なさいね、遅くなって。でも私のせいじゃないのよ。ガルーダが悪いのよ、キャンセルなんて。全く嫌になっちゃうわ」

女性の声に聞き覚えがあった。バンコクの飛行場で、激しいクレームをしていた女性の声に間違いなかった。

「あなたも、バンコクでガルーダ・エアーに乗るはずだったんですね。僕もそうですよ」

武志は女性の方に顔を向けていた。

「あなたもですの？」

女性の眉間から皺が消えて、笑顔になっていた。どこかで見た顔であったが、浮かんでこなかった。

亜麻色のカールされた前髪に特徴があった。武志は恐る恐る訊いてみた。

「あのう、失礼ですが、以前お会いしていませんか。オランダで？」

女性の方もさっきから、武志の顔から目を離さないでいた。武志が相手を思い出した時には、相手も気が付いていたのだ。

「タケシ！　タケシなの？」

「・・・・・・アネットかい？」

声を上げたのは同時であった。その声の大きさに、周りの乗客たちが何事かと振り向いていた。どちらからともなく出した右手を握り締めていた。少女だったアネットが、成熟した魅力的な女性に変わっていた。二人の間には、二十八年の時の流れがあった。それぞれの人生があるはずであった。

何から訊けばいいのだろうか――。

「僕は今、シンガポールに住んでいるんだ。今日は仕事でジャカルタに行くところ」

「私は、ジャカルタに住んでいるの。私、熱帯病の研究所に勤めているの。学会の帰りよ」

「へー、アネットは、子供の頃の希望通りお医者さんになったんだ。で、いつからジャカルタに？」

「正確には、病理学者ね。二年になるわ。タケシは？」

「僕は、オランダにいた頃と同じ会社。シンガポールには四年過ぎたところ」

「どうしてインドネシアかって……。聞きたい？」

悪戯っぽい目で見るのは、昔と変わっていなかった。

「うん……」

「私、結婚して子供が二人いるの。でも夫との間がうまくいかなくて、それで、今の研究所の話があったものだから、子供を連れてジャカルタに来たの……。ついでに離婚しちゃった！」

あっけらかんと言い放ったそのどこにも、暗さは感じられなかった。

「ねえ、ママの事訊かないの？」

「そうだったね。ドリスは元気かい？」

「うん、元気よ。再婚した男とうまくやっているみたい」

「そう、それは良かった……。じゃあ、幸せなんだ」

ドリスの事をもっと色々聞きたかったが、それ以上言葉に出せなかった。

「タケシ、あなたは勿論結婚したんでしょうね？」

「ああ、日本に帰ってすぐに。子供も二人いるよ。でも家族は日本にいるんだ」

「どうして、奥さんは？」

「別に離婚したわけではないよ。ちょっとの間だけさ」

「ふーん、独りで寂しくないの？」

腑に落ちないといった顔であった。

二時間があっという間に過ぎてしまった。シートベルト着用のサインが出ていた。

スカルノ・ハッタ飛行場に到着したのは、夜の十一時を過ぎていた。

二人は空港の出口へ向かって肩を並べて歩いていた。

「アネット、君はどうして帰る。タクシーはもういないぞ」

「そうなのよ。だから遅い便は嫌なのよ。タケシは？」

「僕は会社の車が迎えに来ているはずなんだけど。一緒に乗って帰るかい？」

「助かるわ。あなた、ホテルはヒルトン？」

「そう」

「じゃあ私の家の近くだわ」

ドライバーがようやく武志を見つけてくれた。

「武志、今回はいつまでいるの？」

「明日の夕方の便で帰らなくちゃいけないんだ」

「そうなの、残念ね。折角あなたに会えたのに……」

武志が名刺の裏に携帯電話の番号を手書きしてアネットに渡すと、アネットもメモをくれた。

「次回は、必ず連絡してね。私もシンガポールに行くときには連絡するわ」

間もなくアネットの住む高層マンションに着いた。

「アネット、トツインス！（さようなら）」

「タケシ、サヨナラ！」

アネットの後ろ姿が、エントランスのドアに吸い込まれていった。

シャワーを浴びると、少し身体が軽くなったような気がした。長い一日だった。実際は疲れているはずなのに、気持ちが昂っているせいなのか眠れなかった。

冷蔵庫から、ウイスキーの小瓶を取り出し、水割りにして飲んでみた。アネットとの出会いがドリスとの事を思い出し、心をときめかせたのだろうか。自問しているうちに、やがて眠りについた。


翌月、武志にジャカルタ出張のチャンスがやって来た。

アネットには前もって知らせてあった。ホテルのコンシェルジェで用意させておいた、蘭の花籠をぶら下げて、アネットのマンションを訪れていた。エレベーターを降り、部屋のドアのベルを鳴らすと、ドアが開いてアネットが迎えてくれた。後ろには、女の子と男の子が隠れていた。

「ハーイ、タケシ」

「今晩は、アネット」

アネットがオランダ式に武志の頬にキスをしてくれた。武志はぶら下げてきた蘭の花籠を入り口の棚に置いた。

「アネットにはチューリップが似合うのだけど、白い蘭も悪くないよ」

「ありがとう、タケシ」

ダイニング・ルームのテーブルには食事が用意されていた。子供達二人と向かい合って座った。

「さあ、頂きましょう」

「エイト・スマークラック（どうぞ召し上がれ）」

「凄い御馳走だね。これアネットが作ったのかい？」

「ううん、これはうちのメイドが作ったのよ。ママそうでしょう？」

娘のユリアが英語でアネットの方を見ながら言った。

「ユリア、私が作ったのよ」

「へー、ママお料理出来るんだ」

「当たり前でしょう。毎日は、ママ忙しいから作ってあげられないの」

「そうか、今日は特別なんだ。このタケシさんの為？」

「そう。タケシは私の特別なゲストなの」

ユリアは幾つだろうか。昔、アネットと最初に会った時よりは幼いに違いない。

「僕は、相変わらず商社マンだけど、アネット、君はどんな仕事をしているんだい？」

「私の仕事は、熱帯特有の細菌やウイルスの研究よ。毎日、顕微鏡と睨めっこ」

「そう。顕微鏡の世界って、難しそうだね」

「そうでもないわよ。男性のスペルマだって同じよ」

「ママ、スペルマって何？」

ユリアが好奇心をその声と顔に表していた。

「スペルマってね、そのうちに学校で習うけど、花には雄しべと雌しべがあるでしょう。その雄しべのことよ」

武志はドリスの事を思い出していた。同じ親子でも、ドリスは教育者であるだけに、アネットとは違った家庭の雰囲気であったような気がした。

「ヨス、君は学校で何をやっているの？」

武志が男の子に話し掛けた。

「僕は、インターナショナル・スクールで、フットボールをやっているんだ」

「へー、サッカーかい」

「そうだよ。日本人もいるけれどね。僕の方が上手だよ」

「そうか。ヨスはオランダに帰ったらサッカー選手だ」

食事が終わると、子供達は「お休み」を言って自分たちの部屋へ消えた。テーブルの上にはコーヒーカップが二つ置かれていた。

「タケシ、変わらないわね。髪の毛も黒いし、相変わらずスマートで、ナイスミドルだわ」

「アネット、君こそ素敵だよ。マチュアーな女性の魅力といった方が合っているか」

「ありがとう、お世辞でも嬉しいわ」

笑いながら、前髪を指で掻き上げていた。確か子供の頃からの癖だった。

「君は知っている？　ママとグランママがインドネシアで暮らしていた頃の事……」

「うん、ママに聞いたわ。でも、詳しくは知らない。それに、ママもグランママも昔の事は話したがらないのよね……」

「そう。実は僕の父もここにいた事があるんだ。しかも、君のママやグランママと接点があったらしいんだ……」

「ふーん、そうなの……。世の中って意外と狭いのね」

アネットは驚いた様子であった。

「じゃあ、私達が再び出会えたのも何かの縁ね。ガルーダ・エアーがキャンセルにならなければ、お互いに気が付かなかったでしょうから……」

「そうかい、あの時の君の権幕ったら凄かったぜ」

「なによ、タケシ。あの時あなたも一緒だったの」

「君とは気が付かなかったがね……。しかし、ガルーダって何かの神様だっていうから、やっぱり運命かもしれないよ」

武志が笑いながら言った。

「そうよ、運命的な出会いなのよ。私達！」

首を傾けて下から見つめるアネットの目が、潤みをおびて絡み付くようだった。

武志が腕時計を見て、腰を上げていた。

「そろそろ失礼するよ」

「えっ、もう帰るの？」

その声音には失望が含まれているようにも聞こえた。

「うん、ご馳走様。会えて嬉しかったよ」

「私もよ、タケシ。今度はもっとゆっくりお話ししましょうね。いい、約束よ！」

「うん、分かった」

玄関で、アネットがオランダ式に武志の頬にキスをしてくれたその時に、微かに髪の匂いが鼻を突いた。どこかで同じ香りが、そうだ、ドリスの髪の匂いであった。

5

北半球では夏休みのシーズンでも、シンガポールに夏はなかった。あるのは毎日が真夏であり、年中同じ花が咲いていていた。長く住んでいると、頭の年輪が溶けだし、過去の事が思い出せなくなるという。武志も、昨年の来客の事は、それが何月頃だったか覚えていなかった。

長男の毅から、夏休みに東南アジア旅行のついでに、シンガポールに寄るという知らせがきた。毅は大学院生であった。

待ち合わせの、オーチャード通りのデパートの前に毅とその友達がいた。夕方の人混みの中をきょろきょろしていた。

「おーい、毅、ここだ！」

どうやら気が付いたようであった。

「お父さん、しばらく。こちらは僕の大学の友達、Y君」

Yが頭を下げた。二人とも、どこから見ても安上がりのバック・パッカーという格好であった。

「ともかく、腹減っているんだろうから何か食べよう。何がいい？」

「何でもいいっす。死にそう」

「えっ、本当に何も食っていないのか？　しょうがないな。じゃあ行こう」

近くに在る中華レストランに入って行った。中は冷房が効いて涼しかった。毅とその友達は、喉が渇いていたのか、運ばれてきたビールを旨そうに喉を鳴らして飲んでいた。

「毅、君等はいつから旅行をしているんだ？」

「日本を発って丸二週間かな。これでおしまい。後は日本へ帰るだけ」

「ふーん、どこから来たんだ？」

「最初がベトナムで次がラオス、カンボジア、タイ、そこからミャンマーに入って、マレー鉄道で今日シンガポールに着いたんだ。その間、一回も飛行機には乗らなかったから、きつかったな……」

二人は話しながらも、箸を止める事がなかった。

「そうか、面白そうな旅だな。泊まりも安宿か？」

「そう、怪しげな宿もあったけどね。でももう財布は空っぽ。お父さん、今晩泊めてくれない。明日の夜便で日本に帰るまで」

「ああ、いいよ。……それで、君等は何を見てきたのかね？」

「何って言われるとね……。まあ、強いて言えば民衆の暮らしぶりかな」

「どんな暮らしだよ？」

「まず、これらの国に共通しているのは、インドと中国の文化が入り混じっていることだね。食べ物にしても、生活様式でも、例えばお皿とお椀、箸とスプーンかな。……インドシナ半島とはよくいったものだよね」

「戦争の傷跡は？」

「ベトナムじゃあ、アメリカとの戦争だね。ラオスやカンボジアでは不発弾と地雷が今でも沢山埋まっているらしいね。どくろマークの立ち入り禁止区域が結構目についたからね」

「特に、アンコールワットの近くでよく見かけましたね。それに、足の無い人達。多分、対人地雷に遣られたんでしょうね」

「じゃあ、日本軍の戦跡は？」

「日本軍の、うーん、気が付かなかったな……。君どうだい？」

「すいません。僕等あんまり太平洋戦争の頃の歴史知らないもんですから……」

毅の友達のＹが頭を掻きながら言った。

「まあ、そうかもしれないな……。せめて、『日本占領時期死難人民記念碑』くらいは見て行けよ」

「それって、何、どこに在るの？」

「文字通り、戦争中の話さ。ラッフルズ・シティの近くに在るよ」

「ふーん、じゃあ明日、空港に行く前に行ってみる」

流石の二人も、満腹したと見えて箸が止まっていた。

「どうだい、満足したかな？」

「うん、お腹いっぱい」

「僕も、十分頂きました」

武志の運転する車が、マンションの地下駐車場に滑り込んでいた。

「さあ降りて。着いたよ」

「えっ、ここ！　凄いマンションに住んでんだ」

エレベーターが二十一階に着くと、扉の前に武志の家のドアがあった。鍵を開けて入った途端、眼前にマリンベイの夜景が広がっていた。

「うわー、凄い景色だ。ファンタスティック！」

二人は窓ガラスに貼り付いてイルミネーションの輝きに見とれていた。

「おい、毅、君等はこの部屋で休んでな。簡易ベッドを用意したから。それと風呂に入るか？」

「サンキュー、感激！」

「洗濯は、キッチンの隣に洗濯機があるから勝手に使って。それから冷蔵庫にはビールと食材が入っているからそれもな」

「助かる！」

武志が自分の部屋のシャワーを浴びて出て行くと、二人とも早速冷蔵庫から缶ビールを出して飲んでいた。

「頂いてます」

「ああ、ウイスキーもあるぞ」

武志がグラスと氷を用意してやった。

「お父さん、優雅な暮らしだね。羨ましいよ。しかし何でお母さんシンガポールに来ないのかな？」

「馬鹿言え、お前たちがいるからだよ。心配でな」

「ふーん、そうか。まあしかし、お父さんは真面目だから、お母さんは安心しているんだろうね。どうやら、女の気配も見当たらないし」

「何だお前、お母さんにお父さんの様子を見て来いって言われて来たのかよ？」

「違いますよ」

「まあいいさ。分かったろう。お父さんはいつも真面目なんだからな」

「はいはい、よく言っておきます」

次の日の夜、二人は帰って行った。

一人で眺める夜の景色は、現実の暮らしとかけ離れた、別世界のようであった。毅に言われるまでもなく、家族の事は全て忘れる事が出来るのだ。まして、今更六十数年も昔の事に拘っても、なんの意味も無いような気がする。

父、勇の戦争時代の事は、妻にも子供達にも一切話していなかった。多分、これからも、話すことはないだろうと思った。

6

武志の携帯電話が鳴っていた。車を運転してマンションへ帰るところであった。ハンドルから手が離せないでいるうちに切れた。誰だろう、知らない電話番号であった。シンガポールにはパーキング・エリアがなかった。車をマンションの駐車場に入れて、折り返し電話を掛けてみた。

「ハロー、鈴木ですが……」

「ハーイ、タケシ！　私、アネット」

久しぶりに聞くアネットの声であった。

「やー、アネット。元気だった？」

「ええ、元気よ。私、武志の声が聴きたくなったの。武志も元気そうね。安心したわ。ついでに顔も見たいと思って。今週の金曜日の夜空いている？」

「うん、空いているけど……？」

「私、シンガポールの学会に出席するのよ。金曜日の夜会わない？」

「ああ、そういうことか。じゃあ食事はどうだい、一緒に？」

「お願いするわ。金曜日の七時、オーチャード・ホテルのロビーで待っている」

弾んだ声が突然切れた。

金曜日の夕方——。

オーチャード・ロードは混んでいた。やっとホテルのパーキングに車を停めることが出来た。時計を見ると七時だった。ロビーも人で混み合っていた。アネットの姿は見当たらなかった。

携帯電話を掛けようかと思った時に、後ろから呼ぶ声がした。

「ハーイ、タケシ。待った？」

アネットであった。ゆったりとしたシルキーなドレスの裾をひらひらさせながら近づいて来た。

「やあ、アネット久しぶり。食事は何がいい？」

「私は何でも。そうね、エスニックがいいかな」

「じゃあ、タイ料理はどう？」

「いいわね。グリーン・チリの辛いのが食べたいわ」

二人はテーブルに向かい合って座っていた。

トムヤンクン・スープに始まって、前菜に青いパパイアのサラダ、春雨と野菜の和え物、そしてメインディッシュが次々と運ばれてきた。魚・海老、鶏肉、パイナップル・ライスとクイテオ。どれもが香辛料が利いて、辛かった。店内には、パクチーとレモングラスとライムの香りが漂っていた。

デザートはタピオカ・パール入りのココナッツミルクであった。

「どう、味は？」

「大満足よ。どれもおいしかった。やっぱりシンガポールは都会ね。ジャカルタとは違うわ」

「そうだけど、ここに長く住んでいると飽きるね」

「そうかもしれない。全てがアーティフィシャルよね……。オランダ人にはジャワが合っているのかもね」

食後のコーヒーを飲んでいた。

「タケシ、この前、ちょっとだけ話してくれた、ママやグランママのインドネシアでの話聞かせてくれない」

「君はドリスから聞いたことがないのかい？」

「少しはあるわ。グランママの家に行くとよく昔の写真を見せてくれた。その中に、ジャワの写真もあったような気がする。でもグランママ、私が小さい頃に亡くなったのよね」

「そう。僕も、父から一度聞いた限りだから詳しくは知らないけれど、ドリスの話と噛み合うんだ」

「それって、戦争時代の話よね……。歴史の時間に習ったけれど……」

「そうだよ、戦争の話さ。君達オランダの人達にとっては忘れられない記憶だよ。今でも恨みに思っている人は沢山いると思うな」

沈黙が続いた。カップの底に残っていたコーヒーは冷たくなっていた。

「タケシ、あなたのマンション遠いの？」

「ううん、車ですぐだよ。寄ってみるかい？」

「まだ十時前でしょう。部屋に帰ってもすることがないし、話の続きを聞かせてよ」

「ようし、じゃあ行こう」

二十分後、二人は武志の部屋にいた。エアコンを切ってあったので中は暑かった。

「うわー綺麗な眺めね。素敵じゃない……。タケシ……本当にあなた独りで暮らしているの？」

「えっ、疑うなら家探ししていいよ……。アネット、飲み物は何がいい？」

「私、ワインがいいな。冷えた白ある？」

「ウイ、マダム」

冷えたワインで乾杯した。やっとエアコンが効きだしてきたようだった。設定温度に達したのか回転音が小さくなっていた。

「どこまで話したかな……？　そうか戦争の話だったね」

「うん……」

「戦争が終わったばかりの混乱期に、ドリスと母親のアンナは僕の父と、ジャワ島で会っていたんだ。どうして会ったのかって？　それはね……」

武志は、掻い摘んでその経緯を話してやった。勿論、話せない部分もあった。それは、父勇と母親のアンナとの間の出来事であった。

アネットがどこまで知っていたのかは分からないが、口を挿まずに、お終いまで黙って聞いていた。

目の前にある、ワインのボトルが空になっていた。

「次は何を飲む、ウイスキー?」

「そうね、オンザロックでね」

グラスに氷をたっぷりと入れ、ウイスキーを注いでやった。

「ありがとう」

「アネット、君はアルコールに強いんだ」

「そう、でも子供の前では飲まないわ。だから久しぶりよ」

十二時をとっくに過ぎていた。アネットが酔ったのか、身体を崩して足を組み直すたびに、スカートが乱れ、真っ白な太ももが露わになっていた。

「ふーん、ママは武志のお父さんの事をどう思っていたのかな……。好きだったんだ。違う?」

「さあ、どうかな……。それは聞いていないな」

「きっとそうよ。そうに違いないわ……。だから、タケシのことも愛していたのよ」

「えっ、僕の事をかい?」

武志は、ちょっと慌てていた。

「そうよ。隠したって、ちゃんと顔に書いてあるの。白状なさい!」

「白状って……」

「いいわ、許してあげる。皆大人だものね……。ねえタケシ……」

本当に酔ったようであった。

「今夜泊まっていい？」

「ああ構わないよ。ベッドもあるし……じゃあ寝るかい？」

腕を取って立たせると、アネットは武志の肩に縋り付いてきた。縺れるようにベッドへ向かっていた。

「タケシ、抱いて！」

目の前に、赤く濡れた唇が待っていた。アネットの両腕が強く背中に絡み付いていた。唇を重ねたまま、ベッドに倒れ込んでいった。二人が素っ裸になって抱き合うまで、言葉はなかった。武志には久しぶりの女の肌であった。すべすべして生温かで、肌を合わせるだけで心地良かった。

二人は、十分すぎる程マチュアーであった。どこをどうすれば、相手が喜ぶかを知り尽くしていた。武志が、唇を這わせていった先には蜜壺が待っていた。武志はふと匂いを感じた。それは紛うことない、ドリスと同じ匂いであった。男を引き付けるフェロモンの香りであった。

「タケシ、愛してる。来て！」

アネットの動きは激しかった。上になった武志から、快楽の全てを奪い尽くすようだった。

「タケシ、タケシ！」

最後は絶叫が耳元で聞こえていたが、それも、自分自身の息遣いの激しさにかき消されてしまっていた。武志は果てた。

「タケシ、どう良かった？」

アネットの甘い声であった。

「うん、アネット。君は素敵だよ」

「私、タケシに逢えてよかった」

いつか二人は、抱き合ったまま、泥のような眠りについた。

次に逢ったのは、ジャカルタのホテルの部屋であった。二人に言葉は不要であった。抱き合えばそれだけで心が通じ合った。後は、お互いの快楽に没頭するだけであった。そんなことが何度か繰り返されていった。

7

武志は忙しかった。

出張が重なり、不在の時が多かった。アネットとはすれ違いが多く、この半年逢っていなかった。逢いたかった。アネットから電話が掛かってきたのはそんな時だった。

「ハロー、タケシ？」

「やー、アネット。元気かい？」

「タケシ、あなたっていつも忙しいんだもの。ねえ、明日の夜空いてる？」

「明日は大丈夫。でもシンガポールに来るのかい？」

「そう、約束よ」

二人は、裸でベッドの上にいた。薄らとかいた汗が情事の激しさと、その後の気怠さとを物語っていた。武志もアネットも天井を向いたままであった。先に口を開いたのはアネットの方だった。

「タケシ、私来月オランダに帰るの。王立研究所に空きが出来たのよ」

「えっ、本当かい？」

武志は思わず上半身を起こしていた。

「本当。だから今日はお別れに来たの」

「そう……」

武志が大きく溜息をついた。

アネットが枕元にあったティッシュを取り、顔の汗を拭った。

「タケシ、以前話していたグランママとあなたのお父さんの事、二人の間には肉体関係があったのでしょう？」

「確証はないけど、多分ね」

アネットは胸の上で、ティッシュ・ペーパーを使って紙縒りを作っていた。

「ママとは？　タケシ」

「うん……」

「いいのよ、隠さないでも……」

アネットは二本の紙縒りを捩り合せて一本の紐にした。

「私達って不思議よね！　見てこの紐。二本の紙縒りが絡み合って、太い紐になったわ」

身体を起こすと、タケシの胸の上に紙縒りを置いた。

「ひょっとすると、タケシの子供と、私の子供が将来どこかで巡り逢うのかもしれない。そうじゃない？」

「まさか！」

「どうして起きないって言える？　……二本の糸が、捩り合って一本の強い紐になるのよ。運命としか考えられないわ……。『ツイスト・ア・ロープ』ね」

アネットの上半身が武志の胸に覆い被さってきた。胸の二つの膨らみがひしゃげて見えていた。武志の手が、優しく背中から腰へ、そしてなだらかな勾配を滑り降りていった。

「アネット！」

「タケシ、貴方に逢えて本当によかったわ」

朝、武志の申し出を断って、アネットはタクシーで帰って行った。

翌月、アネットの携帯に電話をしてみたが通じなかった。何度試しても同じであった。

休日に、日課の掃除をしていると、ベッドの下から紙縒りが出てきた。アネットが拵えた『ツイスト・ア・ロープ』であった。

武志は、ふっと息を吹きかけ埃を払うと、そっと手のひらに載せてみた。

〝別れの先には未来があるのよ〟

父に聞かされた、アンナの別れの言葉だった。

遠い日に、父勇とアンナに始まった出逢いが、地理的隔たりと時空の広さを超えて、ここまで誘われてきたことは事実であった。これを西欧流に〝coincidence〟偶然と言うのだろうか。いや、そこには目に見えない何かが、それはやはり〝運命の糸が絡み合っていた〟としか言いようがなかった。

長い道程だった。しかし今、全ての出来事を自分の胸の奥深くにしのばせて、固く閉ざしてしまいたかった。

「皆、もうこの辺でいいだろう！　そろそろお終いにしようよ」

武志は小さく呟き首を振って、紙縒りをそっと紙くず籠に落とし込むのだった。

第八章　糾える縄の如くに

1

武志は、久しぶりにチェンマイを訪れた。

バンコクへ出張で来ることはあっても、チェンマイまで足を延ばす機会はなかなか見つからないものであった。

須藤と再会したのはいつの事であろうか——。

最近、過去の事を思い出すのが苦手になっていた。無理もない、十年近くもこの暑い常夏にいるのだから。

手帳を取り出して見ると、一年半が過ぎていた。

とうとう、南洋ボケかもな——。

心の中で呟いた。

空港を出るとタクシーで直接須藤の経営するレストランに向かった。昼時で店は混んでいた。

カウンターの男に、来意を告げると、前もって知らされていたのか、二階へ案内された。窓が開け放たれ、風が通って涼しかった。十二月は、モンスーンの影響か、タイでも過ごしやすい季節であった。

「やあ、来たか」

須藤は以前より痩せて見えた。

「御無沙汰しまして、お元気ですか？」

「うん、まあまあだよ」

声にも張りがなかった。

「ビールにするか、それともお茶がいいか？」

「お茶がいいですね」

「おーい、誰かいるか？」

返事がなかった。痺れを切らせて、須藤が腰を上げて奥へ消えた。しばらくして家政婦なのか、女がお茶を運んできた。

「へっ、気が利かなくてしょうがねーや」

熱いお茶が心地良かった。

「どうだい、そっちは？」

「そうですね、何とかやっているという感じですね。私ももう少しで定年ですから」

「定年？　そうか、お主も還暦か。それじゃあ、俺が齢を取るのも無理ないな。それで、辞め耕雨読ですかね……」

「そうですね、子会社に天下りなんて性に合いませんから。どこかに畑でも借りて、晴てからは？」

「老成するのはまだ早いよ。もう一花咲かせてくれ。～命短し、恋せよ乙女～」

いつもの聞きなれた歌であったが、最後は声が掠れて、乙女が老婆に変わっていた。

ドアが開いて、少年が入ってくると、武志に頭を下げた。息子のジョーであった。

「こんにちは、鈴木さん」

「やあー、ジョー君だよね」

「はい、そうです。以前お会いしました」

確りした日本語だった。

「息子だよ。大きくなったかな？」

「前よりずっと大人になりましたよ。日本語も上手だし」

須藤の目が細くなって、その顔は好々爺そのものであった。息子のジョーが奥に消えると真顔になった。

「実はな、女房に逃げられてしまった……」

「えーっ、本当ですか？」

「うん、金を持って男とどこかへ消えちまった……。いいんだよ。手切れ金と思えばいいんだ」

須藤の言い方は、自分自身を納得させるような言い方だった。

「それで、これからどうされるんですか？」

「どうって、女はもういいよ。この歳まで世界中の女と遊ばせてもらったからな……。ははは、自業自得さ」

乾いた笑いだった。

「でもジョー君の面倒を見なくては……」

「家政婦を雇っているんだがな、……俺もそろそろ潮時と思っているんだ。それで、この店の権利をタイ人の知り合いに譲ろうと思ってさ。後は、この店と不動産の賃貸収入で暮らしていこうかとな……。どうかな？」

「そうですね、それもいいかもしれませんね。須藤さんにも休養が必要でしょう」

「休養！　それもいいか。ちょっと疲れたしな……」

肩を落として、溜息をついた須藤の横顔が本当に疲れて見えた。

「お主、頼まれてくれるかい？」

真顔であった。人前では決して見せる事のない顔であった。

「何ですか？　そんなあらたまって」

「うん……実はな、俺ももうそんなに長くは生きていけそうにないんだ……」

「何をおっしゃいます。須藤さんらしくもない」

そうは言ったものの、武志にも感じられる何かがあった。

「いや、本当なんだ……。頼みというのは、息子のジョーの事なんだ。彼奴はまだ九歳だよ。俺が死んだら、どうして生きていくんだ。俺は心配で死んでも死にきれないんだ……。笑ってくれ、放蕩を重ねた罰だとな!」

こんな真剣な須藤の顔を見たことがあっただろうか。いつも斜に構えて、シャイでナイーブな心の内を見られまいと、シニカルでクールな顔を崩すことがなかったのに。それは、子供を守ろうとする悲壮な親心に違いなかった。

「分かりました。だからそんな弱気な事を考えないでください」

「そうか、頼まれてくれるか!」

須藤の顔が一瞬輝いたように見えた。

「須藤さん、お約束します。万が一の時は僕が面倒見ますから安心してください」

「有難う。お主だけが頼りなんだ。頼む!」

須藤は立ち上がって、武志の手を握っていた。

「そういっては何だけど、俺も孤児で苦労をしたんだ。分かるよな、俺の気持ち。だから、お主には失礼だけど、ジョーの為に、銀行預金を残しておこうと思っている。それと日本のパスポートをな……。気を悪くしないでくれよ。これが息子にできる俺の全てなんだから……」

哀願するような弱々しい声だった。

「分かりました。でもそんな大金を僕に預けて大丈夫なんですか？」

「勿論だよ。俺はお主の事を百パーセント信じているんだ！」

武志を見詰めるその目は、子供のように澄んでいた。

「考えてみてくれ。俺達は親父の代からの付き合いだぜ。俺が死んだら、息子のジョーがお主やお主の家族ときっとうまく付き合っていける……。これまでだって、二本の違った運命が絡み合って、強い絆を作ってきたんだからな。俺はそう信じている」

「須藤さん、僕達って『糾える縄の如く』ですね。これからも、もっと強い絆で結ばれていきますよ」

「その通りさ！」

再び二人は確りと手を握り合った。

2

健治は爆撃で破壊しつくされた東京の街を、とぼとぼと歩いていた。

母方の親類の家を逃げ出して、何日が経ったのか。食べる物も、寝るところも見つからない日が続いていた。あまりの空腹に道端に倒れ込んでいても、誰一人振り返ってくれなかった。

健治はこのまま死んでしまうのかと思った。

「おい、坊やどうしたい？」

誰かの呼ぶ声がした。

目を開けて、声の方に目をやると、

「腹減ったのかい？」

覗き込む男の顔があった。

「うん」と応えると、男はポケットからコッペパンを取り出して、健治の手に載せてくれた。夢のようであった。健治は夢中で齧りつくと、喉に詰まって咽せていた。二日ぶりの食べ物であった。男は、健治が食べ終わるのを横で煙草を吸いながら待っていた。

「坊や、この辺じゃ見かけない顔だな。名前は？」

男の声は優しかった。

「橋本健治です」

健治は少し元気が出た。

「親も住むところもないのか？」

「はい」

「よし、おじさんに付いて来い！」

男の後を付いてゆくと、小一時間程で一軒のバラックの前で止まった。男が戸を開けて健治に入れという仕草をした。促されて中へ入ると、中には五、六人の男の子たちが座っていた。

「新入りかい？」

女の甲高い声がした。

「ああ！」

「病気持ちじゃないだろうね？」

言いながら女は、健治の頭のてっぺんから足元までを値踏みするように見ていた。

「おい、新入りだ。健治だったな」

健治は誰にでもなく頭を下げた。子供達の突き刺すような目が健治に向けられていた。よく見ると、子供達は皆、健治と同じ年頃であった。

その夜は、芋の入った雑炊を食べさせられ、板の間にぼろ毛布にくるまって眠った。夜中、トタン屋根に打ち付ける雨の音で目を覚ました。屋根の下で眠るのは何日振りであろうか。そのまま朝まで眠り続けた。

朝飯を食べ終わると、男に従って、子供達も出かける支度をしていた。

「お前、健治だったな。今日は俺の後に付いて来い」

一番年上の子供が言った。確か、男にKと呼ばれていたはずだった。

途中で男がどこからか新聞の束を仕入れて来て、子供達に配った。健治にも一束まわってきた。

着いたのは、大きな駅であった。通勤時間なのか、行き交う人で溢れていた。子供達は慣れているのか、新聞を売り始めた。

「新聞、新聞は要りませんか！」

立ち止まる人は少なかったが、それでも時々買う人もいた。健治は、何をしていいか分からず、言われた通り、人ごみの中をKの後を付いて回った。

「新聞、新聞！」

健治の目の前で仲間の男の子が新聞を売っていた。

突然、Kが何かを健治のポケットに押し込むと、「逃げろ！」と言って自分も走り出した。健治も慌てて後を追った。駅から離れて息が切れる頃、ようやく追いついた。手には確り新聞の束を抱えていた。残りの子供達も集まって来た。

「おい、出せ」

Kが言うのは、健治のポケットの中身であった。それは財布だった。

その後も場所を変えて新聞売りを続けた。やがて、どこからか男が現れ皆を集め歩き出していた。どうやらその日の仕事は終わりのようであった。健治も黙ってKの後を付いて行った。

夕方、皆でバラックに戻ると、女が待っていた。

「今日は稼げた？」

「おー、上々だぜ」

男はジャンパーのポケットから札束を取り出して女に見せた。

男も女も機嫌がよかった。どこから手に入れるのか、カストリ焼酎を飲んでいた。子供達も卓袱台に座って晩御飯を食べていた。味噌汁と麦飯であった。

次の日も、男に連れられて別の駅に向かって歩いて行った。駅は混んでいた。

彼らは子供を使った掏り集団であった。しだいに健治も、自分の役割が何であるかを理解するようになっていった。

しかし、稼ぎがいつもうまくいくとは限らなかった。収穫の無い日の夜は恐ろしかった。男は、ドジを踏んだ子供を徹底的に折檻した。皮のベルトで体中を鞭打つのだ。他の子供達は蒼ざめた顔で見ぬふりをするだけであった。

健治は恐ろしくなった。何とかここから逃げ出したかった。


チャンスは意外に早くやって来た。

「新聞、新聞はどうですか！」

子供達がいつものように新聞を売り始めた。

健治は男の姿を目で追っていた。通路の反対側の柱の陰にいるのが分かった。気付かれぬように、Kとの距離を少しずつ開けていった。

新聞を買う人がいた。その真後ろに別の子供が寄り添って、財布を狙っていた。そのまた後ろにKがいた。

「掏りだ、掏摸がいるぞ！」

健治は叫ぶと同時に抱えていた新聞を放り投げ、反対方向に走り出していた。人を掻き分け夢中で逃げた。後ろで（バタバタ）子供達の走る音が聞こえた。（ピッピー）警察官の吹く笛が鳴った。

健治は全速力で走っていた。後ろから、（カッカッカッ）革靴の音が追いかけて来ていた。その靴音が次第に近づいて来て、荒い息遣いが耳元で聞こえた。

「待て！」

上着の後ろ襟を掴まれ、その場に捩じり倒されてしまった。

「このガキ！」

男が拳を振り上げ、恐ろしい顔で睨んでいた。

「助けて！　誰か助けて。殺される」

健治は夢中で助けを求めて叫ぶのだが、思うように声が出なかった。

「健治、どうした？」

男の声がした。

「あっ、とうさん。とうさんだ！」

一瞬、父金吾の顔が目の前を過って、そして消えた。

「健治君、先生だよ。先生が来たからね」

須藤先生、養父の声であった。しかし、それも束の間に消えてしまった。

「須藤さん、どうしたんですか？」

「鈴木君か？　お主、助けに来てくれたのか？」

「そうです。僕が来たからもう心配いりませんよ」

「ありがとう……」

須藤の手が何かを探して空中を泳いでいた。

タイ人の女性看護師が、須藤の右手を優しく握っていた。須藤の口から零れる日本語は分からなかったが、

「スドウさん、安心しておやすみなさいね……。心配は要りませんよ」

優しい声であった。

看護師は須藤が目を瞑るのを見て、手を放し、立ち上がって点滴の流れをチェックし終えると、カーテンを閉めて足音を立てずにその場を離れていった。病室のドアが静かに閉じる音がした。

3

社長室に在る机の電話が鳴っていた。

「はい、鈴木です」

電話が遠くて聞き取り難かった。相手はどうやら、須藤の知り合いのタイ人のようだった。

「それで須藤さんの具合はどうなんですか？」

「危篤です。今日明日が山でしょう。鈴木さん、是非急いでこちら来て頂けませんか。息子さんの事でご相談したいのです」

「分かった、どちらに行けばいいんですか？」

「チェンマイの博愛病院です」

その日の便ではチェンマイまで辿りつけなかった。取りあえず、バンコクまで行って、明日の朝一番の飛行機でチェンマイへ行くことにした。

チェンマイに着いた時には朝の十時を過ぎていた。空港からタクシーで病院へ行った。なかなか言葉が通じなかったが、やっと須藤の病室が分かった。病室には、知人のタイ人と家政婦がいた。ベッドの傍にはジョーが座っていた。ベッドには白いシーツが掛けられていた。

「遅かったか！」

「鈴木さん、よく来てくれました。ちょっと前に息を引き取りました」

ジョーがしょんぼりと座っていた。

「ジョー君、元気を出すんだよ。おじさんが来たからね。もう心配いらないよ」

「うん、おじさん」

上目遣いで見るジョーの顔は不安そうであった。無理もなかった。父の死んだ瞬間から孤児になったのである。子供は本能で自分の味方かどうかを見分けるものである。しばらくしてようやく、武志に心を開いてくれた。

知人のタイ人から受け取った封筒の中に、ジョーの日本のパスポートと日系銀行のジョー名義の通帳が入っていた。通帳には、日本円で二千数百万円の残高が記帳されていた。渡されたのはそれだけであった。


武志とジョーは、チェンマイの街外れに在る共同墓地にいた。真新しい墓石には、タイ文字とアルファベットが刻まれていた。『スドウ・ケンジ』と書かれていた。

「ジョー、お父さんのお墓だよ。よく覚えておいてね」

「はい、おじさん」

「大きくなったら、必ずお参りに来るんだよ」

須藤の父親はインドネシアに眠っている。須藤自身もまた異郷の地に眠るのだ。結局彼もまた、日本の社会、組織・秩序を嫌って飛び出した逃亡者だったのかもしれない。

「須藤さん、お別れだね」

武志はジョーの手を引いて歩き始めていた。

ジョーをこのまま置いて行くわけにはいかなかった。武志は、バンコクで急きょ日本までの切符を手配した。

飛行機が飛び立ったのは真夜中であった。二人はエコノミー・クラスの狭い座席に座っていた。

「ジョー、日本は初めてかい？」

「……」

首を縦に振って頷いた。ジョーは心細いはずであった。

「そう。日本は良い国だ。何も心配しなくてもいいんだよ。おじさんの家で一緒に暮らすんだからね」

「うん……」

小さい声であった。武志は、妻には電話で事情を簡単に説明しただけであった。この子を育てるのに納得してくれたのかは分からなかった。でも何とかなると、楽観的に考えることにした。

「ジョー、おじさんと君のお父さんとはね、長い間の友達なんだ。いや、君のお父さんのお父さんとおじさんのお父さんの時からの友達なんだ。分かるかい？」

「それって、おじいちゃんの時代からのお友達？」

「そう、その通り。だから今度はジョーがお父さんの代わりだ。僕等は目に見えないけど丈夫な糸で結ばれてきたんだよ。これから先もずーっとね。分かるだろう？」

「うん、わかった」

「よーし、ジョーはお利口さんだ。さあ、お休み。目が覚めたら日本だからね。今は冬だから雪が見えるかもしれないよ」

いつの間にかジョーは眠っていた。狭いシートに身を縮めて、寝息を立てていた。この子も、父親の健治のように、一生負い目や引け目を感じながら生きていくのであろうか。

「無償の愛か！　……いや、須藤さん違いますよ。お金を預かりましたから、有償の愛ですよ。御心配なく」

武志は、目を瞑っていたが、眠れなかった。思い出が次から次へと駆け巡っていた。遠い過去があって、今この瞬間があるように、この先にも未来があるのだろうか？

少なくとも、ジョーが身近にいる限り、須藤との絆は続いていくのは確かだ。では、ドリスやアネットとの関係は？　武志はアネットの言葉を思い出した。

「ひょっとすると、タケシの子供と、私の子供が将来どこかで巡り逢うのかもしれない。そうじゃない？」

そんな未来を想像する間も無く、いつか眠りについていた。

完

あとがき

今年は戦後七十年の節目の年である。戦争、それは本当に遠い過去の出来事であり、もはやその実体験を語れる人は少ない。大多数の国民にとって、自分達の日常には関係のない、別の世界の出来事に違いない。だからといって忘れていいはずはない。

それでも八月に入ると、新聞・テレビの特集で嫌でも戦争を思い出させられる。B29による無差別爆撃、広島・長崎への原爆投下、そしてソ連の参戦による外地からの悲惨な引き揚げ等、戦争による被害者の話ばかりである。そうでなければ、ゼロ戦や戦艦大和、イ号潜水艦等、今に続く日本技術の優秀性を必要以上に誇示する話である。

先の大戦における日本人戦没者の数は、軍人が二百十万、民間人が百万、総計三百十万人といわれている。あらためてその数の大きさには驚かされる。しかし、戦後七十年を振り返るというならば、戦没者の家族、年老いた父母や未亡人となった妻やその子供達が、いかに戦後を生きてきたかにこそ、もっとスポットライトを当てるべきではなかろうか。特に終戦時、十万人からいたといわれている戦災孤児について、彼らの過酷な戦後について語られたことは殆どなかったように思う。

加害者の立場についてはどうであろうか。アジア各国における、日本軍による犠牲者の数は一千万人とも二千万人ともいわれているが、その数は定かではない。まして、その経済的損失については全く不明である。

少なくとも、団塊の世代である私には、学校教育の場において加害責任について教えられた記憶はない。もっとも、戦後五十年にして初めて、日本政府を代表して総理大臣が先の大戦に対する謝罪の談話を出したのであるから、当たり前といえば当たり前かもしれない。

太平洋戦争を通じて、中国をはじめとするアジアの国々や太平洋の島々等の戦闘地域には、三百万からの軍人・軍属が派遣されていたという。これらの血気盛んな若者の食欲を満たす手段が、最初から現地調達を前提とした戦略であれば、何が起こってもおかしくはあるまい。性欲を満たすにおいてまた然りである。

私にとって、多分同世代の人間にとっても皆同じであろうが、戦争とは、時々大人たちから聞かされた自慢話や思い出話でしかなかったのである。

戦後三十年が過ぎた昭和五十年、当時私は二十代であったが、オランダに駐在する機会に恵まれた。それまで海外旅行等経験したことのない者にとって、アメリカもヨーロッパも映画や雑誌の世界の話に過ぎなかった。それが現実になると、見るもの聞くもの、全てが夢の中の出来事のようであり、三十数年を経た今でも懐かしく思い出される。

思うに、オランダは成熟した大人の国である。それは当時も今も変わらない。私個人は、五年半に及ぶオランダ滞在中、人種差別や何らかの嫌がらせを受けた記憶はない。だからといって、オランダ人が戦争の事を忘れたわけでは決してない。

それが証拠に、私が日本人であることを知った瞬間、相手から握手することを拒絶されたことも少なからずあったし、街中で見知らぬ人に、インドネシアで捕虜になって苦しめられた話を何度か聞かされた。私は、それに対してどう応えてよいかも分からず、ただ黙するのみであった。

その後、日本に戻ってからは、東南アジアの国々に出張する機会が多かったが、そこでも、同じような経験をした。シンガポールでは、日本軍の占領下、華人の大量虐殺（一説には数万人ともいわれている）の話や、インドネシアでは『ロームシャ』として酷使された話を、現地の人々から度々聞かされた。

私達日本人は、日本人の犠牲者や被害者の事を思うと同時に、海外においても、多くの被害者がいた事を決して忘れてはならないのである。まして、歴史を糊塗する事など許されるはずがない。

「戦争に良い戦争はない」と仰った方がおられるが、けだし名言である。あるのは悲惨さと悲しみと憎しみだけである。

それにしても、今や戦争は遠い過去の事になってしまっている。今更、その加害責任や被害の実態を語るつもりはないし、その調査能力もエネルギーも私にはない。しかしそんな暗い時代にも、いや、暗い時代だからこそ、せめて人間らしい、男と女の愛情や男同士の友情、人間と人間を結び付ける何かがあってもよいのではないか。いや、きっとあったはずだ。この小説は私自身のそんな願望も込めて、人間としての絆を描いたものである。もちろん、特定のモデルがいるわけではなく、完全なフィクションであることは改めてお断りしておく。

古代より人類は、我々が想像する以上に遥か遠く旅をしてきたという。現代の情報伝達速度と交通の便利さを考えれば、地域的隔たりや、時空の広がりを超えて偶然の出逢いがあっても不思議はない。それを人は運命というのかもしれない。

この物語に出てくる、アネットの子供と武志の子供達が、いつかどこかで出逢わないとは誰も言い切れまい。

今日の世界においては、流石に二十世紀的な武力による侵略、植民地的な支配はないと信ずる。しかしその反面、グローバリズムという名のもとに、巨大資本によって世界の隅々までが支配されようとしているのも事実である。本当にこれで良いのだろうか？　私は考えてしまうのである。

二〇一五年十月十五日

菊池次郎

主な参考文献（順不同）

スバルジョ『インドネシアの独立と革命』奥源造編訳　龍渓書舎
林英一『残留日本兵の真実』　作品社
加藤均『帰還しなかった日本兵』　文理閣
戦争孤児を記録する会編『焼け跡の子どもたち』　クリエイティブ21
逸見勝亮『学童集団疎開史』　大月書店
早乙女勝元『東京空襲下の生活日録』　東京新聞
坂本英夫『学童疎開五〇〇日』　文芸社
戦争犠牲者を心に刻む会編『インドネシア侵略と独立』　東方出版
三留理男『「望郷」皇軍兵士いまだ帰還せず』　ミリオン出版

菊池　次郎（きくち　じろう）
1949年１月北海道に生まれる。

【著書】
『サンセット・ボーイズ』（東京図書出版）

ツイスト・ア・ロープ
糾える縄の如くに

2016年２月18日　初版発行

著　者　菊池次郎
発行者　中田典昭
発行所　東京図書出版
発売元　株式会社 リフレ出版
〒113-0021　東京都文京区本駒込 3-10-4
電話（03）3823-9171　FAX 0120-41-8080
印　刷　株式会社 ブレイン

ISBN978-4-86223-942-6 C0093
Printed in Japan 2016
日本音楽著作権協会（出）許諾第1515106-501号

ご意見、ご感想をお寄せ下さい。
［宛先］〒113-0021　東京都文京区本駒込 3-10-4
東京図書出版